格里姆堡
艾伯特的巢
铁靴崖
矿石岛
铜天使号
与爱德华望星处
风之女王号
北极光号
杰克被从这儿
丢下海
杰克的木桶
在此找到
简单生活号
深红之海
蜂巢山
柿子海岸
马拉祖亚

仓鼠半岛
水晶之海
地下之城
大雾
海难发生处
隐藏的宝藏
马拉塔
奇奇里奇岛
飓风号
姆拉尼亚

鲁米尼航海记 4

杰克的秘密日记

[匈牙利] 尤迪特·贝格 著 刘思捷 译

JIEKE DE MIMI RIJI

GUANGXI NORMAL UNIVERSITY PRESS
广西师范大学出版社
·桂林·

出版统筹：张俊显
品牌总监：耿　磊
选题策划：耿　磊　王芝楠
责任编辑：王芝楠
美术编辑：卜翠红　刘冬敏
营销编辑：杜文心　钟小文
版权联络：郭晓晨
责任技编：李春林

Rumini és a négy jogar
Author: Judit Berg
Illustrator: Zoltan Nagy

著作权合同登记号桂图登字：20-2018-183 号

图书在版编目（CIP）数据

杰克的秘密日记 /（匈）尤迪特·贝格著；刘思捷译．—桂林：广西师范大学出版社，2020.4
（鲁米尼航海记；4）
ISBN 978-7-5598-2434-9

Ⅰ．①杰… Ⅱ．①尤…②刘… Ⅲ．①童话—匈牙利—现代 Ⅳ．①I515.88

中国版本图书馆 CIP 数据核字（2019）第 263536 号

广西师范大学出版社出版发行
（广西桂林市五里店路 9 号　邮政编码：541004
网址：http://www.bbtpress.com）
出版人：黄轩庄
全国新华书店经销
北京盛通印刷股份有限公司印刷
（北京经济技术开发区经海三路 18 号　邮政编码：100176）
开本：880 mm × 1 240 mm　1/32
印张：11　　插页：1　　字数：311 千字
2020 年 4 月第 1 版　　2020 年 4 月第 1 次印刷
印数：0 001~8 000 册　　定价：48.00 元

本日记属于杰克·波拉斯的私人财产

亲爱的读者!

此刻，你手上拿着的正是杰克·波拉斯的日记。

这本日记的每一页上都写满了秘密。最高机密！老实说，我也不知道这本日记怎么会落到你的手里。

所以，请允许我要求你合上日记，把它放回原处。

非常感谢。

杰克

哈哈！我就猜到了你不会按我说的来，肯定会继续读下去。好吧，那就是你自己的问题了。这本日记里记录了许多骇人听闻的故事，如果你胆子很小的话，记住，你现在还有机会把日记本合上！

还在看？好吧，别说我没警告过你哟！

目录

第一章　托尼·多普勒

不要以为我喜欢写日记。老实说，我从来就没想过这回事。整件事情都是托尼·多普勒的主意，我只是答应他我会试试看。虽然可能性不大，但说不定哪一天真能派上点儿用场。要我说的话，这完全就是浪费时间。风之女王号把我留在了这里，她也不会因为我开始写日记就回来接我。他们把我丢在柿子海岸上，然后扬帆驶离了此地。威斯克斯船长非常生我的气，所以他把我赶下船，再继续他的旅程。

说实话，他确实应该生我的气，毕竟，我给他惹了个大麻烦。来这儿的航程总共有一个半月的时间，安托万——船上的厨师——实在做不出什么新菜了，所以，我们在海上航行了整整一周之后，我偷偷溜进货舱打探了一下，找到了一盒非常美味的奶酪。自此之后，我便时不时溜去吃上一两口，贝利克也分到了不少，当然了，我还分给了鲍比、弗利茨和斯纳夫（我从来没有告诉过他们这奶酪是哪里来的。这个秘密我只告诉了贝利克）。

等我们抵达柿子海岸的时候，奶酪已经全部吃完了。那个时候，我才发现原来我在货舱里偶然找到的这盒奶酪，正是老鼠国王送给柿子海岸的统治者——艾德·莫尼什二世的特制奶酪。最糟糕的是，艾德·莫尼什国王一心盼望着要品尝这份美味。

好吧，整件事情引起了不小的公愤。艾德·莫尼什国王想要把我打入大牢，让我在黑暗的牢房里度过余生。可船长说我是他手下的船员，应该由他进行恰当的惩罚。最后，他决定让我的旅程在此画上句号：我被解雇了。风之女王号将把我丢在这里，然后载着其他船员返回家乡。所有人都请求船长重新考虑，就连斯奎科维奇船医也替我说了不少好话，可船长已经铁了心。我得到了一半的薪水（十五枚金币），他们则扬帆驶向了鼠之国。看到他们就那样走了，我一点儿也高兴不起来。即使是现在，我还是觉得很难受。

我觉得我该写一写我是怎么认识托尼的，毕竟，是他让我开始写日记的。托尼说，如果我把遇到的事情都写下来，肯定能更好地抚平创伤。整件事情源于我只身在马拉祖亚的码头上度过的第一个夜晚。

有一点很重要，必须记住：柿子海岸是一片非常炎热的热带土地，马拉祖亚是它的首都，整座城市就建立在深红之海上最漂亮的海湾周围。我当时就想找个热闹的小酒馆，好好地和当地人痛饮一个通宵，可丝猴们晚上从不聚在一起开派对。因为艾德·莫尼什国王不允许首都有任何混乱或是扰乱治安的情况出现，甚至连表现出高昂的情绪也不可以。

所以，我连一个喜欢的地方都没有找到（我当时还不知道混沌酒馆这个地方）。最后，我实在是累得不行了，就随便找了一条长椅躺下来。我把背包枕在头底下，不一会儿就睡着了。

半夜，我被人戳醒了，睁眼一看，守夜人就站在我身旁。他们气呼呼地告诉我，艾德·莫尼什国王禁止人们在首都四处游荡，所以我要么跟他们一起回警察局，要么立即离开这座城市。显然，我选了第二个选项。于是，我背上背包，迈步出发了。

城市的尽头与一片丛林紧密相连。当我走到丛林的边缘时，太阳才刚刚开始往天上爬。我坐在一块大石头上，盯着海面，还是满心希望能看到那艘熟悉的三桅船的轮廓。可我并没有看到，真的就到此为止了。

我一动不动地坐在那块石头上。一只小甲虫飞了过来，停在我的身边，他就像所有的甲虫一样嗡嗡作响，但紧接着，他的动作开始变得奇怪起来。看上去他好像长出了第七条腿，而且这条腿不仅要用来清理另外六条腿，还要用来揉眼睛。他明明长了触角，却压根儿没有使用它们。我很想知道他在做什么，于是手腕迅速一翻，一把捏住了他。

我把这个小家伙举了起来，映着清晨微弱的阳光仔细地看了看。我能清楚地看到，他确实长着第七条腿，这条腿稍微有些弯曲，看起来非常奇怪。紧接着，我记起斯纳夫曾经跟我讲过有一种叫作命运甲虫的生物，他说有人声称见过一只能带来好运的七条腿甲虫。其实这种甲虫带来的并不一定是好运，也有可能是厄运。不过，如果你能抓到一只留在身边，他肯定会改变你的命运。

当然了，没有人真的相信他，可我很喜欢这个故事。

但是，这里就有一只，就在我的指尖不住地扭动，慌乱地挥舞着七条腿。我当时满脑子想的就是，如果他真是个好兆头，风之女王号掉转船头回来接我了，那该有多好啊！然而，事实并非如此。当甲虫意识到我没有打算放他走后，他便开始装死。不过，我已经看穿了他的诡计，我用另一只手找来一个空的巧克力盒子，把小小的命运甲虫塞了进去。当我合上盖子时，我听到他在里面愤怒地喊了起来。原来他会说话！

“拜托，我求你了，放我走！作为交换条件，我可以满足你三个愿望！”

我哈哈大笑起来：“别想骗我了，我知道你的秘密。只有把你留在身边，你才对我有价值。”

“所以，你相信他们讲的那些关于命运甲虫的愚蠢故事了？你看起来不至于那么傻呀！”小甲虫还在试图欺骗我。

我告诉他：“我看到你的第七条腿了，你是一只命运甲虫。只要我不放你走，你就肯定会给我带来好运。”

“或是厄运。”命运甲虫阴沉沉地说道。

“对于现在的我来说，这没什么差别。我就想知道，找到一只命运甲虫，也就是说找到你，到底会不会改变我的命运。”

“会的！会有灾难性的改变！我会给你降下巨大的灾难！”

“这才像那么回事嘛！”我很高兴他终于承认自己确实是一只命运甲虫了，“好了，告诉我，你叫什么名字？”

“宾果。”他答道。看到我心情这么好，他似乎有些沮丧。他原本肯定以为我会吓得把他放了。

宾果和我一起度过了那天余下的时光。我答应他会找些葡萄干来，因为人们都说命运甲虫们喜欢吃葡萄干。我就是这样溜达到海马靴酒馆的，而那儿也变成了我后来经常去的地方。那天，正值特蕾西当班服务。特蕾西是一只金色的仓鼠，她有一双棕色的大眼睛和一头光泽亮丽的秀发。当时还是早晨，所以我点了一份葡萄干松饼和一杯牛奶咖啡。然后，我把松饼上的葡萄干一个一个挑出来，偷偷地放进了装宾果的小盒子里。与此同时，我还得小心翼翼地确保没有任何人注意到我的举动才行。

突然，我看到特蕾西正站在柜台后面盯着我看。当她发现我注意到她时，她的脸上露出了微笑。

“你不会是藏了一只命运甲虫在口袋里吧？”她开门见山地问道，眼中还闪过一丝调皮的光芒。

“你为什么会这么觉得？”

“因为你一颗葡萄干也没吃。你要是不喜欢吃葡萄干，完全可以点一份原味松饼。可如果你是在喂一只命运甲虫，那就完全是另外一回事了。”

这就是特蕾西，她总是能够一针见血。

“这里的人出门逛街都会装着一只命运甲虫在口袋里吗？”我故作镇定地问道。

特蕾西哈哈大笑起来：“不！命运甲虫就跟双头龙一样，都只属于睡前故事的一部分。不过，我看你一直这么专心地从松饼里往外挑葡萄干，实在很难不去想你口袋里会不会真的有一只命运甲虫。”

“那我要是有呢？”

“噢，那你可以去国王那儿换一大堆金子！或者，如果国王不想要的话，还有一位巫师，他肯定会想买的。”

“可是命运甲虫也可能带来厄运。”我很好奇关于这个迷信的说法特蕾西到底知道多少，所以故意这么说了一句。

“我知道。”她认真地点了点头，可紧接着她的脸色又明亮了起来，“但你那只不存在的甲虫已经给我带来了好运。多亏了他，给我介绍了一位这么有魅力的常客。”

她指的是我。“有魅力”和“常客”两个部分指的都是我。有魅力？这一点毫无疑问。可是常客？这明明是她第一次见我。

不过，就像我之前说的，这就是特蕾西，总是能够一针见血。自从那天起，我几乎每天都去海马靴酒馆吃午餐。

现在，是时候讲讲我是怎么遇到托尼的了。

夜幕降临时，我突然意识到自己还没有找到可以过夜的地方，于是，我动身前往城市边缘，找到了清晨待过的那块大石头。宾果在盒子里嗡嗡地叫得越来越不安了。可怜的小东西，他肯定想伸展一下翅膀，稍微飞一会儿。我决定，如果午夜之前还是没有奇迹发生，我就放了他。

在月光的映照下，我依稀发现了一条从大石头旁通往丛林深处的小路。有什么无法解释的东西在引诱我走入丛林深处。

我迈着缓慢而又安静的步子，小心翼翼地沿着小路走进了丛林。为了以防万一，我掏出了随身携带的小刀。可是，并没有人从茂密的灌木丛中跳出来，我也开始越来越大胆地向丛林深处走去。过了一会儿，我惊讶地发现自己早就偏离了那条小路，头顶上纵横交错的丛林实在是太密了，连一道能够为我指引方向的月光都没有。我从口袋里拿出小盒子，小声对里面的宾果说：

“我觉得我们在这片树林里迷路了。”

宾果什么也没有说，不过他倒是满意地哼了起来。突然，我听到远处传来一个声音，于是立马循着声音走了过去。随着距离越来越近，我也听得越来越清楚了，原来是几个家伙在激烈地小声讨论着什么。从他们说话的声音和影子的形状判断，应该是猫鼬。其中一只手里举着一支蜡烛，终于，我能看清楚是怎么回事了。

他们一共有三只，很明显都是偷猎者，看起来他们好像在丛林里各处都设下了捉鸟的陷阱。趁着午夜时分，他们开始在丛林里清点猎物，可是，有一只小蝙蝠被他们的陷阱困住了。蝙蝠的一侧翅膀被网子缠住，根本挣不开。

“要我说，我们干脆直接在这里把他干掉，免得他把这里的事情说出去。”举着蜡烛的那只猫鼬说道。

“让他听天由命吧。”另一只说道，“他迟早会饿死的。到时候，关于我们的事情，他就一个字也没法告诉别人了。”

“没门！”第三只大声说道，“我绝对不会把这张网留在这里！它很贵的！”

趁着猫鼬们争论不休时，我悄悄地把宾果从盒子里拿了出来。

“我们帮他逃走，然后我就放了你。”

宾果点了点头，他似乎很清楚我想让他做什么。很显然，我们与三只全副武装的猫鼬一战，根本毫无胜算，但我们可以发起奇袭，如果能吓唬住他们，我们便能成功。我张开手掌，放走了宾果，他旋即消失在黑暗之中。

我也没有多犹豫，怒吼着从树后猛地跳了出来，朝离我最近的那只猫鼬头上狠狠地打了一下。等另外两只猫鼬反应过来怎么回事时，我已经消失在了低矮的灌木丛中。接着就轮到宾果了。受惊的猫鼬们刚从第一次袭击的惊吓中缓过来，宾果就开始在他们身后一边嗡嗡地哼着，一边扑腾着翅膀飞来飞去，还不时发出低沉的嘟囔声。

那天早些时候，我就已经领略到了甲虫模仿各种声音的本事。在这方面，宾果更是出类拔萃。他发出的声音十分可怕，听起来就像有五个全副武装的强盗躲在灌木丛中一样。此外，他还时不时地用尽全力撞向其中一只猫鼬，他们都以为自己是被人用弹弓之类的东西击中了。三只猫鼬惊恐万分，他们一个个全都瘫倒在地，陷入了半昏迷的状态。

我用小刀把捕鸟网从那只可怜的小蝙蝠身上取了下来。由于疲劳和恐惧，他已经有些迷迷糊糊的，但很快便恢复了知觉。他用一种略显奇怪的低声细语为我指出了离开丛林最快的道路。与此同时，宾果一句话也没说便离开了，毕竟，他已经完成了我要求他做的事情。我和蝙蝠一路上并没有怎么说话，我们一心想尽快逃出丛林。等我们终于再次看到月光在海浪上闪烁时，我们坐下来稍微休息了一会儿。也就是在那个时候，他告诉了我他的名字——托尼·多普勒。

第二章　蝙蝠家的客人

等我们终于喘匀了气，第一缕曙光照亮了地平线。我们实在是累坏了，开始呼呼大睡。

夜幕降临时，我们都醒了过来。我不知道吵醒我们的到底是他肚子的叫声还是我肚子的叫声。托尼说，每天的这个时候，混沌酒馆是吃晚饭的最佳地点，因为他所有的朋友都会聚在那儿打牌。托尼举起一侧翅膀指了一下路，我们便出发了。

当我们来到混沌酒馆时，这里所有的人看上去都很忧伤。可等我们一进门，大伙儿突然就欢呼雀跃起来，原来，他们之所以愁眉不展，就是因为托尼不见了。一天前，他的表兄阿明·多普勒告诉大家托尼不见了，于是他的朋友们花了几乎一整个晚上的时间焦急地四处寻找他，可无论在哪儿都找不到他的一丝踪迹。阿明认出了他的表弟后，开心地在空中连转了三圈，然后他张开双翅紧紧地抱住了我，勒得我仿佛都能听到自己的肋骨在噼啪作响。

接着，托尼和阿明把我介绍给了他们的朋友们：马克·奎尔奇和本·奎尔奇是两只丝猴；睡鼠鲁道夫·鲁德丹顿，大伙儿都叫他鲁迪，没过多久，我便得知他是一名兰花商人；还有从遥远东方来的豚鼠李·贝特，他已经环游世界三圈了，到哪儿都要去赌桌上碰碰运气。

那天晚上，所有人都兴高采烈，就连我也终于放松下来，好好享受了一下愉快的时光。我一次也没有想起过风之女王号，或者说我只想起过几次。不过，至少在我想起来时，心里不再有那种揪着难受的感觉了。我们在狂欢的过程中非常小心，没有发出太大的噪音。我们一夜没睡，一直玩到第二天一大早。

太阳开始升起，可我一点儿也不觉得累。还在风之女王号上的时候，我就习惯了熬通宵。很多时候，我头一天值了夜班，紧

接着第二天还能和朋友们再一起熬夜。托尼和阿明已经哈欠连天了，所以我们说好，他们先睡一会儿，我出去走一走，然后再去找他们。

我一路逛到了港口，凝视着大海，不禁又开始渴望能在地平线上看到那艘船的身影，看到朋友们返航来接我。晚一些的时候，托尼他们邀请我去他们位于蜂巢山的蝙蝠牧场。

为了想办法让我登上蜂巢山，托尼和阿明可以说是绞尽了脑汁。去蝙蝠牧场没有步行通道，毕竟蝙蝠都是飞来飞去的。可惜我不会飞，而且我个头太大了，也没法爬上托尼或阿明的后背。不过，我们还是想出了一个解决方案：我们找来一些皮带缠在我身上，就像是给尿布配上了背带一样。

我紧紧地抓住皮带，托尼和阿明展翅起飞，我们就这样出发了。我对他们来说可不算轻，可怜的伙计们，正因如此，我们飞得并不快，而且他们还得时不时地停下来休息一会儿。

飞了整整一个晚上，抵达蜂巢山时我们都累坏了。不过，聚集在山上的众人看见我们都非常开心，他们和我们一一握手拥抱，轻拍着我们的后背。他们已经听说是我出手救了托尼。

多普勒奶奶是多普勒领地里的主厨，她给我们端来几盘热气腾腾的肉丸。我们一点儿也没客气，狼吞虎咽地吃了起来。然后，蝙蝠们都各自返回洞穴，摇摇晃晃地倒挂在洞穴的顶上，而我蜷缩在一个满是沙土的小角落里。我们睡了一整天，直到下午晚些时候才开始活动。

蜂巢山是一个不同寻常的地方。从远处看，它确实像是一个蜂巢，就像一扇从丛林中升起的巨大石门。山上满是岩石峭壁，根本无法徒步穿越，而整座山又被大大小小的洞穴所分割，蝙蝠们就栖息在这些洞穴里。通常，一整个大家庭会全部住在一个巨大的洞穴里。当然了，每个大洞穴里还有若干个小的房间、公共空间和一些隐蔽的角落。多普勒家族是蜂巢山上最大的家族，由五六十名家族成员组成。事实上，他们已经拓展了自己的居住范围，占据了两个洞穴。

我们到达的消息在蜂巢山的居民中引起了相当大的骚动。住在这附近的居民都开始焦虑起来，他们生怕我会泄露他们的秘密，

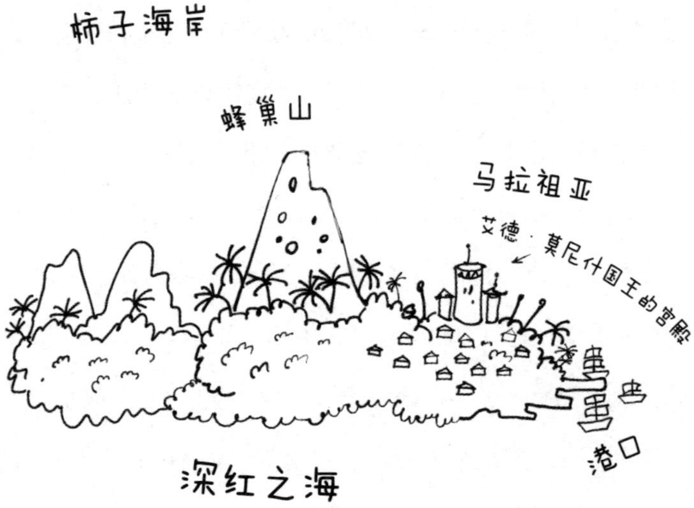

把他们居住在此的事情告诉全世界的人。托尼向他们郑重保证，说我永远不会向任何人提起这片领地，可依然没有什么用。太阳落山时，好几个家族的族长聚集到多普勒家的洞穴门口，对我的出现提出抗议。

“无论在什么情况下，我们蝙蝠都不能允许有外人和我们住在一起。”阿德里安·瑞达强调道。

“如果他让猎人来抓我们，那我们就完了！”他的妻子叹了口气说道。

托尼简直要被他们气坏了：“杰克是我的朋友，他救了我的命。是我邀请他来我家做客的，并不是他自己要来这里的。”

“杰克不会把我们出卖给任何人的。”阿明语气平静地说道。

“噢，你觉得不会？”维奥莱特·乌尔特拉是蝙蝠一族中年龄最长的一位女性，她每次看我的时候都会露出锋利的尖牙。

“杰克就像我的兄弟一样，他保护了我，没让那些偷猎者夺走我的生命。”托尼解释道。紧接着，他的眼睛突然亮了起来：“现在，我要让他作为兄弟加入我的家族。作为我对他的感激和爱的象征，我们会立下誓言，让他成为一名荣誉多普勒家族成员。只要他愿意！”

“一只荣誉蝙蝠？他？”维奥莱特讥笑着说道，“他都没法倒挂在天花板上，更别说飞行了！”

“我当然能倒挂在天花板上了！”我愤怒地脱口而出。他们大惊小怪的反应开始让我心烦意乱起来。

所有人都安静了。

“证明给我们看！”阿德里安说道，“如果你能倒挂在洞顶一直到我们说完话，那我就认可你是一只荣誉蝙蝠。”

“又不是你说了算的！”托尼厉声说道。而我已经动身爬上了洞穴的墙壁，一句抗议的话都没说。

爬上洞顶并不困难。我得找一个像样的把手——凸起的石头之类的东西。它必须足够结实，能够承受得住我的重量才行。找到后，我把自己的尾巴紧紧地系在了上面，让自己倒挂了起来。每个人都专心地看着。托尼飞到我的身旁。

“听我说，杰克，”他说道，“你用不着这么做。我真为这帮懦夫感到丢脸！”

“别担心。”我答道。本来，我还有几句话想要说，可又有点担心口水会顺着我颠倒的脸流下去，所以，似乎还是保持沉默比较明智。

谈话又持续了大约二十分钟的时间。血全都涌到了我的头部，而我的尾巴根部火辣辣的，感觉就像是要断了一样。过了一会儿，我已经不再关心他们到底在说什么了，只是坚定地倒挂着。最后，下面忽然发生一阵巨大的骚动，阿明飞去了别的什么地方，拿回了一只别致的高脚杯。多普勒奶奶说，如果我愿意的话，现在就可以下来，因为蝙蝠委员会已经接受了托尼想要跟我结为兄弟的决定，现在唯一要做的就是宣誓了。

可到了这会儿，我已经完全麻木了，压根儿没办法把自己拉起来，解开系住的尾巴。托尼飞到我的身边，脸上满是担忧：“你没事吧？”

“当然，只是我的尾巴好像有点儿打结了。”我小声说道，“你可以帮我解开吗？”

“可是那样的话，你会头朝下摔下去的！”他激动地说道。

“好吧，你要不帮忙的话，我就得渴死在这里了，因为我完全动不了了。”我依然十分小声地说道。

所有人都好奇地看着这边。托尼迅速解开了我系在石头上的尾巴。他本来还想把我拉住，可我对他来说实在是太重了。我慢慢地从他的手里滑了出去，径直栽向下方的岩石地面。在下落的过程中，我展开双臂，着地的那一瞬间，我顺势翻了一个非常漂亮的筋斗。虽然落地这一下摔得很重，但起码我没有摔断脖子。不过，倒挂了这么久之后，我头晕得厉害，实在是坐不起来了。我摔下来的时候肯定还是撞到了头，因为当天晚上我发现头上肿了个包，只不过当时我什么也没有感觉到，只是仰面躺着。

“看来，他的确能倒挂在房顶上。”我听到维奥莱特用嘲讽的语气说道，“我还想看看他飞！”

其他蝙蝠都哈哈大笑起来，气氛变了，大家都不再紧张了。只有托尼有些闷闷不乐，他觉得为了让大家接纳我作为他的兄弟，我付出的代价有点儿太高了。但最终，我还是缓了过来。我努力振作精神，挣扎着站了起来，挥了挥手，示意他我已经做好了宣誓的准备。

托尼和我同时宣了誓，我们发誓会永远像兄弟一样相亲相爱，保护彼此。然后我们拥抱了一下，接过阿明手中的高脚杯，一人喝了一大口。杯子里装满了一种又甜又浓的液体，我用衬衫擦嘴后，发现那液体留下了一团红得发黑的污渍。难道我们刚刚是喝了血来宣誓的吗？我并不想最后真的变成一只蝙蝠。不过，要是能长出翅膀，我还是会很高兴的。

第二天，我问托尼吸别人的血是什么感觉，他无比震惊地看着我。

“我们不是吸血蝙蝠！”他说道。

“那昨晚我们宣誓后一人喝了一大口的那个是什么？”

“那是红接骨木莓汁，”托尼哈哈大笑着说道，“我们都是留到有大型活动才会拿出来喝的。我猜它看起来是有点儿像血。”

“那维奥莱特呢？那个脾气暴躁的老太太，她每次笑的时候都会露出尖牙，是想要吓唬我吗？”

“关于乌尔特拉家族，有很多奇怪的故事，”托尼解释道，“即使是现在，你还是能时不时听到一些关于森林深处他们吸血部落的恐怖故事。多普勒奶奶可以告诉你更多关于他们的事情。”

那天晚上，多普勒奶奶给我讲了马林·乌尔特拉伯爵的传说。

他的家族所有成员的翅膀上都有一块奇怪的黑色阴影。马林伯爵对他领地内的成员进行了非常严酷的训练，孩子们必须证明他们已经熟练掌握了狩猎的技巧和吸血的本领。任何不够嗜血或者不够好战的成员都会被无情地赶出去。然而，马林伯爵本来其实是一只学识渊博、举止文雅的蝙蝠。他对蝙蝠的历史和祖先特别感兴趣，读过几本历史著作，认为蝙蝠是吸血鬼和黑暗之王的近亲，于是开始走火入魔般地想让蝙蝠一族重返那个充满光荣和荣耀的时代，并下定决心要恢复黑暗之王的统治，还要摆脱他那些爱好和平的亲戚。

当乌尔特拉家族准备发动血腥战争的消息传出来后，蜂巢山上其他蝙蝠领地的蝙蝠们纷纷联合起来，赶在马林伯爵发起残酷战争之前给了他沉重的一击。爱好和平的其他几个蝙蝠家族成功地把马林伯爵的军队赶出了他们家族的庄园。马林伯爵和他的亲信走了，自此杳无音信。

从蜂巢山回来后，我去的第一个地方就是港口。现在情况已经很清楚了，风之女王号不会再回来找我了。如果我是船长，就算我现在十分后悔把温和、善良、尽职尽责的杰克赶下了船，我可能也不会掉头回来了。

船会继续向前航行，我却被困在了柿子海岸上，我们的命运似乎再也不会有交集了。

第三章　猫鼬、海獭和笨贼

马拉祖亚是一个物价昂贵的城市，我好不容易找到的这个小房间，一周的租金就要一枚金币。船长给我的钱很快就要花光，是时候找份工作了。最好的选择当然是找一艘船，在船上谋个职位，然后去看看外面的世界。但无论如何，我绝对不会爬上那些肮脏的旧海盗船，我要等待一个好的机会。在那之前，我打算先去做一些零散的活儿，码头边总会有一些装卸货物的工作。托尼告诉我，如果我要写日记的话，就必须把日期和具体时间也写下来，不然过段时间再看，我就记不清写的这些事情到底是什么时候发生的了。其实，我并不是很在意事情是什么时候发生的。我突然想到，或许一位不知道怎么搞到我日记的陌生人——你，这会儿还在看着我写的东西！你真是个好奇心旺盛的人！我想你肯定会想知道这些奇怪的事情是什么时候发生的，对吧？但我其实不知道今天是几月几号。你肯定想知道为什么我不直接在这儿找个马拉祖亚居民问问。哈哈，非常有趣！每天早上，鹦鹉们都会尖叫着报出当天的日期（柿子海岸这儿住满了鹦鹉），比如“今天是水母成群月十八号”。可我该怎么理解听到的信息呢？我好不容易才弄明白，他们把一年分成了十二个月。这是一份柿子海岸的月份表：

水母成群月

蕨类绽放月

鹦鹉破壳月

大衣脱除月

云朵流动月

蚊子嗡嗡月

鲨鱼来袭月

群星眺望月

荆棘坠落月

海浪怒吼月

椰子叩响月

柿子丰收月

鲨鱼来袭月听起来很恐怖！

根据我们的日历来看，现在肯定是初秋了，但由于柿子海岸位于南半球，所以这里正值春季。或者更准确地说，这里永远都是春天，因为这儿总是很暖和。今天早上，鹦鹉们大声叫着“蕨类绽放月三号”。

蕨类绽放月十四号早晨

很巧，我的窗户正好对着杧果公园，有一只鹦鹉每天早上都在这里大声播报当日的新闻。他聒噪的叫声一直到今天为止还是让我觉得很恼火，但今天，我终于从他那儿听到了一些有用的信息。他向所有人大声宣布：身强力壮、踏实可靠的小伙子们有活儿干了，快去港口申请。

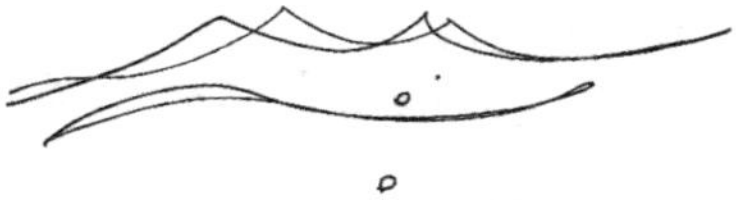

现在是晚上，我刚刚到家，手都要断了。明天我再把今天发生的一切写下来。

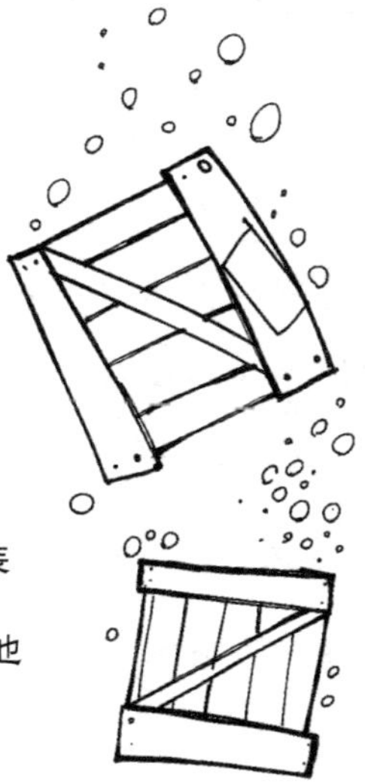

蕨类绽放月十五号

前天，北方大型货船之一——信天翁号抵达了港口。当人们正在装卸货物的时候，下方的舷梯断了，两个装满了银条的巨型板条箱掉进了海里。他们必须想办法把箱子捞起来。

鹦鹉们大声嚷嚷的招聘启事产生了非常好的效果，大约有二十个小伙子来帮忙找板条箱。起初，他们以为只要用几根铁链拴住两个板条箱，就能把它们拉上来，但后来他们发现，这里的水非常深，水压又大，光靠一股子蛮力是不可能把这些银条弄出水面的。

还有一个选择就是游到箱子旁边，把银条一根一根全拿出来。但是丝猴们不太擅长游泳，所以他们四处找人进行潜水作业。我讨厌海水进到毛发和眼睛里的感觉，但我觉得如果他们能付给我二十枚金币的话，我还是愿意干的。没想到，他们真的给了！

丝猴们给了我一个用某种薄皮拉伸做成的潜水面具，它虽然能隔水，却有些影响视线。不过也没关系，我还是能看到个大概，足够我在港口底部找到那两个板条箱了。第三次下潜时，我成功地撬开了盖子，取出了银条。幸运的是，两只有潜水经验的鼩鼱加入进来，我们轮流潜水，到最后，我觉得我们至少跑了四十个来回。

工作进行到大约一半的时候，我忽然意识到有什么在附近的水下岩石群中看着我。我只希望那不是什么巨大的水下猛兽，比如一条鲨鱼。那可不是闹着玩的。

我在码头旁休息了一会儿，接下来的一趟，由我和其中一只鼩鼱一起潜了下去。由于我们游泳的动静比较大，附近的海水都被我们搅动起了波澜，聚集在码头上的人群根本看不清下面是什么情况。我注意到一只海獭从一块岩石后面游了出来，趁着我和鼩鼱一人抓着一根银条往水面运的时候，他也拿了一根，然后游回了岩石群里。我用胳膊肘轻轻推了一下那只鼩鼱，隔着面具向他投去了一个疑问的目光，然而，他只是把一根手指竖在嘴巴前面，示意我最好还是保持沉默。

好吧，看来海獭和鼩鼱是串通好来偷银条的。我下定了决心，下次再看到那只海獭从石头后面出来，我一定不会让他继续偷窃了，而且他很可能已经偷走不少了。可他那张长着胡须的脸再也没有出现过。我猜他们肯定意识到我不会放任他们继续这么干了。

等我们终于干完之后，我因为反复上浮下潜而头疼得厉害，肚子有多饿那就更不用说了，而且，我还在瑟瑟发抖。深红之海的海水很温暖，但是连续几个小时都泡在水里一点儿也不有趣。他们给了我二十枚金币，还有人满怀感激地在我后背上拍了一下。我朝海马靴酒馆走去，打算在那儿喝一碗热汤。算我走运，刚好是特蕾西当班，喝完汤后，她又给我端来了满满一盘淋着巧克力酱的薄煎饼当作甜点。我就着一杯上好的无花果酒把甜点也吃完后，终于感觉找回了点儿状态。

当我离开的时候，那两只鼩鼱正在门外等着我。他们一句话也没说，其中一只鼩鼱挥了挥手，示意我跟他们走。我很想知道他们找我做什么，所以就跟着他们一路走进了一条僻静的小巷子。

不过，为了以防万一，我也做好了随时掏出小刀防身的准备。然而，他们并没有要伤害我的意思，等我们走到一处远离大街的角落里后，其中一只从口袋里掏出了一根银条。

“谢谢你没告发我们，朋友。”他说道，“这是我们的一点儿心意，请收下。”

“我不要偷来的东西。”我告诉他们，便转身迈步走开了。

“你真是个怪人。”其中一只在我背后大声说道。

我甚至都没有回头再看他们一眼。或许在他们的眼里我的确是个怪人，我干吗要在乎他们怎么看呢？杰克不是贼，即便他花完了手上的最后一分钱，全身上下只剩一件衬衫了，他也绝对不会偷东西！

蕨类绽放月二十四号

这几天，我除了在马拉祖亚的大街上闲逛外，什么也没做。我和港口里的每一位船长都谈过了，没有人需要新水手。我偶尔还是会去干一下装卸货物的活儿，不过只是为了别让当局以四处游荡为由把我抓起来。可我想念大海，想念清晨的海风，想念船在波浪中摇摆的感觉。

写日记并没有什么用，我觉得我宁愿去跳舞。但是，在马拉祖亚有一条非常严格的噪音管理条例：晚上七点以后，不可以发出任何噪音。当局不允许大声聊天，当然也不允许聚会。这个艾德·莫尼什国王才是个怪人，他为什么这么严厉？

蕨类绽放月二十六号

我想念风之女王号。

蕨类绽放月三十号

我再也不会踏入海马靴酒馆了。

特蕾西被海马靴酒馆解雇了，因为老板发现她有时会给有些客人提供免费的薄煎饼。好吧，不是有些客人，就只有我。但她的老板不能容忍这种事情。特蕾西收拾好行李，返回了她的家乡——棕榈叶树林。我再也不去海马靴酒馆了。

鹦鹉破壳月二号

今天，整个马拉祖亚都被一条可怕的消息给惊醒了。鹦鹉们甚至违反了噪音管理条例，在黎明时分便大声地报出了令人不安的消息：国王艾德·莫尼什在睡梦中驾崩了。这件事情完全出乎所有人的意料，整座城市一下子被搅得天翻地覆，丝猴们全都聚集到了街上讨论该怎么办。港口里一片混乱，城市上空升起黑旗以示哀悼，常年飞扬在港口上空的旗帜也降下了，结果，本来要进港的船只都不敢驶入港口了，而那些本来准备离开的船只也不敢起航了，所有航船都降下了船帆，无所事事地原地待命。

街上一片骚动，鹦鹉们都落在棕榈树的树枝和咖啡馆露台的栏杆上，不时向人们报告最新的消息。他们告诉城里的人们，由于阿尔班王子太小，现在还不能继承他父亲的王位，所以将暂时由他的叔叔斯温德勒统治这片土地。当然了，人们立刻提出了疑问，会不会是这个渴望权力的斯温德勒杀害了自己的哥哥？毕竟，艾德·莫尼什国王身体一直很好，而偏偏他的弟弟又代替他的儿子登上了王位，整件事情确实有些蹊跷。

我突然想到，如此一来，我吃了本该献给国王的奶酪也就不算是什么重罪了，艾德·莫尼什国王压根儿就没时间把它全部吃完。我对这件事再也不感到那么内疚了。

鹦鹉破壳月三号

这位新登基的斯温德勒国王很清楚怎么得到人民的爱戴，他在加冕典礼的当天便废除了噪音管理条例。此外，他还宣布全城放假五天，好让每个人都有机会放松一下。自此，一场盛大的街头庆祝活动开始了。到了第三天，等所有人都开始因为没日没夜的吃喝玩乐而有些难受之后，斯温德勒国王宣布，阿尔班王子将被送往国外继续深造。如果他早几天宣布这一消息，整个城市都会群起而攻之。“他就是想除掉那个男孩，”人们肯定会这么说，“这样他就能保住自己的王位了。”而现在，这则消息却被当作另一个值得干杯的理由。“斯温德勒国王万岁！”人们说道，“他对自己侄子的教育多么关心啊！”

丝猴们知道怎么样玩得开心。他们非常喜欢斯温德勒国王在街上派发的免费食物和柿子花蜜，光是看着它们就让人觉得无比欢乐。到了晚上，城市里还会有烟花表演，街上则挤满了翩翩起舞的丝猴，音乐一整天都没停过。在这一片欢腾之中却没有特蕾西！

鹦鹉破壳月七号

很明显，马拉祖亚处于几乎完全停滞的状态。五天的假期结束了，但根据国王的命令，假期又延长了，好让所有吃喝过度的人能够缓过劲儿来。在这场狂欢期间，也发生了一些不好的事情。狂欢的第二天，一些面目可憎的人开始涌入这座城市，我不知道他们是从哪里来的。但到第三天时，城市里开始频繁失窃，港口里还发生了好几起打架斗殴事件。我暗自发誓，只要能够避免，绝对不参与任何打斗。我只在看到三只矮猫鼬想从一个丝猴小孩那里偷钱包时，出手教训了他们一顿。每次和个头比我高大的对手打架时，我总会想起我的一位老朋友——鲍比·沃特维特，他教会了我左直拳和右勾拳。真想知道他现在怎么样了，我还想知道破浪者号是不是还在大海上航行。

鹦鹉破壳月十二号

我在港口教训过的那三只猫鼬今天溜达进了混沌酒馆。他们进店后一直大吵大闹，然后又开始大喊着要打牌。马克和本觉得或许我该试试能不能让他们安静一点儿。

于是，我们坐下来开始打牌。他们记起了我就是前几天在港口小巷里教训了他们一顿的那个家伙，便开始窃窃私语起来。不过，我拿了一手好牌。他们试过虚张声势，试过出老千，可我还是大把大把地赢走了他们所有的钱。他们并不知道，我的牌技可是从狂欢岛上伟大的同花顺大师那儿学来的。我把赢来的钱塞进口袋，走出门去透气。奎尔奇兄弟连忙跟了出来。猫鼬们跟着我们走了一会儿，边走边窃窃私语，但始终没有勇气和我们动手。他们嘟囔了几句，又咕哝了几句，然后就溜掉了。

鹦鹉破壳月十七号

我好几天都没去混沌酒馆了，因为托尼和阿明又把我接到了蜂巢山。托尼的姐姐生了个儿子，我受邀去参加庆生会。这是一份不小的荣誉，因为蝙蝠从来不让外人参与家族活动。看来，对于我和托尼的誓言，他们的态度和我俩一样认真。多普勒家族的全体成员都参加了庆生会，他们给那个小男孩儿取名文斯・多普勒。左邻右舍也纷纷送来了礼物。

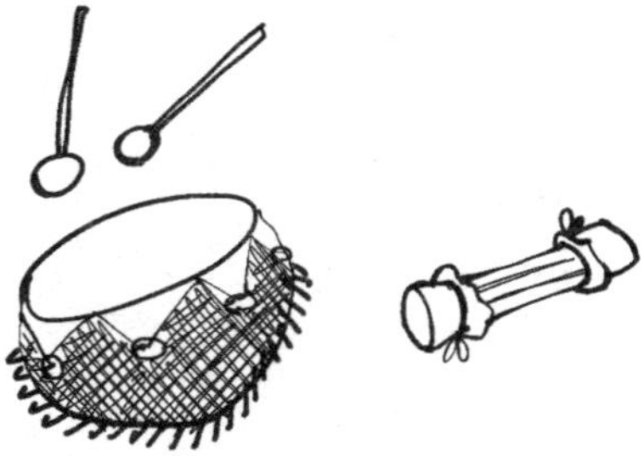

我用椰子壳和竹笋做了一个鼓。这样一来，我也有东西可以送给小文斯了。

鹦鹉破壳月二十号

那天晚上，我们回到马拉祖亚。托尼和阿明已经掌握带我飞行的窍门了，所以这一趟飞得很快。我们约好第二天在混沌酒馆见面。

第四章　混沌酒馆惹麻烦

鹦鹉破壳月二十一号

今天早上，我在邮箱里发现了一张字条。字条的内容不多，字也写得歪歪扭扭的。内容如下：

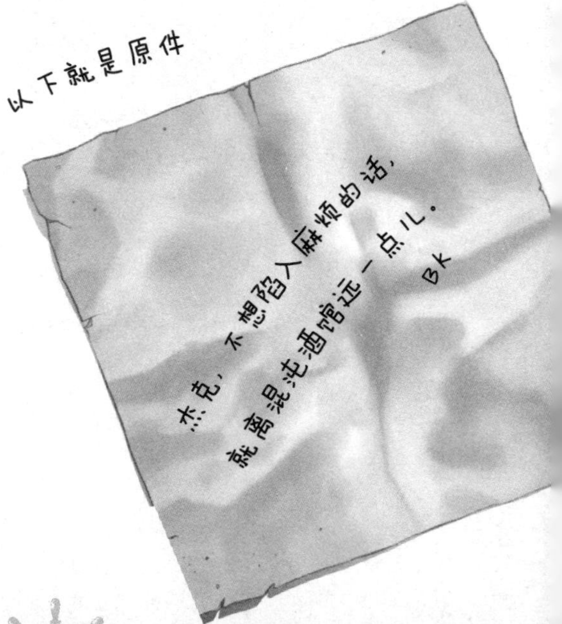

杰克，不想陷入麻烦的话，就离混沌酒馆远一点儿。

BK

BK，这肯定是本·奎尔奇名字的缩写[①]。但他到底是怕我遭遇什么不测呢，是那三只猫鼬又回混沌酒馆了吗？打从一开始我就知道他们肯定会这么做。我的朋友们应该都很清楚，对付他们对我来说根本不是问题，所以肯定还有其他的危险。也许是混沌酒馆在一场混乱中关门大吉了，也许是当局因为它违反了之前的噪音条例将它查封了。

不管是哪种情况，这个警告我都会记在心里的，毕竟奎尔奇兄弟是我见过的最勇敢的丝猴。我很清楚自己应该做什么。等夜幕降临后，我就直接去混沌酒馆，他们可能需要我的帮助！

好几天没能写日记了。起初，我甚至都不知道过去了多久，因为当我醒来时，发现自己在一个之前从没见过的地方。幸运的是，我带上了我的日记，看来我当时肯定是急着动身去混沌酒馆，匆忙之中顺手把日记本装进了口袋里。我很庆幸自己带上了它，这样我就可以把我记得的事情全都写下来了。反正，在我彻底康复之前，我也不能到处走动。

我那天晚上到了混沌酒馆后，发现情况确实很让人担忧。几位常客照例坐在他们平时坐的位置上，但大部分桌子都被拉到了房间的边缘，中间空出的好大一块地方摆了一张橡木做的大桌子。

---

① 本·奎尔奇这个名字在英文中写为“Ben Kwirky”，所以缩写为BK。

桌子的一头坐着一只胖胖的老鼠，看他的样子就知道他脾气好不到哪里去，他是那帮蠢货的老大。另外五只老鼠与他同桌，当然还有曾经被我教训过的那三只猫鼬。这些老鼠与我和我的亲朋好友们一点儿也不像，他们又吵又闹、粗鄙聒噪。

猫鼬们一看见我，立刻跳了起来，快步跑到桌子一头的老鼠老大身边，把我是怎么对待他们的向他讲述了一遍。他们丝毫没有掩饰自己正在谈论我。我礼貌地向他们挥了挥手，然后慢悠悠地走到了我们平时经常坐的桌子那儿。奎尔奇兄弟和托尼还没有到，只有鲁迪和李在。酒保提米・维姆斯给我上了一杯我最喜欢的酒，他的眼睛里流露出颇为恐惧的神色，激动地说道："快点儿喝完你的酒，然后离开这里。这杯我请了，赶紧走！"然后，他又一路小跑来到酒馆正中央的那张桌子旁，接过了老鼠老大刚点好的酒水单子。他还在跟我说话的时候，老鼠老大已经开始不耐烦地捶桌子了。

"猫鼬们不会忘记跟你打牌的事，也不会忘记你教训过他们的事。"鲁迪小声说道，"他们第二天就把这帮坏蛋全都弄到这里来了。从那以后，他们每天都在这里喝酒、吃饭，惹是生非。"

"他们一直在等你露面，杰克。"李说道，"你最好赶紧消失，我们三个斗不过他们的。"

我权衡了一下利弊，也许他们是对的。与这帮家伙硬碰硬的话就太愚蠢了，毕竟他们的人数远多过我们。但已经太晚了，两只浑身发臭的老鼠晃到了我坐着的地方，大声嚷嚷起来："我们老大想跟你聊聊。”

“我不认识这位先生。”我边说边懒洋洋地往后靠了靠，“不过，他可以来和我喝一杯，但他得先做个自我介绍才行。”

听我这么说，他们俩一声不吭地转身快步走回了那张大桌子旁，把我的话告诉了他们的老大。“现在离开这儿还不晚，杰克。”鲁迪低声说道。

与此同时，那只老鼠老大已经一脸凶相地站了起来，朝我们的这张桌子走了过来。

“我是莫兰·艾诺菲斯特[①]。”他粗声粗气地说道。我猜他肯定以为我会被这个名字吓唬住，可我并没有，反倒是一脸乏味地盯着他。

“我们可以打几把牌。”他提议道，“这些家伙说你很会玩。”

他们立刻给我腾出了地方，开始发牌。三只猫鼬也加入了游戏，另外两只老鼠——雅塔汉和斯林科也加入牌局，他们俩也都是非常讨厌的角色。还有一只胖老鼠跟班则站在我身后，显然，他的任务就是盯着我，确保我没有搞小动作。后来我才知道，他的名字叫作加洛斯。好吧，光靠几个肌肉发达的暴徒，是不可能抓到我搞小动作的，但这一次，我发誓绝对不搞小动作，因为如果这帮粗野的家伙真的抓到我搞小动作，那肯定会引起相当大的骚动。

① 此处英文原文为“Ironfist”，亦有“铁拳”的意思，此处音译为艾诺菲斯特作为人名。

起初，一切都还好，我们各有输赢。猫鼬们不敢搞小动作，因为所有人都知道莫兰是这里的老大，你要是赢他赢得太多，肯定会吃不了兜着走。慢慢地，莫兰把其他人都赶出了局。三只猫鼬是最先弃牌的，紧接着雅塔汉和斯林科也输光了手上的最后几枚钱币。我勉强保住了本，可加洛斯把我盯得越来越紧。他靠得非常近，我脖子上都能感觉到他的鼻息了。

终于，牌桌上只剩下我们两个人，莫兰一脸狰狞地盯着我。

最为奇怪的事情发生了，我的运气突然好得令人难以置信。我发誓，就算我搞小动作，也不可能让自己拿到更好的牌了。莫兰一直在搞小动作，而且他的隐蔽工作做得并不好，我已经好几次看到他从袖口里抽牌出来了，但我还是一句话也没说。我希望他的牌最终会大过我的牌，因为现场的状况越来越清晰了，如果最后是我输了，那我的下场还能好一点儿。

可我就是输不了。到最后，我不得不搞了两次小动作，因为我真不想把这个可怜家伙的钱全都赢走了。但即便如此，他的那堆钱还是不断地减少。到头来，就连他最后一把零钱也都跑到我这边来了。

牌局结束后我迅速溜出门，飞快地转过身，用一块大石头把门给顶住了。也许，等他们出来的时候，我已经消失在黑夜里了。在下一个拐角处，我转身走进了一条小巷，但令我惊讶的是，两只健壮的老鼠堵住了狭窄的小巷。从他们的穿着可以看出，他们是海盗，显然正在那儿等着我。

我假装没有注意到他们。与此同时，莫兰团伙的其他成员也来到了街上，我没法回头了。当我走近那两只挡住我去路的老鼠时，他们向两侧伸开了双臂，以防我从旁溜走。虽然他们俩块头很大，但他们压根儿没想到我会快如闪电一般地突然冲其中一人打了一拳。那人当场瘫倒在地，另一个则打了回来，我们互相过了几招，最终他被我一拳打得不省人事。

可惜的是，拖到这会儿，其他人也已经知道我在什么地方了，他们连忙赶来加入了这场打斗。九对一，这场架打得可真是公平，我暗自心想。但是，这个局面还不是完全没有希望，这条小巷太窄了，他们没法儿九个人同时向我冲过来。只要他们每次只过来两三个人，那我就还能应付得过来。但整个世界突然都变暗了，之前被我打昏的一名海盗醒了过来，从背后向我发起了偷袭。他一拳重重地打在了我的头上，我当即倒地，失去了意识。

我再睁开眼时，出现在眼前的是这样一张脸：

于是，我赶紧闭上了眼睛，我觉得自己肯定是在做梦。慢慢地，我开始记起了发生在巷子里的打斗。我已经死了吗？

谢天谢地，我随后便听到了托尼欢快的声音："他苏醒过来了！"

现在，我完全睁开了双眼并且试图爬起来。但我只要稍微一动，整个世界就仿佛天旋地转一般，所以，我只是环顾了一下四周。

托尼坐在我的旁边，他显然非常高兴。他的左右两侧坐了一些我从未见过的奇怪生物。他们的头上长有羽毛，身体大部分被一层软毛覆盖着，还穿着用皮和植物做成的奇怪衣服，乍一看确实有些吓人，但他们的笑容又都是那么和蔼可亲，以至于我根本就没有觉得害怕。

很快我便得知，这些长有羽毛的奇怪生物就是巴芬人。在柿子海岸上，几乎没有人知道他们的存在。他们部落的首领——瘦削的唐纳是一位著名的治疗师，正是他的万能药让我苏醒了过来。

据托尼说，海盗们把我打晕之后，我便再也没有办法自卫了，他们则更加无情地对着我拳打脚踢。毫无疑问，他们本来很可能要把我活活打死，但幸运的是鲁迪通知了托尼和阿明，他们及时赶了过来。他们像两只狮鹫一样从空中向海盗们发起了进攻，在黑夜的掩护下频频出拳，给海盗们制造了极大的混乱。他们俩救了我的命，因为海盗们全都挥舞着手臂试图对蝙蝠进行反击，没有再继续打我。

架还没打完，夜班警卫便出现了，是李叫来的警卫。打我的那帮人立马四散逃走了，警卫们一个海盗也没抓到。当警卫们去追赶海盗的时候，托尼和阿明扶着我离开了那个地方。他们始终无法把我从昏迷中唤醒，最终决定带我去住在丛林中央的著名治疗师那儿看看。

他们把用皮带做成的挽具绑在一根椽木上，然后把它套在了我的身上，带着我一起飞走了。这才是真正的友谊！

第五章　阿帕祖卡

瘦削的唐纳说我没受什么重伤，只是被他们狠狠地打了几下脑袋。他让我喝了好几天苦得难以下咽的汤药，直到我终于恢复了体力。托尼也在我身边待了几天，一边帮巴芬一族的忙，一边看我身体是不是开始恢复了，但后来他不得不回蜂巢山去。蝙蝠家族的成员们要主动分担各种家务，每个人都有很多事情要做。

我很快就和巴芬一族成了朋友。我这辈子还没见过这么欢快的生物。他们聚集在我周围，睁大眼睛盯着我，咯咯地笑着，我在他们眼里一定和他们在我眼里一样奇怪。不过，打从第一天起，他们似乎就觉得我和他们生活在一起非常自然。当我不用再喝瘦削的唐纳给我的神奇汤药后，总会有几个巴芬人围在我身边，送给我一些浆果和有趣的小饼干。

布斯科和米奇·格林布尔这两个人几乎总是在附近闲逛，我很快就和他们成了朋友。巴芬人的身材比老鼠矮小一点儿，但据我观察，布斯科和米奇的年龄肯定和贝利克差不多大。瘦削的唐纳已经允许我从床上坐起来了，但他仍然不允许我下地走路。关于阿帕祖卡（巴芬一族居住的小村庄的名字）的居民，我发现每当夜幕开始降临时，他们就会变得非常焦虑，东奔西跑地好像在为迎接黑暗的降临而做准备一样。起初，我以为他们在各自小屋里点亮了绿色的提灯，但后来我发现这绿光并不是来自提灯，而是来自一种奇怪的石头。

巴芬一族非常害怕黑暗。黎明对他们来说就还好，黄昏也并没有让他们非常困扰，但他们很害怕如果黑暗彻底降临，他们一族就会灭亡。要是不带闪光石——他们走到哪儿都要随身携带的发光小石头，没有一个巴芬人敢在黑暗中度过哪怕一秒钟。自打出生那天起，每个巴芬人的脖子上都会挂着这样一块小石头。

布斯科今天给我看了他的闪光石。那是一块又长又粗糙的石头，看起来很像一根小柱子。布斯科说，他的父母之所以为他选择了这块闪光石，是因为他是家里的长子，他的父亲坚信这个男孩儿将来会成为家庭的顶梁柱。布斯科平时就把它装在挂在脖子上的一个刺绣小皮包里。有布斯科带头，米奇也把用绳子系在脖子上的小包取了下来。米奇的闪光石扁扁平平的，很像一枚奖章，中间还刻着一个圆圈，看起来就像一个靶子一样。这个符号在巴芬一族中代表着诚实与智慧，米奇的父母将这个图案刻在他的护

身符上。

这两块闪光石的形状完全不同，但它们都是由同一种石头制成的。石头本身呈灰绿色，奇怪的是，它摸起来却像丝绸一样柔滑。我从来没有想过石头会如此柔软，而且摸起来竟然这么舒服。它发出的光芒既不明亮也不特别耀眼，却很能安抚人心。一旦你看习惯了，就很难再摆脱它温暖的光芒了。对于一个巴芬人来说，没有什么比失去刚降生时就获得的那块闪光石更不幸的事情了。经历过这种悲剧的巴芬人通常会得到一块新的闪光石作为替代品，但失去了自己闪光石的巴芬人通常都不会活得太久。

我让他们告诉我闪光石是从哪儿来的，但我话刚一说完，他们俩就立刻变得严肃起来，怀疑地上下打量着我。

“闪光石是我们最为用心守护的珍宝，”米奇一脸严肃地说道，“我们不能让任何人知道它们是从哪儿来的。”

布斯科说：“如果全世界都知道在哪儿能找到它们，那闪光石很快就会被采得一块也不剩，到时候巴芬一族就会从这个世界上消失了。”

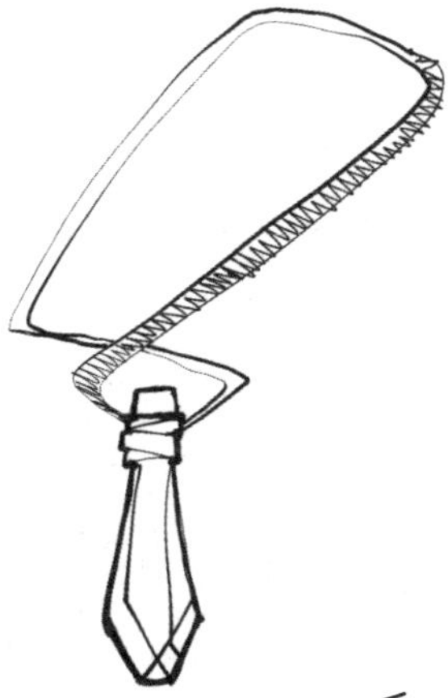

布斯科的闪光石

“好的，”我点了点头说道，“我明白了。我不会再问了，我保证。”

“相信我，杰克，我们给你看了我们各自的闪光石，这件事本身就是深厚友谊和绝对信任的象征了。”

不久后的一个晚上，我被允许参加了一个重要的仪式，我怀疑这份荣誉很可能是巴芬一族友谊的最高标志。晚饭后，巴芬一族开始狂欢，庆祝其中一个家庭新添了宝宝，而这对新晋父母必须为他们的新生儿挑选一块闪光石。瘦削的唐纳打开了一个箱子，那还是我第一次看到他把那个箱子从他住着的那间小茅屋里拿出来。箱子里装满了闪光石，有大有小，有粗糙的也有光滑的，但所有的石头都闪烁着温暖的绿光。

这对父母耐心地挑选了半天，最后选择了一块像花蕾一样的石头。他们把它放在一个小袋子里，挂在了新生儿的脖子上。我听说孩子的父亲第二天会和几个朋友一道出发，前往他们采集闪光石的秘密地点。他要在那儿再找一块美丽的闪光石，把它带回来，放进唐纳的箱子里。这样一来，当再有巴芬新生儿诞生的时候，孩子的父母便仍然有相同数量的闪光石可以选择。

之后，我便见证了我所见过的最奇怪的仪式。瘦削的唐纳把箱子拿回了小茅屋，然后又拿出来一个看起来更重的箱子。巴芬一族全都欣喜若狂地围着这个箱子坐了下来。唐纳打开箱子，拿出了一块像砖头一样大的闪光石，这块石头散发出的温暖绿光覆盖了所有的巴芬人。巴芬一族的成员们一个接一个地站了起来，走到这块闪闪发光的巨石前，用他们纤细的手指轻轻地抚摸它。然后，他们依次走到新生儿身边，抚摸他的前额、脸和挂在脖子上的闪光石，仿佛想把这个脆弱的婴儿包裹在石头散发出的温暖之光中一样。

米奇解释说，那块大闪光石的名字叫作卡曼杜克，是巴芬一族最珍贵的宝物和奇迹。纵观全世界，再也不会有像它这样的石头了，所以，这也是他们最为悉心守护的秘密。如果有任何巴芬人泄露了关于卡曼杜克的任何只言片语，其他住在阿帕祖卡的居民就会没收他的闪光石，将他赶出村子。而他们竟然允许我目睹这一切。这让我非常感动，这也意味着巴芬一族信任我，把我当作自己人。

在养伤的过程中，我还注意到巴芬一族非常喜欢各种装饰品。他们会在衣服上绣花，将头发编成珍珠辫，还喜欢把丛林里各种各样的东西挂在他们小屋的墙上，比如挂满浆果的树枝、马蹄蘑菇和兰花编织的花环。

一天下午，由于觉得有些无聊，我随手拿了块木头雕了起来。当我再抬头时，有几个巴芬人正聚在我的身旁，一脸惊奇地盯着我，仿佛我正在创造什么奇迹一般。第二天，我为布斯科和米奇各雕了一个拳头大小的雕像，就是两个小巴芬人的雕像。我在他们的头上刻了几根羽毛，然后在他们的脖子上刻出了一个装闪光石的小包，这样看起来才算完整。布斯科和米奇又惊又喜，一时间都不知道该说什么好了。很快，阿帕祖卡的每个人都听说了我的木工天赋，就连瘦削的唐纳也从小茅屋里出来，看了看我为两个男孩雕刻的雕像。

第二天，我找了一根更大的木头，开始雕刻唐纳的雕像。为

了报答他帮我疗伤，我想这是我最起码应该做的。两天后，当我把雕像放在他的小茅屋门口时，瘦削的唐纳惊讶得简直不敢相信自己的眼睛。他只是笑了又笑，紧接着喜悦的泪水便顺着布满皱纹的脸颊流了下来。

雕刻雕像或许并不是个好的主意。几天以来，我除了雕刻一根又一根的小树枝之外什么事也没做。巴芬一族的每个成员都想要自己的雕像。有些男孩甚至要求我为他们心爱的女孩雕刻雕像，这样他们就可以一直把心上人带在身边了。还有一些巴芬人甚至决定自己亲手试一试，整个村庄都沉浸在制作木雕的狂热之中。很快，如果有哪个巴芬人的家门口没有竖起一座木制全家福雕像，那他很有可能会被视为外人。

说不定有朝一日我会在村里开一所木雕学校。那我到时候要去做一张名片，上面写着：杰克·波拉斯，水手，雕刻家。

或许我还要在名片上再加一个拼图工匠的头衔。我用几根树枝、一个椰子壳和一段绳子给孩子们做了一个恶魔连环锁[①]，他们对它爱不释手！我可以很明确地

① 一种西方的益智类游戏，类似中国的孔明锁。

告诉你，他们喜欢谜语和连环锁。以前我玩过许多连环锁，对我来说，最大的挑战就是我能不能自己做一个连环锁出来。事实上做起来并不是很困难。唐纳被我的恶魔连环锁彻底迷住了，他笨手笨脚地摆弄着它们，解开了之后又重新锁上（他的思维非常敏捷，怪不得他是巴芬一族的首领）。最后，他问我能不能为那块巨大的闪光石——卡曼杜克做一个盒子，再给这个盒子配上一些精妙的机关锁，这样一来就没有入侵者能打开盒子把石头偷走了。倒不是说真的曾经有入侵者，但小心一点儿总也无妨。我答应他，只要找到了所需要的材料，就帮他做一把有史以来最为复杂的机关锁。

第六章　伊利亚娜

我就像是一块磁铁，专门吸引各种麻烦。今天早上，我动身前往丛林，打算去找一些可以用来制作机关锁的上好木头和树枝。米奇的爸爸给了我一把锋利的刀用来开路，我拿着这把刀左挥右砍，在灌木丛中砍出了一条路来。

布斯科和米奇已经把怎样在灌木丛中砍出一条路的技巧都教给了我，所以，当我在灌木丛中一路向前劈砍时，并没有特别担心，而是随心所欲地往前走着。我喜欢这里安静的感觉，周围只有森林的声音。（比这还让我喜欢的只有一样东西：波涛汹涌的海面上呼啸而过的风声。）

走着走着，我突然听到上面的树枝那儿传来震耳欲聋的尖叫声。起初那声音还很远，但后来便越来越近了。这倒没有什么可怕的，只是让人有些不安，但为了以防万一，我还是躲在了一片大无花果树叶的后面。不一会儿，一群猕猴兴奋地尖叫着出现在了我的眼前。猕猴有时就是会这样肆无忌惮地大声喧哗，搞得整片丛林都回荡着他们的尖叫声。布斯科说，猕猴非常擅长将自己的窝隐藏在纵横交错的树枝中，有时候甚至连巴芬人都找不到。这还是很能说明问题的，因为丛林里可以藏东西的地方巴芬人几乎都知道得一清二楚。

猕猴们纷纷退回到我头顶上一个由树枝和藤蔓交织而成的小庇护所中，他们把这个地方伪装得天衣无缝。要不是看到他们消失在那一片绿色的树叶和藤蔓之中，我永远也不会知道那里有一个秘密的巢穴。不过，他们的一举一动也不是非常小心，他们刚刚得到了某样非常珍贵的战利品，现在正兴致高昂，“谨慎”这两个字早就被抛到九霄云外去了。领头的那只猕猴得意扬扬地抓着这件东西，可我怎么也看不出那到底是什么，因为它实在是太小了。树枝似乎都被他们激动的争论声震得发颤。

我决定在这个地方做个标记，因为据我所知，布斯科和米奇肯定会想看看猕猴们的藏身之处，于是我在自己藏身的无花果树上绑了一小截绳子，便继续踏上了前进的旅程。

我不知道自己到底走了多远，突然一声微弱的呜咽从浓密的灌木丛中传来。我立刻想到了托尼，以及他是如何被猫鼬偷猎者们设下的陷阱给缠住的。想到这儿，我已经为解救一个深陷痛苦的不幸生命而做好了准备。

蜷缩在荆棘丛中的是一个巴芬女孩儿，她的脸上满是泪水，全身止不住地瑟瑟发抖，看上去已经哭得筋疲力尽了。她叫伊利亚娜，是阿帕祖卡最受欢迎的女孩儿之一。她的脸色颇为惨白。乍一看，我没有发现任何受伤的痕迹，但很明显这里发生了什么可怕的事情。我左右闻了闻，确定附近没有其他人后，跪在了她的旁边。

我轻轻地把一只手放在她的肩头，她浑身发抖，呜咽得更厉害了。我轻声地和她说着话，试图安抚一下她的情绪，让她知道我是她的朋友，她用不着害怕，然后我开始问她到底发生了什么事情。很长一段时间里，她什么也没有说，只是静静地抽泣着，然后，她虚弱地抬起胳膊，把一根手指放在了自己的脖子上。我立刻意识到发生了什么：她的脖子上肿起了一个深红色的大包，而那个位置本来应该挂着她装闪光石的小袋子。显然，有人把石头从她的脖子上扯了下来，我甚至已经猜到这是谁干的了。

“猕猴！猕猴！是他们干的！”我叫道。

伊利亚娜点了点头，眼泪又顺着脸颊流了下来。

“听着，伊利亚娜，没事的！我知道猕猴们的藏身处，我看到他们拿着你的闪光石躲进交错的树枝中了。走！起来，我们现在就去找他们！我去帮你要回来！”

“我没力气了。”她叹了口气道。我也看得出来，确实如此。

“那我来背你，你不能待在这儿。”

“没有我的闪光石，我不能离开这里。”她呻吟了一句，然后再次闭上了双眼，脸色变得极其惨白，我甚至觉得她可能永远都不会再睁开眼睛了。

“那你在这儿等着，要不了多久！我一个小时内就带着你的闪光石回来！”

“别把我一个人留在这儿，杰克。”她小声说道，“我一个人害怕。”

“你会没事的，别担心，现在天还亮着。不过你要是想让我在天黑前把你的闪光石带回来，那我现在就必须走了。”

“天黑前一定要回来，杰克。如果天黑了我还在这儿，我会死的。”

我以最快的速度向那棵无花果树跑了过去，刚刚在灌木丛中砍出的那条小路依然清晰可见。没过多久我就来到了猕猴的藏身处，轻而易举地找到了我留作标记的那截绳子。丛林里的树木看起来都是一个样子，要是没有这截绳子，我恐怕永远也不会知道自己到底有没有找对位置。我侧耳仔细听了听，上方交错的树枝间似乎非常安静，那群猕猴肯定又去别的地方掠夺其他人了。我只希望他们没有随身带走伊利亚娜的闪光石。

丛林里的每棵树上都挂着藤蔓，对于任何一个经常在帆船的绳索上四处走动的人来说，爬到树上简直是小菜一碟。我用牙齿咬着那把用来劈砍灌木丛的刀（以防我到了树枝上会需要它），一点儿一点儿地沿着藤蔓爬了上去。幸运的是，似乎没有人发现我。寻找巢穴的入口可花了我不少时间。整个入口都藏匿在错综复杂的树枝中，紧紧地贴在树上，即使走近了看，也很难一下子看清楚到底怎么进去。不过，我最终还是找到了。

“如果我的鼻子没骗我的话，”我乐观地想，“他们应该没有留人看守此地。”

我朝里面瞥了一眼，松了一口气。巢穴是空的，一块闪光石

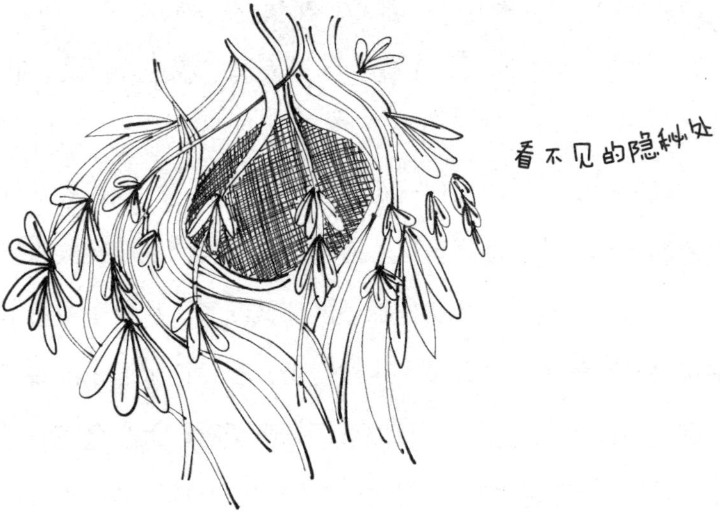

悬在屋内最高的一根树枝上，整个房间都沐浴在它温暖的绿光之中。要想拿到闪光石，我必须进入猕猴们小小的藏身处。我尽量以最快的速度行动起来，可还是不够快。当我正解着他们打的结时，猕猴们回来了，我甚至都没时间找个地方躲起来。看到自己的藏身处竟然有个陌生人，第一只进来的猕猴吓了一跳，我正好利用这个机会飞快地给了他两拳，将他打倒在地。可就在他的身后，至少有五只猕猴冲了进来。虽然我使出浑身解数想要把他们一一挡开，但没多久他们就把我给制伏了。我本以为丧钟已经为我响起，可幸运的是，猕猴是一个非常有好奇心的物种。

虽然我比他们小很多，但我还是找到了他们的藏身之处，而且还如此肆无忌惮地溜了进来，在他们看来这实在是太有趣了。他们很想知道我为什么要这么做，又是怎么做到的。我开始燃起了一丝希望，如果我告诉他们，他们给伊利亚娜带来了多么可怕的灾难，他们也许会毫不犹豫地把她的闪光石还给她。但我错了。当我告诉他们那个可怜的巴芬女孩儿在灌木丛中瑟瑟发抖时，他们尖声大笑起来，然后开始你一言我一语地讨论起该对我进行怎样巧妙而又特殊的惩罚，毕竟我发现了他们的藏身之处。

他们一个个大喊大叫，每个人都试图用一些非常离谱的建议让他们的老大相信自己已经想到了最完美的惩罚方式。其中一个说应该剥了我的皮，另一个说可以拿我做一道美味的炖菜。他们的首领只是挠了挠毛茸茸的头，什么也没说，显然，他很难决定这些建议中哪一条才是最有趣的。

最后，他们决定先把我的尾巴绑在闪光石旁边倒吊在那儿，看看我的眼睛会不会也闪出绿光。算我走运，这帮野蛮的家伙正好给了我一点儿时间来整理思绪。正当我绞尽脑汁地想办法时，忽然听到他们的老大在抱怨什么。

“这么大一片丛林，你们就找不到一个石榴给我当晚餐？我想吃石榴好几天了，可现在呢，还是没有！我要把你们一个个都挂在这只小老鼠的边上！”

“噢，石榴。”我飞快地说了一声。

“你在嘟囔什么呢？”猕猴老大大声喝道。

“我只是很庆幸你们没找到我今天早上藏在灌木丛里的一大篮石榴。”

“什么篮子？什么石榴？你把它们藏哪儿了？”他转过来对我说道。

“我不会告诉你的！你会把它们吃光的。而且，总共也没几个，肯定不够你吃的。”

“你赶紧告诉我把那个篮子藏在哪儿了，不然我现在就把你干掉！”他咆哮道。

“除非你保证不去碰它们！”我焦急地回道。

“保证？我们当然保证了！”他咯咯地笑道，“现在，快说！”

“在瀑布上游的远端，我把篮子藏在一根木头下面了。”我说道。

我话音刚落，猕猴们就已经冲出了大门。

“不要把它们拿走！”我用绝望的语气喊道，“反正也不够你吃的！”

我无须再多说什么了，这群贪婪的坏蛋已经以最快的速度向瀑布飞奔而去，一边跑还一边相互推搡。他们的老大冲在最前面，很明显，他是真的很想吃到石榴，以至于他完全忘记要留人站岗这回事了——而这正是我所希望的。

等巢穴空无一人之后，我便开始来回摇摆，把自己荡得越来越高，最后终于抓住了天花板上的一根树枝。我一只手紧紧地抓着这根树枝，另一只手则开始解被他们绑住的尾巴。我只花了一两分钟便把自己放了下来，然后又花了一分钟取下那块闪光石。现在，回去找伊利亚娜！

溜出猕猴的巢穴时，我惊恐地发现外面已经几乎一片漆黑了。我把闪光石挂在脖子上，这样我就能借着它的光看清脚下的路了。然后，我抓起一根藤蔓开始向下爬去。快到地面时，我松开手，任由自己掉了下去，正好落在那棵无花果树旁边。刚一落地，我便立刻跳了起来，快步冲了出去。我只希望还来得及！

谢天谢地，我及时赶到了。伊利亚娜的呼吸缓慢而又微弱，但她还活着，我赶忙把闪光石挂在了她的脖子上。她把石头握在手里，紧紧地贴在了自己的皮肤上，然后如释重负地叹了口气，进入了梦乡。没过多久，我便听到了猕猴愤怒的尖叫声，看来，他们已经意识到被我耍了。要不了几分钟，他们就会发现我逃走了，而且是带着闪光石一起逃走的，他们肯定会立刻出发来找我。我和伊利亚娜不能待在原地，因为猕猴们肯定记得他们是在哪儿抢走了她的石头。他们又不是傻瓜，这里会是他们第一个来找的地方。

阿帕祖卡太远了。我花了好几个小时才走到我们现在所在的地方，那还是在日落之前。在夜幕之下，我们根本不可能找到回村子的路。于是，我决定先找个既能躲过猕猴，又能过夜的好地方。我背起可怜的伊利亚娜，偷偷摸摸地从灌木丛中走了出去，沿着一条非常随意的路线走进了森林，还在睡梦中的她连哼都没有哼一声。由于猕猴们还在紧追不舍，我必须尽量不发出任何声音，可肩上背着伊利亚娜，我实在很难安静地穿过茂密的灌木丛。

我别无选择，只能选了一条看起来最好走的路，但这也意味着我有被上方的猕猴们发现的风险。没办法，我只能指望此时已经笼罩整片森林的黑夜了。不一会儿，我险些迎面撞上了路中间一棵空心的大树。这棵树的侧面有一条缝，刚好够我和伊利亚娜钻进去。我把这个可怜的巴芬女孩儿放在地上，借着她脖子上闪光石的光往缝隙中瞥了一眼。

树洞看上去是空的，而我听到身后猕猴们的叫声越来越大，于是，我把睡着了的伊利亚娜放进树洞，然后随手折下树枝上的几片大叶子，自己也跟着爬了进去。进入树洞后，我用树叶盖住了树洞的缝隙，以免闪光石的光芒暴露我们。与此同时，猕猴们已经来到了这棵树下，一个个怒不可遏地尖叫着，猕猴老大的骂声犹如惊天巨浪。我屏住呼吸，生怕自己发出任何声音。

很快，猕猴们就继续钻进灌木丛中搜寻我的踪迹去了。我决定和伊利亚娜就在这棵老树的树洞里过夜。我刚要睡着，突然听到一阵轻轻的沙沙声。我本能地伸手抓起伊利亚娜的闪光石，尽可能地把它举起。在一片绿光之中，我看见一只巨大的蝎子，它的尾巴高高竖起，一副随时准备发起进攻的样子。这蝎子实在是太大了，我根本没法用拳头把它打碎，要是能找到个比较坚硬的东西，我就能把它砸死在树洞里。但树洞里没有任何坚硬的东西，既没有一根像样的木头，也没有一块合适的石头。或许是有的——伊利亚娜的闪光石！

为了避免惹得蝎子发起进攻，我慢慢地取下了伊利亚娜脖子上的石头，然后缓缓地抬起了胳膊。但就在这时，一件极为奇怪的事情发生了：在石头的光芒下，蝎子突然显得非常谦卑，它垂下了尾巴，也低下了头。

我把闪光石举得离蝎子更近了一些，希望以此吓唬住它，让它转身逃跑。但事实并非如此。它后退了一步，恭恭敬敬地低下身子，仿佛在等待命令。好吧，我心想，如果它想要接受命令的话，我就给它一道命令好了。

“你可以走了。”我蛮横地说道。

我简直不敢相信自己的眼睛。蝎子果真顺从地点了点头，悄无声息地消失在那条缝隙里。黎明的第一缕阳光刚刚洒向大地，伊利亚娜就醒了过来。她冲我笑了笑，看起来生龙活虎的样子，昨晚还沉沉地压在她身上的恐惧和软弱彻底没了踪迹。我把来龙去脉都告诉了她。

“你救了我的命，杰克。”她轻声说着，紧紧地攥住了我的手。

我把昨晚那只蝎子的事情也告诉了她。

她看上去一点儿也不惊讶。

“闪光石会为佩戴者提供多种保护，我很久以前就知道了。有些生物会被它的光芒所吸引，并服从闪光石佩戴者的命令。不过我们还算走运，因为我们碰巧躲在了蝎子的巢穴里。要是换了狼蛛的话，它肯定会一口咬上来。”

我们爬出树洞，伊利亚娜稍微环视一下周围，立刻便知道了我们现在所处的位置。巴芬一族对丛林的熟悉简直到了令人难以置信的地步。我们成功地避开了猕猴，安全地并肩走在丛林里的一片开阔地上，她知道走哪条路能回村子。所以，一切顺利。

当我们回到阿帕祖卡时，人们像迎接从残酷战场凯旋的英雄一样欢迎我们。大家都被吓坏了。日出之后，伊利亚娜的家人就一直在丛林里寻找她。巴芬一族特别担心伊利亚娜，但我看得出，

他们中还是有几个人在担心我的，比如布斯科和米奇。

伊利亚娜的父母和兄弟姐妹们都纷纷上前来和我握手，一切又都恢复了正常。那天下午，伊利亚娜和她的兄弟们再次出发进了丛林，三天后才回来。他们一句话也没跟其他人说，只是埋头返回了他们自己的小屋。两个小时后，他们再次走了出来，一个个脸上洋溢着喜悦的光彩。伊利亚娜径直朝我跑了过来，带着满脸灿烂的微笑，她轻轻地把什么东西挂在了我的脖子上。这是她亲手为我绣的一个小口袋，里面有一块真正的闪光石！伊利亚娜和她的兄弟们在丛林里走了很长一段路，从巴芬一族采集珍贵护身符的秘密地点给我也拿回了一块闪光石！

他们给我找的这块石头很漂亮，又圆又平，就像是童话里的护身符一样。伊利亚娜还在上面刻了一个太阳的图案。她解释说，因为亮光赋予了巴芬一族生命，所以太阳是生命和幸福的象征。她之所以在我的闪光石上雕刻了一个太阳的图案，就是因为我救了她的命。我受宠若惊，一时竟说不出话来了。

“我能用我的闪光石命令蝎子们吗？”几天后，我问她。

她听后哈哈大笑起来。“闪光石既不是武器，也不是工具，杰克，”她说道，“它是一种能够赋予我们生命的力量，它承载着来自大地和太阳的温暖和关爱。没错，它确实非常强大，能够保护你免受许多危险，但如果你试图用它来行使权力或发号施令，那么它的光芒迟早会消失。至少，我们所有的传说中都是这么说的。”

我向她保证，我无意用闪光石来行使什么权力，我只是好奇它到底是什么原理。正如我所预料的那样，她又笑了起来。

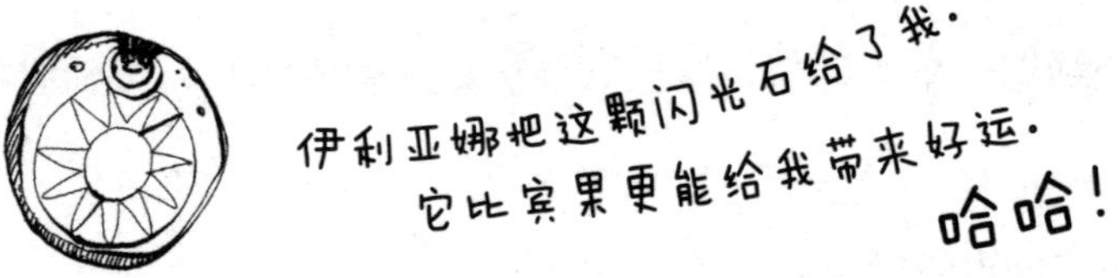

第七章　令人不安的消息

我花了好几天的时间，来回摆弄着之前答应要给唐纳做的那把机关锁，最后终于把它做好了。唐纳刚开始尝试开锁的时候，即便我已经告诉他应该怎么开了，他开起来还是很费劲。然后，他又练习了几次，似乎对这把锁非常满意。于是，我把锁装在了保管卡曼杜克的箱子上。巴芬一族教会了我如何射箭。他们个个都是技艺高超的神箭手，即使站在很远的地方，他们也能准确地射中目标。巴芬一族射箭是一幕很有趣的景象，因为他们所用的弓和箭都很小，看起来更像孩子们的玩具。不过，手持弓箭的巴芬一族绝对具有不可低估的战斗力，只要瞄得够准，一箭也能射倒一头大型野兽。

巴芬一族的孩子们从很小的时候就开始练习射箭，伊利亚娜的兄弟们和布斯科、米奇是村里最好的弓箭手。起初，我以为村

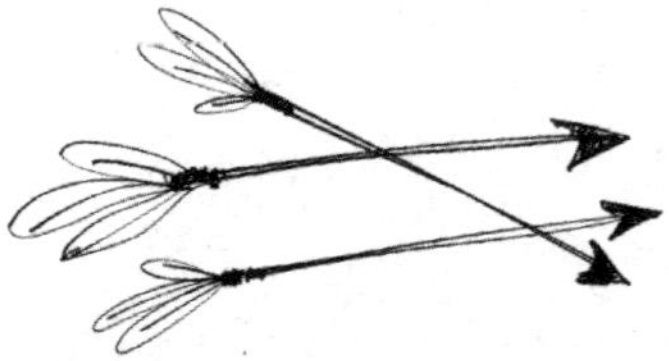

里只有男人会使用弓箭，但是后来我发现女孩儿们也是一流的弓箭手。我刚开始学习射箭的时候，居住在阿帕祖卡的老人和孩子们都会过来围观，他们要我去射树顶枝杈上挂着的椰子。我举起弓，瞄准了目标，当我松开弓弦时，突然起了一阵风，箭被吹得偏离了方向，最终射在了我和目标之间的另一棵树上。接着，布斯科也射了一箭，一击命中了那个椰子。

我正要去拿回箭时，伊利亚娜抓住我的胳膊，把我拉了回来。她举起弓，瞄准，放箭。飞出的箭径直击中了我的那支箭，把我的箭撞到了地上。对此我非常感激，因为我可没心情爬上树去把它取回来。但看到她竟然射得这么准，我惊讶得睁大了眼睛，而她则和往常一样哈哈大笑了起来。

"说不定哪天我会救你一命！"她说道。

三天后，托尼带着一条令人不安的消息来到了阿帕祖卡。上个星期，他们有好几次看见长着黑色翅膀的蝙蝠在蜂巢山附近的天空中盘旋。几天之后，一只戴着黑色头盔、系着黑色腰带的奇怪蝙蝠与领地里年轻的蝙蝠男孩儿们见了一面，跟他们讲起很久以前的骑士时代，还说那时英勇的黑翅蝙蝠军团是全世界最令人畏惧和尊敬的一群蝙蝠。

他兴致勃勃地聊起了黑暗骑士，声称正是黑暗骑士保护了蝙蝠家族，并且毫不留情地吸干了任何胆敢威胁蝙蝠领地之人的鲜血，还说如果没有乌尔特拉家族高贵的伯爵，世界上的蝙蝠早就灭绝了。

这个黑色翅膀的家伙第二天又来了，这一次，他还带了一本配有五颜六色插图的书来给孩子们看。阿明和托尼试过要赶他走，可那帮小孩子居然联合起来阻拦他们。后来有些孩子趁着晚上偷偷溜了出去，他们很可能是到某个地方与黑翅蝙蝠碰面去了，现在他们私下都说我们是叛徒。

“我们担心是马林·乌尔特拉的后代想要卷土重来，他们正试图将领地的孩子们招募为盟友。”托尼说道，“所以，我们现在也要开始组建自己的队伍才行。”

“我能帮什么忙吗？你接纳我成了你的家庭成员，我是你的兄弟。我不能坐视你的家园被这些奸诈的吸血鬼围攻！”

托尼摇了摇头。

“这是我们的问题，杰克。我们马上要度过一段非常艰难的时期，可能一段时间内，不，是很长一段时间内都无法离开蜂巢山了。没错，你是我们家族和领地的荣誉成员，但你不是蝙蝠，你没有翅膀，你不能飞。我们的敌人要是从空中来袭，你根本无法防备。如果我们不得不开战，你对我们来说根本派不上用场。除非你想留在这里继续和巴芬一族住在一起，不然的话，你该回马拉祖亚了，因为过了今天我们就没法儿带你飞回那里了。”

我从来没有想过要永远待在巴芬一族这里，但和他们生活在一起确实非常愉快，我还没有回丝猴们的城市的打算。但我也知道，如果没有托尼和阿明的帮助，就算我真的打算离开，也很难自己找到走出丛林的路。就在这时，瘦削的唐纳走到我的身旁，语气坚定地说道：“如果黑暗领主卷土重来，那我们也必须做好自卫的准备。杰克，你是巴芬一族的朋友，你的脖子上也挂着一块闪光石。有时我甚至会觉得你其实和我们一样，头上也长有羽毛，只是出于某种原因，我们看不见而已。但是，无论我们多么喜欢你，你毕竟不是我们中的一员。如果战争即将来临，你不能和我们一起留在这里。”

“为什么不行呢？”我不解地问道。对蝙蝠们来说，我可能更多的是个负担而不是帮手，但巴芬一族肯定会需要我的帮助。

“巴芬一族在战争和危险时期的生活与在和平时期大不相同。你不知道我们的风俗，也不知道我们的作战方式。我们不能带你到我们最隐蔽的藏身处，而且有些藏身的地方你甚至都进不去。”

看来不管我愿不愿意，我都得离开这里了。

唐纳握住我的双手，认真地盯着我的双眼：“你其实也想离开的。听听你内心最深处的想法，你就会知道我说的是实话。你必须找到回自己族人身边的路。”

我想了一会儿，点了点头，唐纳则轻轻地拍了拍我的肩膀：“我会召集部落里的人来跟你道别的。”

得知我要走了，巴芬一族确实都很难过，他们纷纷上前与我拥抱，用手指轻柔地抚摸着挂在我脖子上的护身符。虽然他们一句话也没说，但我感觉他们每个人都把对我的喜爱和我们的友谊化作一道微光，放进了石头里。现在，它肯定能保护我免受任何威胁了。男孩们送给了我一把小弓和九支箭作为礼物，它们刚好可以放进我的包里。

伊利亚娜是最后一个来与我告别的巴芬族人。这回她没有笑。她用纤细的手指拂过我的脸颊，然后紧紧地拥抱了我。随后，我告诉托尼，我们可以上路了。

我惊讶地发现，就在我与巴芬一族共同生活的这几个月里，马拉祖亚竟然发生了如此巨大的变化。曾经一尘不染的街道现在完全被垃圾所覆盖，公园和广场如今长满了杂草。大街上整天都挤满了人，港口和内城里到处都是无所事事的家伙。根据斯温德勒国王的命令，加冕广场上每天中午都会为穷人提供午餐，所以每天中午，所有闲杂人等都会聚集在广场上享用免费的午餐。

整个城市宛如一片废墟。街头巷尾到处都很脏，而且天黑以后独自外出变得非常不安全。非法闯入和抢劫的案件越来越多，城市里的警卫们也越来越难以维持治安。因此，曾经供人安静休息的餐厅和酒馆如今挤满了通宵狂欢的海盗、走私犯和强盗也就不足为奇了。

提米哆哆嗦嗦地告诉我，光是最近几周，混沌酒馆里的一些设施他就维修了三次，那些夸夸其谈的顾客一而再、再而三地砸坏店里的桌椅。他甚至考虑要关掉这家店，去另一座城市重新开业。而据鲁迪所说，想继续靠着做花卉生意谋生已经不可能了。停在港口的那些船只上的水手倒是越来越频繁地提到一艘海盗船，据他们所说，这艘海盗船在深红之海上肆意掠夺那些不幸的船只。确实，人们都说深红之海现在是一个非常危险的地方。最烦人的莫过于每天早上成群结队飞过城市上空的鹦鹉们了。艾德·莫尼什国王统治期间的鹦鹉们被赶走了，斯温德勒国王招来了一群新的鹦鹉，他们不再负责向柿子海岸上的居民传递最新消息，而是一味地赞美国王，讲述他光辉的人生和英雄的事迹。

鹦鹉们宣称，由于年龄太小而无法继承父亲王位的阿尔班王子，在被好心的叔叔送去国外深造后，在校表现非常不好。他们告诉全城百姓，王子成绩很差，学习也不用功，整日打架斗殴，三番五次对老师不敬，家庭作业更是屡次不做，受罚简直成了家常便饭。而每天晚上，一想到自己的侄子给向来受人尊敬的柿子海岸居民带来了如此大的耻辱，可怜的斯温德勒国王就会忍不住掉眼泪。

要我说的话，他们讲的关于阿尔班王子的故事听起来不是很有说服力。但不管怎么样，整座城市里的丝猴们各个怨声载道，他们都觉得应该驱逐阿尔班王子，让善良的斯温德勒国王永远统治这个国家。这很可能正是斯温德勒希望他们产生的想法，而安排鹦鹉们在屋顶上大肆宣传有关自己侄子行为不端的消息，很可能就是为了达到这个目的。

今早，我得知今天是鲨鱼来袭月的第一天。人们都说暴风雨就要来了，可我不在乎。我每天晚上都会到港口去，看看停在码头的船只中有没有可能会需要我的。但到目前为止，一艘也没有，这足以让人放弃了。最后，我会在这里慢慢老去。我有好几次都在想，如果当初选择留在阿帕祖卡可能会更好一些，但他们把我送走了。

托尼那边也没有消息，一点儿动静都没有。没长蝙蝠翅膀的话，根本不可能登上蜂巢山，而蝙蝠们也没有送来任何消息。奎尔奇兄弟俩已经好几个星期没休息了，由于斯温德勒国王每天晚上都要举办宴会，城堡里的工作实在是太多了。鲁迪前往丛林找兰花去了。至于李，人们说他几周前在港口的一艘船上找了份工作，然后随船一同离开了。我时不时还会去混沌酒馆坐坐，但没有他们几个在，感觉一切都不一样了。

第八章　简单生活号

鲨鱼来袭月三十一号

今天，我一整个下午都在城市里闲逛。当我来到港口时，夜幕已然降临。每天的这个时候，水手们通常都在休息和放松，今天却有一艘小帆船停靠在码头上，船员们刚刚开始卸货，看起来他们刚到不久。不管他们运来的是什么，肯定是必须立即拆包的东西。船长正在抱怨夜幕将至，这下子他们得在黑暗中摸索作业了。反正也没有别的事情可做，我想我还是帮个忙吧。

他们很高兴有人愿意帮忙。重新在船上跑上跑下的感觉真好。他们刚把最后几个板条箱卸下来时，几只海獭从码头下溜了出来。海獭们把其中一个水手绊倒在地，并一拥而上抢夺战利品。我迅速放下手中的板条箱，一把抓住了一个想要偷东西的家伙，我俩随即动起手来。等港口警卫赶到后，我们把这几只海獭交给了他们。

船长威廉·威尔斯非常感激，他说他们的简单生活号（那艘船的名字）上就需要一个像我一样出拳又快又狠的硬汉。我连忙抓住了这个机会。谁不想过上简单的生活呢？

我向简单生活号的船员们做了个自我介绍，然后和他们聊了一会儿。威尔斯船长和我决定第二天就开始我的第一次轮班。如果一切按计划进行的话，我们将在早晨离开柿子海岸，扬帆起航。

在我们离开之前，我还有几件事要做。之前道别的时候，我曾告诉过托尼，如果有机会，我会离开柿子海岸。但托尼可能从未想过，这才过了短短一两个月，他便再也无法在马拉祖亚的大街上找到我了。

我给托尼写了一张简短的便条，然后等不及要到明天早上了。

群星眺望月一号

我真不敢相信，我重返大海了，这才是简单的生活啊！

咸咸的空气，翻滚的浪花，从我们头顶飘过的形似城堡的云朵，阳光，还有深蓝色的天空！

我很长时间都没有这么开心过了！

群星眺望月十二号

船上的小伙子们似乎很高兴看到我加入了他们，虽然他们一个个都是仓鼠。船上的工作其实不少，虽然这艘船不大，但我们确实人手有限：威廉·威尔斯（船长）、巴克希、斯基、派奇和斯努克（既是厨师又是水手长）。当然了，天气好的时候，船帆不用怎么调整，我们也没有太多活儿要干。简单生活号上的生活确实挺简单的，威尔斯船长从来不会找我们麻烦。

如果你想知道的话，我还是应该提一句，这艘船的船员们并不是世界上最优雅的一帮仓鼠。他们只是普普通通的水手，有时候会有些粗鲁，但他们喜欢开玩笑，我们在一起玩得很开心。

群星眺望月十九号

我开始有点厌倦这些家伙了。他们老是讲一些愚蠢的笑话和下流的故事，真让我觉得恶心。的确，他们知道怎么愉快地打牌和闲聊，他们也很坚强，甲板上有什么事都可以交给他们，谁也不会抱怨。但我还是很怀念在风之女王号上度过的夜晚，那时候鲍比会演奏音乐，我们则会在一旁唱歌或者聊天。

但我并不介意，至少暂时还不介意。只要我们能扬帆航行，我就很开心。如果我开始厌倦简单生活号了，我也有充足的时间去另一艘船上再找份工作。

群星眺望月三十一号

今天，我发现了一件很奇怪的事情。从来没有人提到过船上有武器，但我今天无意间在货舱里打开了一个板条箱，发现里面竟然是一大堆匕首、剑和铁钩。我非常震惊，如果只是为了自卫，这么小的一艘船上携带这么多致命的武器根本说不通。于是，我跑去问巴克希。

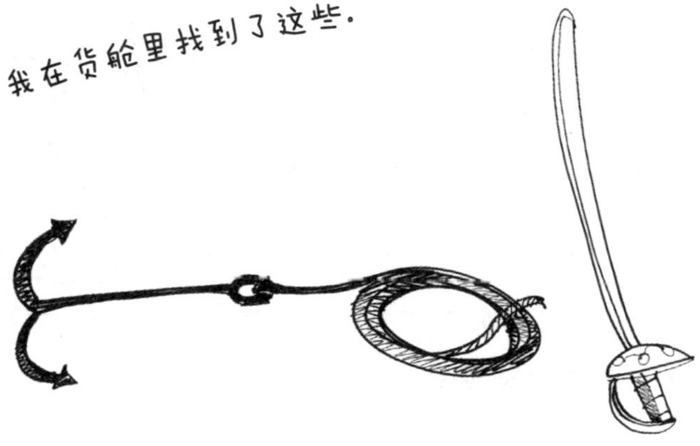

有那么一瞬间，巴克希似乎吃了一惊，但随后他咳嗽了一声，拍了拍我的后背："这个嘛，如果我们被攻击了，必须能自卫才行。"

没错，我也这么认为。我只是不明白我们为什么会有铁钩。如果我们要保卫这艘船的话，铁钩根本派不上什么用场。海盗们倒是经常依靠铁钩登上他们想要抢夺的船只。老实说，我的直觉告诉我简单生活号有点不对劲儿，我决定从现在起保持警惕。当然了，我表现得好像已经把这件事完全抛到脑后了一样，也没有再提任何问题。

荆棘坠落月一号

今天，威尔斯船长来到我的面前，意味深长地看了我一眼。

"杰克，像你这样的硬汉，不该因为几把利刃就感到惊慌。"他说道。

惊慌？谁惊慌了？我只是很惊讶。不过，我现在倒真的有点儿惊慌了，因为巴克希居然把我们昨天的谈话都告诉了船长，我很确定船长今天就是因为这件事才来找我的。我不知道该怎么回答。

荆棘坠落月八号

为什么这几天巴克希和其他人总在讲一些关于残暴行为和血腥斗殴的故事呢？就好像他们对其他的事情都不感兴趣一样。一直以来，我都觉得他们这样肯定会让船长感到很不安。但今天我才注意到，听完这些流血和屠杀的故事后，船长竟然开怀大笑。我想是时候跟这艘船的船员们分道扬镳了。

荆棘坠落月二十号

今天，我们在海上遇到了另外一艘船。两艘船靠得非常近，我们朝他们挥了挥手，他们也朝我们招了招手。那艘船的船员拿出了一个漏斗状的大喇叭，用它冲着我们这边大声喊话，我们则竖起耳朵仔细听。原来，有一艘船在朝北大约两天航程的位置遇到了麻烦，某种严重的疾病在船上肆虐，所有的船员都一病不起。整艘船上既没有人能操控船帆，也没有人能操控船舵。他们别无选择，只能收起船帆，抛下船锚，等待船员们恢复健康。

如果可以的话，冲我们喊话的人希望我们能够向北航行，找到那艘不幸的船，给患病的船员们送点药品和食物。他们已经把自己所有的食物都分给了那些可怜的船员们。

“好的。”威尔斯船长大声喊道，“我们会找到那艘船，看看我们能帮上什么忙！”

我们向另一艘船挥手致意，然后便出发了。威尔斯船长命令我们立即改变航向，向北航行。也许我的怀疑是错的，毕竟，这么看船长还是个挺正派的人。对他来说，帮助别人比按时运输货物更加重要。

荆棘坠落月二十二号

我们肯定离那艘船以及船上不幸的船员们非常近了。威尔斯船长更加专注地注视着海平线，船上的其他船员看上去都异常激动，也许他们是担心导致另一艘船搁浅的疾病是某种传染性极强的疾病，显然，他们可不想自己身患重病。

船长拿出了一堆红色的手帕。

“我们登船时，用这个把脸遮住。”他说道。

派奇和斯努克开始窃笑起来，不过我倒觉得这是个好主意。也许用手帕遮住嘴后，即使与另一艘船的船员靠得再近，我们也不会染上病。

那之后不知过了多少天，可能是荆棘坠落月二十几号的样子，我不知道，也不在乎，也有可能已经到海浪怒吼月了。

我都不知道该从哪里讲起了。以前，每次我的第六感告诉我可能会有麻烦时，我都会格外注意，可这一次，我差点儿没能逃过一劫。在此之前，还从来没有哪个恶棍能完全骗过我，但威尔斯船长和他的手下做到了。我可真够丢脸的。

事情是这样的。那天下午（我最后一次在日记本里写东西的时候），我们终于看到了那艘深陷困境的船，我们从很远的地方朝那边挥手。甲板上肯定至少还有一个活人，因为过了一会儿，他们也升起了一面奇怪的旗帜。斯基说，这是一面瘟疫警告旗，通常用来提醒其他船只小心被传染。但几分钟后，他们降了半旗。斯基见后微微一笑。

“看来他们已经度过了最糟糕的时期，”他说道，“这场疾病不再会危及生命了。”

斯努克点了点头。

“好极了。”船长说道，“那把武器都拿上来吧！”

“我觉得他们更需要淡水和药。”我说道。

巴克希和派奇窃笑起来，一边笑还一边盯着船长看。“别傻了，杰克。”船长拍了拍我的背说道，“的确，疾病可能削弱他们的力量，但他们的人数肯定仍然远远超过我们。没有几把锋利的匕首和剑，我们无法对付所有的敌人。”

我仍然无法相信，或者说只是不愿意相信我的船友们打算做什么。

“还是说你想赤手空拳跟他们较量？”斯努克带着讥讽的微笑问道，还对其他人眨了眨眼睛。现在一切都清楚了，但我决定先装傻充愣，看能不能想出什么救命的办法。

“我不明白，你们说得好像打算要进攻这艘船一样。”我说道。

“我们不只是‘打算’要进攻这艘船，我们就是要进攻它。”船长点了点头说道。

“不，”我生气地说道，“我们不能那样做！他们已经够惨的了，就算我们不去帮助他们，至少也别给他们带去更多的伤害。”

“噢，我们是要帮助他们。”船长笑着说道，“我们要帮助他们把货舱和所有的金银袋子都清空，而且，我们还会结束他们的痛苦。”

“不！我绝不参加这种行动。”我坚决地说道，“你们不能这么狡猾，这么残忍。”

“你给我听着，小老鼠，”威尔斯船长眼中闪着怒火说道，“你以为是怎么回事？我一开始就告诉过你，我需要一个强壮的水手，你当时在想什么呢？我给你两个选择：要么去货舱里把武器拿出来，帮我们抢劫那艘船；要么我们现在就把你干掉。”

“我不会攻击无辜的人。”我冷静地说道。

“好吧，是你要这样的，不是我。”船长话音刚落，他们五个人便向我扑了过来。

我一拳都来不及出，他们就把我的手臂绑在了背后。我拼命地用脚踢着，但光是这么踢并没有什么用。

“给你最后一次机会，现在改变主意还来得及。”船长咆哮道。

“我不会改变主意的。”我说道，“不过，我要许个愿，我希望那艘船上可怜的船员们用最后一口气把无情的瘟疫传染给你们。你们活该痛苦地看着自己的身体一点点地溃烂掉。”

他们把我塞进了桶里（这个过程可没他们想象的那么容易），然后把我的背包扔了进来，最后封上了桶口，紧接着就是“哗啦”一声巨响。等我缓过神来，他们已经把我扔进了海里。

我其实不太愿意回忆这段旅程。桶里一片漆黑，海浪就像推着一颗沙滩排球似的让我一个劲儿地上下翻腾。我以前从来没有晕过船，但在那个桶里，我感觉胃里翻江倒海一般。

这可不是一趟奢华的旅行！

我试着尽量让自己觉得舒服一些，不过，像这样被塞在桶里，想要做到这一点可并不容易。然后，我开始考虑我所面对的选择。据我所知，这附近并没有陆地。如果我想撬开木桶上的木板四处看看，那我很容易就会沦为鲨鱼的猎物。万一我掉进了冰冷的海水里，那我最多也就只能活上一天。可如果我一直这样被关在桶里，说不定会错过某座小岛；或者一阵暴风雨袭来，直接把桶拍在峭壁上，那可就是我的末日了。

海浪几次把我摇晃得进入了梦乡，但每次醒来，我都觉得更加疲倦，更加饥饿。我的四肢已经麻木，嘴也干了，肚子更是饿得疼了起来。

很快，我便下定了决心，如果真的难逃一死，那我也要直面死亡。换句话说，我要打破木桶，在大海上碰碰运气。我试着撬了撬木桶侧面的木板，没能成功。然后，我又想到还可以用小刀把其中一块木板撬松，可紧接着我意识到，要是海水从撬开的缝隙灌进来，而这块木板又取不下来，那要不了多久海水就会把木桶灌满，我也会淹死在里面。

我决定开始反思一下自己的一生。想到自己从来没有伤害过任何人我觉得还挺开心的，因为这样我便可以心安理得地离开这个世界了。

第九章　姆拉尼亚

“死后的世界就是这样的吗？”当我睁开眼睛时，这是闪过我脑海的第一个念头。

奇怪，几个月前，我在巴芬一族中间醒来时，也有过类似的想法。但这一次，我真的以为自己已经死了，尤其是我发现自己身旁还坐着一个冰蓝色的矮人。这位矮人看上去年事已高，虽然脸上布满了皱纹，但面色十分慈祥。当我睁开眼睛时，他往前凑了凑，胡须上挂着的水晶和宝石叮当作响。

“你觉得好些了吗，孩子？”他语气温柔地问道。

可当我试着开口说话时，除了一阵可怕、刺耳的喘息声之外，什么声音也没能发出来。

“你该喝点东西了！”矮人说着拿出了一个小瓶子，把我扶了起来，喂我喝了几口水。

“你是一只非常幸运的老鼠。”他笑着说道，“我们的船长无意中看到了你被困的那只木桶。看你现在这个样子，我估计我们再晚一步就来不及把你从海里救出来了。你当时已经完全没了知觉。”

“太感谢了，先生。”我终于气喘吁吁地挤出了几个字。

“等你恢复了一点儿力气后，可以跟我讲讲你是怎么被关进那只木桶里的。”

我点了点头。

紧接着，我便又睡着了。后来，我了解到我的救命恩人是休伯特·艾·西科勒勋爵。他是北方一个岛屿（白霜领地）的总督，现在正远渡重洋去处理家乡的一些事务。除此之外，我还了解到休伯特勋爵很快就要过一百一十岁生日了。他确实老得有些吓人：浑身干瘪，满脸皱纹，看上去就像是一个烂了一半的苹果，而且，他走起路来又缓慢又吃力。休伯特勋爵的身体不太好，至少就他的身体状况来说确实是这样。但他的眼睛可不一样！它们就像年轻人的眼睛一样闪

休伯特勋爵的胡子上有很多水晶.

闪发光，充满了激情和新鲜的思想。他的头脑也像锐刃一样锋利，和他聊天真的非常开心，因为他有不少有趣的事情可以说，而且他对每件事情都有着深刻的见解。他是我见过最年轻的老人！

我和其他船员也成了朋友。我终于登上了一艘满载着善良、友好、聪明的船员的船。我开始体会到一艘船上有位好船长会有多么大的不同。为什么威斯克斯船长的船上有一群诚实正直的水手，休伯特勋爵手下也有一帮善良正直的小伙子，而莫兰·艾诺菲斯特和威廉·威尔斯身边却尽是些头脑简单、卑鄙无耻的小人呢？

我的祖父常说，“物以类聚，人以群分”“见一叶而知秋，窥一斑而知全豹”。以前听他这么说时，我都只是一笑而过，但现在我才意识到他说得多么正确，选择和什么样的人共事真的太重要了。像巴克希、斯努克或派奇这样的卑鄙小人是不可能在风之女王号或北极光号（这是休伯特的船的名字）上拥有一席之地的。

据北极光号的船长格奥尔格·盖瑟所说，我在木桶里肯定已经待了五六天，这应该就是一个人在海上不吃不喝所能坚持的最长时间。

我们马上就要到达目的地——姆拉尼亚了。休伯特勋爵跟我讲了不少关于这个地方的奇妙故事。姆拉尼亚是整座岛的名字，同时也是首都的名字，这座岛的中心港口就建在这里。

住在姆拉尼亚岛上的人被称为姆拉人，他们是一群矮小、骨瘦如柴的奇怪生物。在这个世界上，他们只懂得一件事情：吹玻璃。但他们也确实是这个方面的专家，甚至就连他们自己看上去也像是用玻璃精心制作而成的彩色装饰品。在他们身边时必须格外小心，因为他们的骨头非常脆，就像是用玻璃做成的一样。

北极光号之所以驶向姆拉尼亚，是因为休伯特勋爵非常喜欢玻璃珠宝和饰物，他要送自己一盏漂亮的玻璃枝形吊灯作为一百一十岁的生日礼物。他已经说过三次这可能是他的最后一个生日了。

“要是没能坐在姆拉尼亚产的玻璃枝形吊灯底下，映着它的微光吃一顿饭，我是没法儿跟这个世界说再见的。那是我一生中最渴望做的事情！”

既然要来姆拉尼亚，他索性又订购了一大批玻璃饰品，并打算把这些东西捐给白霜领地的中心博物馆。这样一来，所有的白霜矮人都能一睹这一世界奇观的风采了。

我们终于在姆拉尼亚的港口靠岸了。即使从远处眺望，这座城市和港口也呈现出一幅奇异的景象。由于表面覆盖着各种玻璃制成的小珠子和小饰物，这里的建筑物全都在阳光下闪闪发光，而周围水晶之海（岛屿所在的海域）的海水也清澈得令人难以置信。休伯特勋爵立即去见市长。我本来是很乐意陪他一同前往的，并提出要在接下来的旅途中担任他的私人保镖——谁知道会有什么样的流氓和人渣盯上他这样富有而又年迈的旅行者呢？休伯特勋爵自己却说，他已经老了，就算想到有人会打他的脑袋，他也觉得没什么大不了的。最后，他还是同意让我陪他一起去玻璃吹制工作室，而且，如果他晚上想去散步的话，我也可以和他一起去。

不过，一整个早上我都是一个人度过的。我先在当地一家小酒馆里美美地吃了一顿，接着又买了一篮子异国的水果，然后便沿着蜿蜒的街道漫步在闪闪发光的建筑物之间。在姆拉尼亚也有一些破败的地方。就在离城市边缘玻璃吹制工作室不远的地方，有许多破败的建筑物，那儿的窗户上没有一块完好无损的玻璃，墙上也画满了涂鸦。下午早些时候，我走到了市长官邸，这样余下的时间我就可以陪休伯特勋爵一起探索这座城市了。老白霜矮人心情很好，他坚持要立刻去看看他定做的那盏枝形吊灯。工作室离市中心很远，就在我午饭后闲逛过一阵的那个地方。换句话说，它位于城市边缘的废弃地带。市长似乎对此感到有些不安。

“我亲爱的朋友，”他对休伯特勋爵说道，“请务必在天黑前离开那个街区。天黑以后在那个区域走动不是很安全。”

“真的吗？”休伯特勋爵皱着眉头问道，“负责维护治安的有关部门没有履行他们的职责吗？”

“啊，事情可没那么简单。”市长叹了口气说道，“我们的警察都是善良而又坚定的姆拉人，换句话说，他们都是些是诚实、脆弱的公民，他们在维持内城秩序方面做得非常好。但最近，有些奇怪的家伙开始在城市郊区游荡，还搬进了废弃的建筑物，并在里面安了家。他们的身体柔软且富有弹性，有人说他们长得胖乎乎的，身上还有很多刺。我们根本无法与他们对抗。只要一拳，他们就能把警察的胳膊和腿打得粉碎。”

姆拉尼亚是座美丽的城市。我画不出来太可惜了！

说完，市长又叹了口气：“请您理解，我的朋友，我们实在是无能为力。”

“好吧，我会尽量在夜幕降临之前把事情办完。”休伯特勋爵微笑着说道。然后，他小心翼翼地握了握市长的手，生怕不小心把它给折断了。

当我们动身前往玻璃吹制工作室时，天色已经很晚了。

“先生，”我对休伯特勋爵说道，“我们最好把取货的时间推迟到明天早上。”

“荒谬！”他摇着头答道，“我在海上航行了好几个月的时间，为的就是来取我的枝形吊灯。现在，我终于来到这里了，你还要让我再多等一天？”

“市长说那个区域很危险。”

“我亲爱的孩子，我又不是玻璃做的，而且我一点儿也不怕匪徒或者流氓。再说了，有你这样的保镖守在我身边，我还有什么好怕的呢？”

到头来，还是他想去哪儿，我们就去哪儿了。我们的到来让玻璃吹制工人们大喜过望，他们自豪地把那盏巨大的枝形吊灯拿了出来。整盏灯的颜色非常炫目，上面还覆满了闪闪发光的装饰物。他们小心翼翼地把它放在地板上，然后用滑轮把它吊上了天花板。这盏巨大的枝形吊灯上可以放置一百根蜡烛。随着夜幕开始降临，我们把蜡烛点上。枝形吊灯闪烁着迷人的光芒，以至于让人觉得里面一定有仙女在跳舞。而且，我们还只放了二三十根蜡烛，要是在这盏巨大的彩色枝形吊灯上点亮一百根蜡烛，那该是多么耀眼啊！休伯特勋爵欣喜若狂地站在那里，瞪大双眼盯着吊灯，然后长长地叹了一口气：“活这么久能看到这一幕，值了！”

他看着吊灯，久久不愿离去。正如我所担心的那样，我们动身返回港口时已经是深夜了。当然，不是只有我和休伯特勋爵，与我们一起的还有北极光号的格奥尔格船长和他的四名船员，他们负责抬着勋爵的轿子。我们七个人沿着城郊的街道向港口走去。

当我们来到其中一幢已经变成废墟的建筑物跟前时，抬着轿子的水手们突然停了下来。我连忙跑上前去查看原因，原来，有三个披着斗篷的人挡住了我们的去路。他们并不特别强壮或结实，但看起来十分坚定。由于被斗篷裹得严严实实的，谁也看不清他们到底长什么样。

“先生们，请让我们过去。”我礼貌地说道。

可三个强盗只是一动不动地站在路中间。然后，其中一个说话了：“过路费是一百枚金币。你们交了过路费，就可以过去。”

他是故意用那样的声音说话的，但他骗不了我。这个穿斗篷的拦路强盗还非常年轻。

“我们掉头走另一条路吧，”格奥尔格船长提议道，他显然想避免任何可能出现的麻烦，“走那条路也能到港口，它到前面就分岔了。”

由于那三个披着斗篷的人还是一动不动地站在那里，我也觉得我们还是走另外一条路比较好。但是当我们转过身来，却发现我们身后的路也被堵住了，五个带刺的圆球并排站在那里。刺猬！他们一点儿也不难辨认。他们身上的刺瘆人地颤动着。

很久以前，我曾在尖刺山半岛和一只刺猬狠狠地打过一架。这么说吧，那场架可没给我留下什么好印象，倒是在我的手上留下了不少尖刺。由于想起了这段回忆，我连忙小声地告诉格奥尔格船长，如果我们想要突出重围，最好还是先对付那三个穿斗篷的人。但船长显然也不想在他们三个身上碰运气。

“我们没有钱可以给这些强盗吗？”他俯身问休伯特勋爵，“我担心寡不敌众，不想让勋爵您陷入危险之中。”

然而，休伯特勋爵确实没钱了，半分钱也没有了。下午他已经把自己身上所有的钱都花光了。他的那箱金币也还放在北极光号上。很明显，他也没打算把胡子上的任何水晶摘下来。强盗们可没心情在这里慢慢地讨价还价，由于我们拿不出一百枚金币支付过路费，他们向我们发起了攻击。

那五个带刺的圆球像闪电一样冲了过来，看上去就好像有个要把戏的人以令人眼花缭乱的手法把他们甩了出来一样，速度快到肉眼都跟不上了。不一会儿，水手们就都倒在地上，一个个痛苦地抽搐着、呻吟着，那几只凶狠的刺猬已经击中了他们的后背和侧身好几下。我是唯一一个及时跳到一边，躲开了攻击的人。

可就在这个时候，那些身披斗篷的人也发起了进攻。他们的拳头像石头一样坚硬，而且他们蹦跳的速度和刺猬一样快。我花了整整五分钟的时间才让他们消停了下来。但在此期间，刺猬们只要发现机会，就会毫不留情地向我发动进攻。他们从背后击中了我两次，我能感觉到尖刺扎在了背后的皮肤上，可我实在无暇顾及他们，因为我一门心思全放在如何拖住那三个穿斗篷的人身上了。

格奥尔格船长跳进了休伯特勋爵的轿子里。他并不是要逃跑，只是由于轿子两边各有一扇门，这使他能够避免腹背受敌。水手们都没怎么动手，不过他们倒是在此期间恢复了镇定。他们非常害怕刺猬的尖刺，一个个都吓得从刺猬身边逃窜开去。好吧，这至少能分散刺猬们的注意力，让我有时间去对付那些穿斗篷的强盗。

等我好不容易把这些披着斗篷的暴徒打倒在地后（我扯下了其中一个身上的斗篷，他是一只一脸愤怒的小松鼠），我终于可以去帮其他人了。尖刺山半岛的那场架让我学到了一个终生难忘的教训：赤手空拳和刺猬打架毫无胜算。我从轿子的支架上抽出了一根杆子，轿子的座椅顺势倒向了一边，幸运的是，船长及时护住了休伯特勋爵。有了这根杆子，教训这群刺猬就变得轻而易举了。我朝他们的脑袋上狠狠地敲了几下，然后便开始在街上追着他们打，就好像他们是冰封湖面上的冰球一样。谁敢把他的小鼻子伸出来，谁就要被狠狠地抽上一记。他们在地上滚来滚去，可还是躲不过杆子的抽打。

不到五分钟，我们便把他们都逼到了墙角。松鼠们开始苏醒过来，可我们直接揪着他们的耳朵，把他们拖到了那群刺猬的身边。有个水手口袋里刚好有一卷绳子，于是，我们把他们的手全都绑在了背后。

“我去通知城市警察！”一名水手急切地说道。

“考虑到市长之前说的那些话，我怀疑他们不敢到这么远的地方来。”休伯特勋爵一边摇着头，一边叹了口气说道，“让我们好好看看这群小丑。”

现在，松鼠们都老老实实地待着不动了，不难看出他们都还是些小孩子。我可没有打小孩子的习惯（这一点贝利克可以做证，哈哈），但我确实别无选择。休伯特勋爵肯定也有同感（没有人会喜欢在孩子面前逞能的），因为他似乎也越来越不愿意把这帮捣乱分子交给警察了。

“你们的父母呢？他们知道你们在街上游荡，骚扰来往的路人吗？”休伯特勋爵问道。

“我们没有父母。”其中一只松鼠冷笑着答道，“我们是孤儿。”

又一件让我震惊的事情出现了。从声音判断，这只松鼠是个女孩儿。好极了，我跟一帮孩子打了一架还不够糟的，现在居然发现他们之中还有一个女孩子。我这辈子从来没有打过女孩子，这是我的基本原则：我不打比我弱的人，也不打女人。看看我都干了些什么啊！当然了，是他们先袭击了我们，而且由于他们穿着斗篷，我也看不出他们到底是什么岁数。可即便如此，我还是感到一阵羞愧：我打了一个女孩儿，一个比我小的女孩儿！我真是太丢脸了。

“那你们住在哪儿？”休伯特勋爵继续问道。

“整座城市都是我们的。”另一只松鼠龇着牙说道。好吧，至少他是个男孩儿，尽管他和那个女孩儿长得一模一样。还有一只松鼠也和他们俩长得一样，他们三个显然是一家人。关于这一点，他们用不着否认。

“可是，你们睡在哪儿呢？有人照顾你们吗？还是说，你们就是靠抢劫和偷窃来维持生计？”

“别多管闲事！”块头最大的那只刺猬吼道，“你要想报警就报，不然，别来烦我们。我们麻烦已经够多的了，用不着你再来给我们添乱。”

休伯特勋爵思考了一分钟的时间。

“好吧，我们回船上去。”他说道。

“可是，先生，我们就这样让他们走了？”一名水手抗议道。

“我是不会把一帮孩子送进监狱的。”休伯特勋爵说着耸了耸肩膀，转身爬上了轿子。

幸运的是，把那根杆子重新装回轿子的支架上并不困难。没过几分钟，水手们再次将轿子扛上肩头，我们重新出发了。有一名水手的胳膊上扎了好几根刺猬的尖刺，所以我替他扛起了轿子。刺猬和松鼠们躲在篱笆后面盯着我们的一举一动。

休伯特勋爵实在是太累了，他甚至都没等到医生来照料伤员，便先爬上床去睡了。第二天，他睡到很晚都还没有起来，医生甚至两次到他房间去检查他的心跳。但老总督的身体没什么大碍，他只是需要好好睡一觉。

刚一睡醒，休伯特勋爵便下令让全体水手（还有我，作为保镖）把那盏枝形吊灯搬到北极光号上来，为此他还雇了十五名搬运工来帮忙。接下来的一整天，休伯特勋爵甚至都没出过船舱门。直到夜幕开始降临，那盏枝形吊灯被用几个箱子打包好送上船时，他才终于走出船舱，来到了甲板上。他亲自监督着水手们小心翼翼地把几个箱子藏在了货舱里，接着宣布了一系列第二天需要执行的命令，然后便又回去休息了。

第十章　松鼠和刺猬

我们仍然有许多货物需要整理，休伯特勋爵却让我一直寸步不离地跟着他。我总觉得有什么事情在困扰着他。果然，等大家都离开甲板之后，他把我叫进了他的船舱，说有事情要和我谈谈。

“我就是没法儿不去想那些流浪的孩子。”他叹了口气说道。

“我也忘不掉他们。”我答道。

“那帮孩子无父无母，只身在异国他乡的大街上游荡。在他们眼里，一切该是多么绝望啊！”

我点了点头。我从小是由爷爷带大的，要是没有爷爷一直在身边照顾我，任我一个小孩子在这世界上自生自灭，我真不知道自己会变成什么样子。或许，我也会与一帮强盗为伍。“人人都需要严加管教。”爷爷过去总是这么说。

“你怎么想，杰克？”休伯特勋爵若有所思地问道，“你能在城郊找到那帮孩子吗？”

“能，休伯特勋爵，我能找到他们。”我答道，“我要是真的想找谁，肯定能找到的。”

“我就知道你会这么说的。”休伯特勋爵的语气听起来振奋了不少，“那你听我说，我有个计划！”

这是一个很特别的计划。起初，这个计划甚至让我觉得有些不开心，主要是因为第二天北极光号就要扬帆离开姆拉尼亚了，他们却不会带上我一同出海。我整夜都在思考这件事情，我还有时间可以考虑好了再做决定。休伯特勋爵说他肯定不会强迫我做任何我不愿意做的事情，但他也向我解释说，他在大海上的旅行已经结束了，姆拉尼亚是他旅程的最后一站。

“然后，在离开这个世界之前，我会返回故乡，我已经很多年没回过白霜领地了，而且，我还要把这些漂亮的玻璃装饰品都拿到博物馆去，这将是我的最后一次航行。我必须休息了。”

现在，我终于明白为什么他觉得我应该留在姆拉尼亚了。北极光号在很长一段时间内都不会再度出航，如果我想回鼠之国，那最好还是待在原地。水晶之海上尽是来来往往的船只，我肯定能找到一艘需要甲板水手的船。或者我也可以作为乘客去旅行，毕竟休伯特勋爵留给了我一大笔钱。

虽然很舍不得与这位老矮人告别，但我还是同意了他的计划。我就这样留在了姆拉尼亚，再次变回了孤家寡人，又一艘让我有归属感的船离我而去了。

不过，至少我现在有了一个明确的目标：我必须找到那群孩子，为他们提供帮助。当然，我不是要去帮助他们抢劫。休伯特勋爵非常明智而又慷慨地决定帮助他们，并给他们留下了一笔钱。这笔钱足够给他们一个机会，让他们重新选择自己的生活，走上正途。

当然，最关键的问题是，他们想不想要重新选择。如果他们想要，我也会帮助他们渡过难关。只是给他们一笔钱并没有多大的意义。

那天下午，我开始沿着大街小巷找了起来。首先，我去了郊区他们袭击我们的地方。那些破旧的建筑物上面尽是些红色的奇怪字母，书写的字迹非常潦草。起初，这些东西在我看来完全没有任何意义，但后来我注意到有一个图案反复出现：一圈尖刺中间写着 G、B、T 三个缩写字母，看起来就像是某个帮派的盾徽一样。毫无疑问，一圈尖刺代表着那几只刺猬，而这三个字母很可能是松鼠们名字的首字母。

我发现我走过的每个地方都有他们的痕迹（爪印、垃圾，有时候甚至是断掉的尖刺），这样一来，我便很难缩小搜寻范围了。他们之前说过，整座城市

都是他们的，看来确实所言不虚。无论我走到郊区的哪个角落，总能在各个位置看到那个盾徽一样的红色标记。

我突然想到，也许这些涂鸦并不是随意画的，而是有意义的。于是，我又开始沿着郊区的街道走，这回是以寻找那个盾徽图案为主，因为我越来越确信涂鸦就是这个团伙的标志。走着走着，我猛地一拍前额：这些字母周围的尖刺都是歪歪扭扭的，但仔细一看，我发现它们总是清晰地指向同一个方向，而且没有哪两个标志中的尖刺朝向是一样的。

就是这样！我买了一张地图，在上面画了一些小小的箭头，标明了盾徽标记的位置以及每个标记上尖刺所指的方向。一切都豁然开朗了，城郊这些涂鸦标志中的尖刺全都指向了同一个地方——老谷仓（休伯特勋爵之前告诉过我，市长曾自豪地说过，由于老谷仓太小，市里又新建了一个谷仓。他还说，等市里财政有了富余，便会将这座老谷仓改造成一座玻璃制品博物馆。但就目前而言，它还是空置在那儿），那里肯定就是那些淘气的孩子安家的地方了。

第二天早上，我一路漫步来到老谷仓。它位于城市的边缘，所属的这片区域是整个姆拉尼亚最不受欢迎的社区之一，也难怪这里的人都搬到别的地方去了。我想了一下，如果那帮孩子整晚都在街上游荡，做些偷鸡摸狗的事情，那他们现在很可能都在沉睡之中，所以我有大把时间可以偷偷摸摸地在谷仓周围转一转。

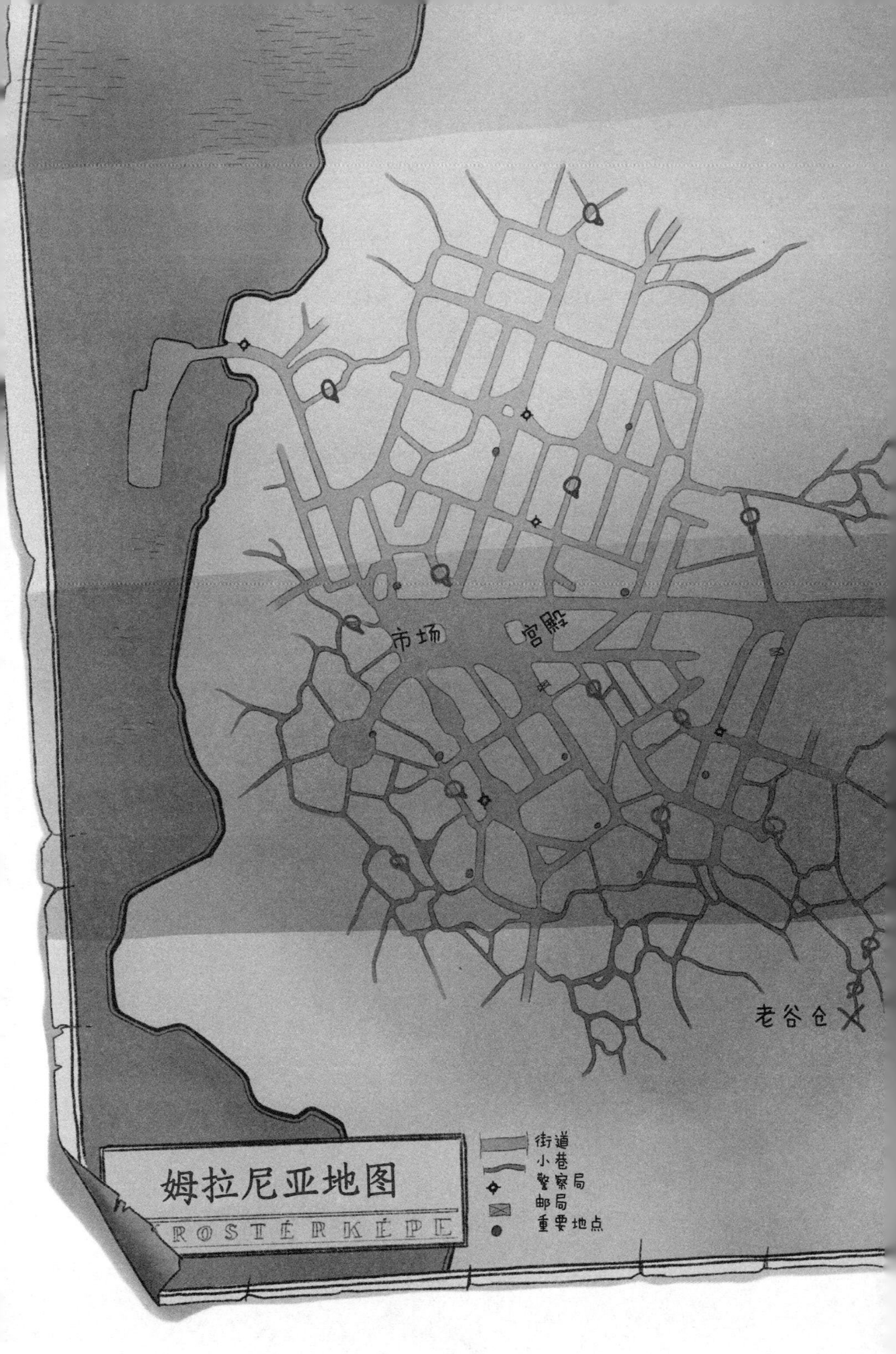
市场
宫殿
老谷仓
姆拉尼亚地图
ROSTÉRKÉPE
街道
小巷
警察局
邮局
重要地点

我在谷仓后面找到一个入口，刚一迈进去，便闻到了一股浓郁的干果和南瓜子的气味。

我踮着脚尖四处走了走，巴芬一族教会了我如何悄无声息地潜行。倒不是说我以前没法在不被人发现的情况下溜进什么地方，只是现在我潜行的本领更上了一层楼。我轻轻松松地找到了孩子们睡觉的那个角落。

他们肯定需要好好睡上一觉，所以我决定先不去打扰他们。我把一根小木棍搁在旁边（这是我在外面街上捡到的，以防刺猬们还想跟我打冰球），然后抓了一把干果，边吃边等待他们醒来。这两天为了找出他们的藏身之处，我可以说是费心费力，吃他们点儿干果也是理所应当的。

中午左右，孩子们开始活动了。他们哼哼着伸了伸懒腰，不时还发出咯咯的笑声，紧接着便开始起身去寻找可以充当午餐的食物。当他们看到我在他们的藏身之处大口地吃着他们的食物时，你可以想象得到他们有多么震惊，他们吓得甚至都不知所措了。最大的一只刺猬蜷缩成战斗的姿势。

“省省吧，伙计，”我挥舞着棍子说道，“你拿这个没办法的。我要是有心加害你们，早就动手了。”

“你怎么找到我们的？”一只松鼠恶狠狠地问道。

“真有意思。”我摇着头说道，“你们把指向藏身之处的标志画得全城都是，现在居然还惊讶有人能找到这里。”

“我告诉过你不要在墙上乱涂乱画的，特里！”一名松鼠男孩儿对他妹妹说道，“现在，我们被这只硕鼠给盯上了！”

“我是一只老鼠，麻烦别叫错了。”我纠正他道，“我叫杰克·波拉斯。算你们走运，让我找到了你们。”

说完，我又轻轻地挥动了一下棍子，因为这时刺猬们都开始狐疑地窃窃私语起来。

“我是来帮你们的。”

“谢了。”那名松鼠男孩儿嘟囔道，“没有你我们过得也很好。”

“是的，我看出来了。”我一脸怜悯地环顾了一下这座谷仓，继续说道，“你们过的真像是贵族的生活。”

“你为什么要帮助我们？”女孩儿问道，她的语气比她哥哥要友好一些。显然，她的名字叫特里。

“因为我觉得你们值得拥有比现在这样更好的命运。虽然你们不太知道如何在战斗中站稳脚跟，但你们看起来都很聪明伶俐。”（当我说这话时，几只刺猬和另外两只小松鼠都站直了身子，挺起了胸膛，只有特里一直睁大眼睛听着。）

“我觉得你们可以去做一些更加聪明、更加明智的事情。”

“如果你是要劝我们去上学，或者去那些专门收留不守规矩的小孩儿的地方，那你就打住吧！”一只刺猬咆哮道。

“我们是自己的主人。”另一只恶狠狠地说道。

“很好，你们也应该这样！但你们不能靠从别人那儿偷的东西来过日子，还有很多更好的谋生之道。”

“是啊，当然了，我们也可以去当用人，就跟你一样！”特里的哥哥用颇为嘲讽的语气说道。

“孩子，我是名水手，”我站直了身子说道，“而且是一名老练的水手。我只不过是给休伯特勋爵当了几天的保镖，但我本着诚实和尊重的态度，很好地完成了我的工作。当他在路边遇袭时，我是怎么凭着一身本领让他逃过了一劫，这一点你们比谁都清楚。”

“所以你现在想让我们去当保镖？”最小的一只刺猬讥讽道，“谁会雇一帮孩子？”

“你们不用非得去当保镖，或者水手，或者学生。”

“那做什么？”他们八个人一齐盯着我问道。

他们似乎真的不明白我在说什么，但我已经成功激起了他们的好奇心。

“做什么不重要，只要是你们喜欢做的事情就好！”

“我喜欢抢劫和偷窃。”一只刺猬故作强硬地说道。

“那就想象一下你妈妈会说些什么。如果她知道你现在在做的事情，她会感到骄傲吗？”

“你到底想要我们怎么样？”最小的刺猬沮丧地问道，“我们没上过学，没受过训练，也没掌握任何技能，什么都没有。”

“这你可说错了，小朋友。”我说道，“那天晚上，你们翻来滚去，上蹿下跳，俨然一场精彩的表演！你们当时要是没在打我，我愿意看上几个小时。”

“谢了。你觉得别人会有兴趣吗？”

“我觉得很多人都会有兴趣的。姆拉人的骨头又硬又细，他们甚至连个筋斗都翻不了。如果你们在他们面前表演那些把戏，我想他们肯定会看得目瞪口呆，而且，我觉得他们肯定会很乐意付钱的！”

“如果我们敢露脸，他们就会当场把我们抓起来。”最大的那只松鼠轻蔑地挥舞着一只手说道。

“我们打个赌吧，”我建议道，“举办一场表演，就简单地表演一下，让他们看看你们的能耐。我保证没人会找你们麻烦，我还会给你们带客人来。不过，只有真的喜欢这场表演的观众才需要付钱。表演结束后，无论观众给了你们多少钱，我都会再付一倍给你们。”

“你是说，如果我们得到了两枚金币，你会再额外给我们两枚？”特里问道。

“他说的一个字也不要信！说得好像他会保护我们一样！”

“闭嘴，加里。”特里厉声对她哥哥说道，“难道就不能相信我们也会有一次好运吗？我觉得这只叫杰克的老鼠是真的想保护我们。以前从来没有人找到过我们的藏身之处，而他只花了一两天的时间就找到了。没错，我觉得他确实是想帮助我们。”

总之，我最后终于让他们冷静了下来，并且相信我对他们确实没有恶意。所有人都同意尝试一下。我给他们看了休伯特勋爵写给市长的那封信（他把信给了我，告诉我只有在必要的时候才能把它交给市长）。在信中，休伯特勋爵请求市长尽可能地帮助我要介绍给他认识的这帮衣衫褴褛的孩子。然后，我告诉孩子们，休伯特勋爵专门留了一笔钱给我，就是为了让我来帮助他们的。他们简直不敢相信这一切是真的。

我们握了握手，这件事情就这么说定了，接下来便要着手计划了。首先，我挨个问了问他们的名字。刺猬们分别叫作塔菲、特尔奇、花生、斯诺泽和艾琳（艾琳是女孩儿，其余的都是男孩儿），松鼠们则是加里、巴里和特里。看来，我关于字母 G、B 和 T 的推断是正确的[①]。他们的全名分别是杰拉德、伯纳德和特蕾莎·凯珀。

我们决定组织一场类似于马戏的表演。三只松鼠可以组一个跳跃小队，他们可以在杆子、电线和秋千上展示他们的才能。然后是杂耍球表演。除此之外，我们还有一名魔术师和一个小丑（这个我们稍后再来安排），也会有扑克牌把戏（你们肯定猜不到我们会选谁来表演扑克牌把戏）。

在准备演出期间，我们就靠着休伯特勋爵留下的那笔钱生活，

① 三只松鼠的英文名字为 Gary、Barry 和 Terry，首字母缩写正是 G、B、T。

这样就没有人会做偷鸡摸狗或是拦路抢劫的事情了。孩子们坚持要继续待在谷仓里，既然他们在这个临时搭建的家里住得很舒服，我自然也不想做任何事来破坏这一现状。他们给我找了一张床垫，这样一

来，我就可以搬进去和他们住了。我们又一起去买了很多东西囤在谷仓里，全部算下来也只花了三枚金币。然后，我们便开始排练节目了。

这些孩子的能力真的非常惊人。和这三只松鼠比起来，丛林里偷走伊利亚娜闪光石的那群猕猴就显得有些笨手笨脚的了。加里、巴里和特里一会儿从一根树枝跳到另一根树枝，一会儿又沿着绷紧的铁丝或是窗台一路滑行，看上去就像是长了翅膀一样。

我提议用休伯特勋爵留下的钱买一个秋千和一个带绳子的支架，这样我们的道具也有了。毕竟，整场表演看起来难度越大，

观众们就越会被演出者的本事所震撼。刺猬们的表现也非常出色，原来他们一个个都是杂技高手！他们五个人可以一次性将二十五个小球抛到空中，还能保证一个都不会落到地上。

我想出了好几个吸引眼球的把戏，全都可以加到魔术环节之中。比如，我可以做一个底部有暗门的笼子。表演时，我们先把特里锁进笼子里，然后用床单把整个笼子盖上，她则趁机赶紧从笼子底部溜出去。就在笼子的正下方还有一个小隔间，但是这个隔间小到几乎没有人会注意到它，而且我会把这个隔间做得看起来就像笼子的支架一样。特里不仅身体非常柔软，身材也十分苗条，无论是多小的缝隙她都能挤进去，观众们肯定会认为是魔术师让她消失了。至于特里，她只要留心把她的大尾巴也全都缩进那个小隔间里就好了。

我知道今天是星期三。直到现在我才真正开始明白，当你没什么要紧的事情要做，或者你手头的事情实在是太多了的时候，日期是多么的不重要。后者就是我们现在时光的真实写照。我们一直在努力完善表演，所有的特技和把戏都反反复复地练习了三天。是时候去找市长了。

周四

市长对我的殷勤欢迎简直无可挑剔。他似乎非常崇拜休伯特勋爵，所以那封信起了很大的作用。起初，对于让那群孩子进入内城他还有些担心，但我向他保证，如果马戏表演进展顺利，姆拉尼亚将再也不会出现可怕的小偷，而且，他还可以去看一场前所未见的表演！他显然还是有所芥蒂，但眼看休伯特勋爵如此恳求他施以援手，市长最终还是同意了。

我们决定十天后，也就是星期天，在露天剧场举行首演。市长还允许我们在全城张贴宣传海报。然后，他坚定地握了握我的手，告诉我他一向很钦佩那些试图帮助别人的人。要我说，他的表现太夸张了，我一向很乐于帮助别人。

听到我带回来的好消息后，孩子们都兴奋极了。塔菲和花生想即刻开始张贴海报，但特里似乎有些犹豫。她说，最简单的办法就是用朱砂墨水在每栋建筑物和每栋房子上写一份海报。

“你疯了吗，特里？”加里一脸不解地问道，“用朱砂墨水写的东西永远都擦不掉的，你想余生每个星期天都表演节目吗？”

听他们这么说，我立刻对这种朱砂墨水产生了兴趣。原来，他们在城市里胡乱画的那些红色涂鸦全都是特里用朱砂墨水画的。这种颜料非常特别，它永远也不会褪色，无论是洗、是抹还是擦，都没法将其清除，甚至就连想要覆盖它都没那么容易。只有一样东西能让它永远消失——德西诺橡皮。至于如此特别的东西是从哪儿弄来的，特里一点儿也不想透露。

没关系，我跟她解释了姆拉人其实并不是特别喜欢满是涂鸦的墙壁。如果我们选择用她的朱砂墨水而不是张贴海报，那我们激起的就不是他们看表演的兴趣，而是来自他们的公愤了。最终，特里让步了，并开始在地板上乱涂乱画起来。我去了最近的颜料店，买了一大堆颜料、刷子和几捆纸，然后我们便开始制作海报了。紧接着，我们又意识到了一件事。

巴里和特里

“等等，每个马戏团都有自己的名字，”我说道，“我们也得给自己起个名字。”

“我知道叫什么了。”斯诺泽激动地说道，“就叫加里、巴里、特里、艾琳、塔菲、特尔奇、花生、斯诺泽与杰克马戏团！”

“是不是有点太长了？”塔菲疑惑地看了他一眼。

我说道：“叫凯珀马戏团怎么样？”

“为什么我们的名字不在里面？”艾琳皱起了眉头。

“我会把尖刺画在名字周围，就像我们的标记那样。”特里建议道。

我们一致认为这是最佳方案。于是，凯珀马戏团的全体成员花了一整个下午的时间齐心协力绘制海报。海报最终呈现的效果非常好，待夜幕降临时，我们便动身进城去张贴海报。

周三

我已经五天没有写任何东西了。我们一直在全力以赴地练习和排练，艾琳和特里还用休伯特勋爵留给我们的钱买了布料，为我们缝制演出服。随着首演的大日子越来越近，我们都开始变得有些紧张了，但我知道我们会取得巨大的成功！

周五

今天，我在市场上听到几个姆拉人在谈论即将到来的马戏表演。每个人都想知道这个凯珀马戏团是从哪里来的，表演者是谁。有些人甚至说这个剧团是直接从狂欢岛来的。其中一位表演者确实曾在狂欢岛上待过一段时间，只不过当时他只是在那儿教别人耍扑克牌把戏。

周一

哇哦！真是太难以置信了！我们举行了演出。更确切地说，我们举行了第一场演出。由于马戏团的表演非常成功，市长立即要求我们再演一场，他说我们应该在周三下午演出，因为那天是姆拉尼亚的假日。

当我们清点姆拉人扔在帽子里的钱时，孩子们简直不敢相信自己的眼睛：一共有二十九枚金币和两枚铜币！我取了个整数把它算作三十，然后从休伯特勋爵留下的钱中拿出三十枚金币加了进去。毕竟，这是我们之前说好了的！

“就算是偷东西，一晚上也挣不到这么多钱。”巴里如此说道。

“这仅仅是个开始。”我说道，“想象一下，要是凯珀马戏团声名远播了会怎么样？到时候最难的部分莫过于你们收到的演出邀请太多，几乎每天晚上都要登台表演了！”

现在，孩子们才开始大胆地畅想起未来。他们想象着自己在世界各地举行巡演，所到之处都受到人们的热烈欢迎。当然，钱币也会像雨滴一样倾泻到帽子里。

然后，我们一起漫步走回了老谷仓。孩子们刚一躺下就睡着了，他们八个人打着鼾时脸上都还挂着微笑。

可我就是睡不着。其实我很累了，脑海里却充斥着各种想法。我很自豪，也很高兴能够帮助孩子们完成一些了不起的事情。但与此同时，我渴望在这个世界上找到属于自己的位置，这个念头又让我焦躁了起来。因为我知道我的人生应该走的是另外一个方向。我很爱这群孩子，但大海才是我的家。

当然了，我们周三还要举行演出，所以我也不能就这样丢下这帮孩子不管。但他们也必须继续前进。姆拉尼亚的每个人都会看到他们的表演。岛上还有许多其他城市，翻过玻璃山的山顶就有维特林城堡、蒂凡港和加弗顿城，这还只是三个最大的城市。我们可以在每个城市都举行几场演出，我还可以请姆拉尼亚市长给其他市长写几封简短的推荐信。

我相信，就算我不在他们也会做得很好。我会把耍扑克牌把戏教给巴里和特里，他们的手指非常灵活，这对他们来说不成问题。他们其实也不需要我来扮演小丑，即便没有我的加入，斯诺泽、花生和塔菲讲的笑话也一样有趣。

我决定，只要有机会就立刻付诸行动。如果我遇到一艘看起来还不错的船，而他们又正好需要像我这样经验丰富的水手，那我就跟他们走。我打算明天就把这个想法告诉马戏团的其他人，我可不想他们一点儿心理准备也没有。

周二

我又去见了市长一次，请求他给马戏团写一封推荐信。他非常愿意在这件事上提供帮助，当场就给其他几位市长各写了一封热情洋溢的信。现在，凯珀马戏团几乎可以在任何地方演出了。

然后，我把自己的想法告诉了孩子们。当听说我不打算在马戏团里待太久时，他们都有点儿沮丧，但他们理解我的决定。

“但你至少还会再和我们待几个月吧？”特里问道。

“我不知道。”我答道，“有可能。不过，如果我后天就看到一艘挺适合我的船，那我后天就走。我很想家，我不想错过任何一个回家的好机会。”

特里点了点头。能够让对自己来说很重要的人走他想要走的路，也是真正友谊的标志。

第十一章　飓风号

周三

我压根儿没想过我们能取得比第一场演出更大的成功，但我们做到了！来看我们表演的人非常多，观众们此起彼伏的掌声简直有排山倒海之势。孩子们更是看起来如同长出了翅膀一样！他们完全配得上这样的掌声，因为他们的表演确实非常精彩。演出结束后，市长要求我们几个月后在姆拉尼亚再举办一场演出，加里当即承诺，等到那个时候，我们会增加新的表演节目。刺猬们纷纷点头，他们现在满脑子都是各种各样的新想法。

等到夜幕降临时，每个人的情绪都还十分高涨，大伙儿也都玩得很开心。再后来，孩子们开始有些犯困，便陆陆续续去睡觉

了。而我却又失眠了。我满脑子想的都是一件事情：如果能去港口喝杯啤酒该有多好啊！于是，我悄悄地溜出谷仓小家，一路溜达到了海岸边。有那么一会儿，我只是呆呆地盯着月光下的波浪。接着，我走进一家舒适的小酒馆，点了一杯啤酒。

当我倚在吧台等着服务员上啤酒时，忽然听到身后传来一阵又惊又喜的声音：

"嘿，是马戏团要扑克牌的那个家伙！"

"哇哦，真的是他！他一个人到这儿来了。"

有几个在酒馆喝酒的人似乎之前也看过演出，他们认出了我。我转过头，朝着坐在角落桌子旁的一群地鼠和田鼠点头致意。其中一个大声向我喊道："嘿，你要是不着急去哪儿的话，过来和我们一起喝一杯吧！"

我并没有着急要去哪里，而且我也不想一个人喝酒，便索性加入了他们。我们有说有笑玩得非常开心。后来，他们之中叫作班卓的那个人唱了几首歌，他的歌声让我想起了鲍比在风之女王号上教我的一首歌。待他唱完后，我便把这首歌给他们唱了一遍。我刚一唱完，班卓便立刻让我教他唱，其他人则在一旁一边拍手一边踩着拍子。我已经很久没有这么开心了。

他们告诉我，他们在飓风号——一艘刚刚抵达姆拉尼亚的小船——上工作。他们主要从事海上贸易，负责从一个港口将货物运送到另一个港口。而且，他们不只是在姆拉尼亚附近的海域航行，有时候甚至会远远驶出水晶之海。不可否认，听到这些时，我满脑子都是要加入他们的念头。想来我也不会有什么损失，于是我问了一下斯特克斯船长，他的船上是否需要一名得力的水手。

“你懂航海吗？”他皱着眉头问道。

“你可以让我试试。”我点了点头说道，“我还是个孩子的时候就在航海了。”

“那你最后怎么跑到马戏团表演去了呢？”船长有些惊讶地问道。

我把整个故事都告诉了他。当然，我讲得非常精简。考虑到我最近几个月经历的所有事情，要想把这一切一下子讲清楚着实有些困难。船员们很喜欢我的故事，斯特克斯船长似乎也很满意。

“如果凯珀马戏团的其他成员不会太想你的话，”他说道，“你可以跟我们一起走。”

周四

虽然有些犹豫，但我还是把这个消息告诉了孩子们：周末我就要和他们分手了。随之而来的是一阵震惊和沉默，特里甚至抹了几滴眼泪。

“相信我，”我说道，“要和你们说再见，对我来说也不是一件容易的事情！不过，你们很快就要出发去为姆拉尼亚其他城市的观众表演了。如果我们开始往内陆走，我很可能几个月都看不到大海了。这可能是我最后一次出航的机会，我很清楚自己必须踏上这趟旅程。”

“别担心，杰克，”塔菲咕哝道，“我们能理解。我们不会试图留住你，没有你我们也会继续走下去的。”

“但我们会想你的。”艾琳叹了口气说道。

“什么时候开船？”

“斯特克斯船长打算周一黎明时起锚。”

“好吧，那么我们也在周一上路。”加里说道。他逐渐担当起这个团体中领导的角色。

我们还有最后几天相处的时间，足够我教会他们耍扑克牌把戏，并制作好最后一个魔术盒（这将是新魔术表演的一部分）。然后我们就要永远地说再见了。

周六

今天早上，我帮助飓风号的船员们完成了出航准备。我们打包好了几个板条箱，斯特克斯船长还让我缝补了一面开了线的三角帆。我觉得他就是想确认一下我是不是真的了解船上的工作，看看我缝补船帆时握针的方式对不对，以及我会不会把缝补前必须解开的绳结全部重新系好。我觉得自己应该通过了测试，因为当我做完时，斯特克斯船长友好地和我握了握手。

“你星期天休息，杰克，不过你必须在午夜前回来报到。我很看好你，伙计。”

“我肯定会来的，先生！”我脚跟一并，然后便跑回了谷仓。因为我答应过孩子们，最后的一天半会和他们一起度过。

周一

我们起航了。我去飓风号报到时，凯珀马戏团的全体成员（甚至包括一直昏昏欲睡的斯诺泽和艾琳）陪着我一路走到了港口。早上五点时，披头散发、睡眼惺忪的孩子们，一人拿着一条鲜艳的头巾，跌跌撞撞地走上码头，朝着渐渐驶离的船只挥舞着头巾告别。

我把一副还在风之女王号上时就总是带在身边的扑克牌作为礼物送给了孩子们。一想到他们能用这副牌让观众们眼花缭乱，我就觉得很高兴。道别时，特里拥抱了我一下，把一件包装精美的小礼物塞进了我的手里。

“能让你记住我们的东西。”她说道。

“不管有没有礼物，我都会永远记得你们。”我微笑着说道。不过，看到她还特意准备了礼物，我真的很开心，尤其是当我在飓风号的甲板上打开礼物时，我更开心了。原来，她把自己一直小心翼翼守护着的朱砂墨水和德西诺橡皮送给了我！

除了几枚金币之外，我把休伯特勋爵给的钱全都交给了加里。我能赚到自己要用的钱，但凯珀马戏团可能需要留点钱备用。

看到他们现在的样子，休伯特勋爵肯定会很高兴的。庇护孩子们这件事情，他可真是做对了。我希望他健康长寿、幸福快乐，可以年复一年地把玩他那盏美丽的枝形吊灯。

周二

我今天才意识到，距离威斯克斯船长把我赶下风之女王号已经过去一年多的时间了。虽然不可能回过头去数到底过了多少天、过了几个月，但有一件事是肯定的，时间已经过去一年

飓风号是一艘简陋的小船。

多了。谁知道还要过多久我才能再见到他们，也许我再也见不到他们了。好吧，我觉得也没什么，现在有飓风号载着我乘风破浪，我也很开心。

周四

飓风号的船员并不多。除了斯特克斯船长，还有厨师弗里特、舵手贝珀，然后就是杰基、班卓和我。不过这人数也足够了，毕竟这艘船只有一根桅杆和几面船帆，而且我们也不用擦洗甲板，就这么简单。这里可没有汤姆整天唠叨这件事情。

我们在飓风号度过的时光非常愉快。船员们不仅风趣健谈，还都打得一手好牌。但这群人中真正的角色是班卓——一名声音沙哑的老海员。他至少知道一千个恐怖故事和传说（关于海怪、海盗、海上血战、夜间幽灵船、暴风雨、隐藏的宝藏还有用歌声把你诱入水中的美人鱼）。他经常给我们讲故事，有时还会吹起口琴，唱一些水手歌谣。

我最喜欢的一首歌是《深渊之海的哀歌》，这首歌讲述了这样一个故事：曾经有一艘船偏离了航道，船身周围的海水都变黑了，一头可怕的生物从海底深处钻了出来。水手们编出来的故事真令人拍案叫绝！那头怪物的眼睛里冒着火焰，它的眼神非常可怕，仿佛只要被看上一眼，血管里的血液都会凝固。故事最可怕的部分是结尾：只剩一艘空船在海上随波漂荡，谁也不知道船员们经历了什么。我发誓，如果不知道这只是一个故事，我肯定会对出海心生恐惧，生怕我们会偏离航向，漂往深渊之海！

班卓说绝大部分故事都是真的，可大家都只是冲着他哈哈一笑。他也就只是耸耸肩，继续唱歌。我觉得要是没了他的故事，谁也熬不过这漫漫长夜。我发誓，那些故事就和我小时候听过的睡前故事一样棒！

我不知道今天几号，又忘了记录日期了。海上的时间总让人感觉有些不太一样，你能记住的只有过了多少个无风的日子或者暴风雨持续了几天。我在飓风号上已经待了大约一个月，这里的同伴要比简单生活号上的那群无赖好太多了。要不是太想念风之女王号上的那帮人，我甚至都不会想到要离开这里。

班卓唱着一首非常吓人的歌谣。

今天，班卓讲了一个关于贪婪灵魂的故事，这绝对是一个令人毛骨悚然的故事。故事里说，有一座岛上埋藏着许多珍贵的宝藏，一些遇难的漂流者刚好被冲上了这座岛屿的海岸，并很快找到了宝藏。这其实并不难，因为岛上只有一个洞穴，而宝藏——满满一箱珍奇珠宝和黄金——就藏在那里。再说回这座岛本身，岛上有许多灌木丛，到处都是草地，不过这座岛可不是什么富饶之地。漂流者们因为找到了宝藏而兴奋不已，但他们什么吃的都没有。到最后，为了对抗饥饿，他们甚至开始吃树根。就在他们快要饿死的时候，海平线上出现了一艘大船。他们开始疯狂地挥手，但突然，他们又停了下来。

“等一下。如果整艘船都靠近海岸，他们也会看到宝藏的，那我们就不能独享了。”

虽然一块宝石就足够让他们下半辈子过上好日子了，可这些贪婪的灵魂就是不愿意分享他们所发现的宝藏。于是，他们讨论了一会儿，最终决定不要去吸引大船船员们的注意，他们宁愿等一艘小一点儿的船出现。大船继续前进，谁也没有注意到岛上的漂流者，因为他们都躲进了山洞的黑暗角落里。然而不幸的是，并没有小一点儿的船从这里经过。没过几个星期，那群贪婪的漂流者就纷纷饿死在了那箱宝藏旁边。班卓说，虽然这件事情发生在很久以前，而且他们的尸骨早已化为尘土，但他们的灵魂仍然守卫着洞穴的入口。

多好的睡前故事啊！班卓总会向我们讲述各种各样的故事。我让他把每个故事都重新跟我讲了一遍，并且做好了记录，这样我就不会忘记了。我把这一切都写在日记本末尾的那几页上，就是我记录所有谜题和谜语的地方。不过这部分真的很长。

我觉得我又要开始写日记了，我是说定期写日记。我感到十分孤独。写日记时，我会想象自己是在向贝利克讲述我们分手之后我遇到的事情（有时候我也会想象自己的倾诉对象是凯珀马戏团的孩子们或是托尼、阿明、特蕾西、布斯科、米奇和伊利亚娜，还有奎尔奇兄弟、鲁迪、老唐纳和李·贝特，再就是班卓，当然还有他的口琴。他说不定会把我惊心动魄的冒险讲成一段很棒的故事）。不知道这支铅笔还能用多长时间，感觉我不太可能在这座岛上再找到一根了。

坦白说，这本日记能保存下来真是个奇迹。不过要这么说的话，我能活下来也真是个奇迹。特别幸运的是，这根小小的铅笔一直安全地埋在我背包的深处。

好了，我来告诉你我是怎么到这里来的。至于这里是哪里，不要问，因为我也不知道。至于我是从哪儿被冲上岸的，我倒是有几个大胆的猜想。

我在飓风号上工作了大约五个月的时间。我一直希望我们能去往更远的地方，但始终未能成行。斯特克斯船长及其船员们基本只在深红之海和水晶之海上航行，大多数情况下，他们都只是把货物运往较小的岛屿。

有一天，斯特克斯船长兴高采烈地告诉我们，有人委托我们跑一趟长途运输。我们要横跨水晶之海，驶向遥远的仓鼠半岛。我们问了问船长那批货物是什么东西。

“各种贝类。”他说道。

这可把我给激动坏了。仓鼠半岛是一片非常繁忙的区域，我肯定能在那儿找到一艘开往我家乡的船。

第一周过得非常顺利。风向对我们极为有利，船长说，根据他的计算，我们至少已经走了一半的路程。可紧接着，海上起了大雾，这场大雾和平时常见的雾还有些不同。通常，大雾会弥漫在整片海面之上，然后突然一下消失得无影无踪。可我们遇到的却是浓密、阴森的乳白色云雾，它顽固地笼罩在海面之上，迫使所有航船一连数日停滞不前。但斯特克斯船长只是哈哈一笑。从地图上看，我们周围无论远近都没有陆地，而航行至最近的群岛至少还需要一个星期的时间。我们的罗盘性能很好，没有理由不驾船穿过浓雾。

我开始对整件事有了一种很不好的感觉。我并非那种容易担惊受怕的水手，但这场浓雾就是让人觉得惴惴不安。我觉得我们最好停下船来等天放晴，但是斯特克斯船长什么也听不进去。他可能是担心，如果这一趟旅程再拖个两三天，我们装在货舱里的贝类就都要腐烂变质了。无论如何，他坚持要我们继续前进。

我们在浓雾中航行了两天。就在第三天午夜后的某个时候，我们突然听到一阵巨大的噼啪声，飓风号随之猛烈地向一边倾斜了过去。即使你从来没有听过那个声音，你也知道那是什么，哪怕只是因为你的后背突然开始冒起了冷汗。船体断裂的声音在大海上就意味着死亡。我们立马开始检查船只受损情况，所有人都吓坏了，但大家又都抱着一线希望——或许只是船舷被礁石或小岩礁戳出了一个小裂缝，一个很容易修补好的小洞，即使渗水进来了也能很快地舀出去。

可是，正当我们拿着提灯准备下货舱时，飓风号又突然猛地倒向了另一边，看来船壳快要断成两截了。我们甚至无法进入货舱，里面早就被海水淹没了。仍然完整的木板开始吱吱作响，紧接着也被压碎了。毫无疑问，要不了几分钟，这艘船就会裂成两半沉入海底。斯特克斯船长下令船员们立即放下救生艇。

不到一分钟，救生艇便下水了，班卓、杰基、弗里特和贝珀已经坐在了里面。我突然产生了一个非常愚蠢的想法（虽然很可能正是这个想法救了我一命，但我永远也无从得知）：我决定跑回我的小船舱去拿背包。诚然，大海上有个非常简单的准则：当遇到生命危险时，赶紧逃跑，永远不要回去拿你的东西。可我真的不想失去我的背包，毕竟我把所有最宝贵的东西全都放在了包里。倒不是金子或白银之类，是我要去破浪者号上当客舱服务生时，爷爷送给我的气压计；还有我的火钳和刀，这两样东西我一向走到哪儿带到哪儿。当然了，小刀和小提灯我一直都随身携带，但布斯科和米奇送我的弓箭我都放在了包里，更别说还有朱砂墨水、德西诺橡皮和一大堆其他的小东西了。

只要几秒钟，然后我就上救生艇，我心想。

然而，等我拿到背包时，飓风号已经彻底裂成了两半。大伙儿都在救生艇上等着我，可是他们在船体另一侧。斯特克斯船长看到了我，他知道我已经逃不过去了，所以纵身跳上救生艇，与其他人合力将小艇推离了飓风号。他们这样做非常明智，因为要不了多久这艘船就会彻底消失于深海之中。船长命令他们把救生艇划向我，但海风刮得正猛，海浪把救生艇推向了另一个方向。海面上的雾依然很浓，而且现在已经是半夜了，我们甚至连自己的鼻尖都看不到。我们冲着对方大喊了一阵，但与此同时，我所在的这一边船体也开始慢慢下沉了。我刚好有时间抓住一块破木板，这样一来，我好歹有了一个依靠，即便筋疲力尽了也不至于沉下去。紧接着，我所知道的就是我孤身一人漂在了大海中央。

丧钟已经敲响，我心中暗想。其他人的声音渐渐消失在了远处，自此之后，我便再也没有见过他们。我希望他们能乘着救生艇抵达某处海岸，可谁知道呢，也许他们都命丧大海了。无论如何，我们的人生轨迹自此之后再无交集。

第十二章　萨弗伦

我抓着木板漂了好几个小时。这一片区域的海水还算温暖，但在海浪中挣扎几个小时之后，任谁都会觉得骨头都冻僵了。到最后，我浑身止不住地剧烈颤抖，手脚都已经麻木得几乎抓不住木板了。当然，我的背包早就湿透了，它就像块砖头似的绑在我的背上，一个劲儿地把我往下拽。不过，浓雾已经消散了，我看见远处的大海中央有一小块陆地。起初，我觉得那一定是幻觉，可我越是睁大双眼，小岛的轮廓就越发清晰，而且无论我眨多少次眼睛，无论我怎么揉眼睛，它都没有消失。我开始觉得自己可能会在这次海难中幸存下来。

我最终被冲上了一座岛屿。这座岛植被稀少，岩石遍地，还有一处悬崖，悬崖边上有一汪泉水，水流非常缓慢，一天最多也就只能从细小的裂缝中喝上一两杯水。

不过，当然了，如果我再好好想想，这本来也可能是一座荒岛，或者我也有可能被冲上一座连一汪泉水也没有的小岛，或是一座爱吃老鼠肉的野人居住的岛屿，那我估计刚从海浪里爬上岸就要被他们生吞活剥了。要是这么想的话，这个地方看起来也还不算太糟糕。岛上多少还有几棵果树，其中大部分是椰枣树。另外还有一种奇怪的植物，结满了果皮又厚又硬的小果子。这种粉紫色的果子看起来非常奇怪，我是不会品尝的，我觉得它可能有毒。只要我有椰枣吃，有浆果吃，我就不会去碰它。

我绕着这座岛走了好几圈（这并不困难，只花了半个小时），并没有发现任何值得一提或者值得一吃的东西。除了椰枣，什么也没有。很明显，我在这里活不了多久，因为再过几个星期，我就没有东西可以吃了。到时候我肯定会瘦得皮包骨，最后活活饿死。

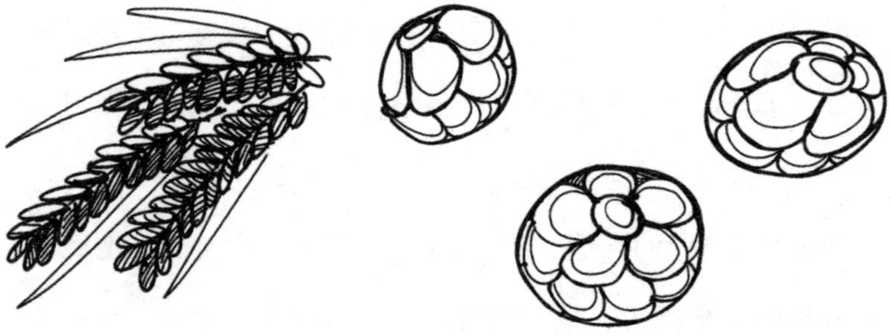

今天，我试着好好考虑了一下当前的情况。我在这儿其实并没有太多事情可以做。我用棕榈叶搭了一个小帐篷，坐在里面可以遮阳。但是，这里没有任何我可以自己种植的植物，也没有动物可以供我驯养或猎食。不过，我倒是捡了一大捆木柴，这样一来，只要看到有船只靠近，我便可以立马开始生火。如果我能把火生起来，再往上面扔些湿树枝，或许他们就能看到岛上升起烟。因为如果我爬到悬崖顶上去挥舞手臂，肯定没有人能注意到我。

今天天气非常晴朗，没有一点儿起雾的迹象。我站在悬崖顶端，径直看到了远处另一座岛屿的轮廓。由于距离十分遥远，我根本无从判断那座岛上有没有动植物，甚至看不出来它距离我到底有多远。

我决定自己来造一艘船，船身就用我在那棵厚皮果树旁找到的原木凿制。要把这根原木掏空估计得花几周的时间，不过如果船身足够结实，或许我还能在船中央竖根小桅杆。当然了，我还不知道自己可以用什么来做船帆，这座岛上也没有绳子之类的东西。实在不行，我还可以给自己做两支桨，就这么出发，看看自己能划多远。

由于椰枣吃得太多，我都开始长痘痘了。不过我也确实得吃慢一点儿，不然它们马上就要被吃光了。

今天，我注意到岛周围的水域里有一大群鱼，几块孤零零的岩石从翻飞的浪花中伸出水面，形成了一道天然的防波堤，海浪被它们一一拦住，所以海岸才显得如此平静。其实我也不是很确定我的船要怎么下水，要是海水很浅，海岸线上又都是沙子，那可能会相对容易一些。不过，至少海岸线附近的水面还算平静。

看着这些岩石，我意识到两件事情。首先，我真是太走运了。当我抓着那块木板被冲上岸时，海面非常平静。如果海水稍微汹涌一点儿，我很可能会被直接拍向其中一块岩石，那我就完蛋了。

另一件事情就是，等造好了船，我最好开始练习一下长途旅行的必备技能。我决定做一支锋利的长矛。我已经找到一根很好的树枝可以用作长矛杆，再想个办法把我的刀绑在杆头上就行了。然后，我就要看看自己能不能捕到鱼了。在开始长途旅行之前，能把肚子填饱也挺好的。如果能捕到足够多的鱼，或许我还能试着做几条鱼干，这样之后的航行途中我也就有东西吃了。椰枣已经所剩不多，等我把船造好，椰枣肯定早就吃完了。

我在这座岛上待了多少天了？我想大约有三个星期了，具体的日子我也记不清。写日记时标注日期一向不是我的强项。有时，刚一动笔我便会想起来，但就是没能记得很清楚。通常，被关在地牢里的囚犯和被遗忘的漂流者都会靠着在牢房的墙壁或岩石上画线来计算日期。

这天早上，我被一阵奇怪的声音吵醒了，有人或者什么东西在尖叫。我从棕榈叶帐篷里往外看了看，发现了一只黄色的小鹦鹉。他一边吃着那种厚皮的水果，一边尖叫着。我一下子就开始流口水了，想着把他烤得酥酥脆脆的肯定很好吃。我会把他吃得干干净净，就连骨头都要舔上好几遍。

有一段时间，由于实在是饿得受不了，我尝试了一下那种厚皮的水果。我剥去果皮，里面是多汁的白色果肉，味道很好，甜甜的。但我还是不能吃太多，因为刚吃几口就开始有些头晕。所以，这种果实可以让我不至于饿死，但不能指望它们填饱肚子。我的饥饿感越来越强，即便一整头烤牛可能也不够我填饱肚子。

长矛捕鱼也没有成功，因为我每次刚把船推进水里，鱼儿便觉察到危险并且消失得无影无踪。我已经好几天没在小岛周围的水域里看到过一条鱼了。没关系，我已经能够熟练地使用长矛了，而鱼儿们迟早会回来的。孤岩岛伟大的渔夫——杰克的时代就要来临了。

但现在，我的菜单上有新菜品了！烤鹦鹉。我躲在帐篷里，慢慢地从背包里拿出弓箭，拉开弓，把一支箭搭在弦上，从两片棕榈叶中间探出头，瞄准，然后射了一箭。箭径直射入了鹦鹉的一只翅膀，那可怜的小家伙发出一声可怕的尖叫，倒在了地上。我急忙跑过去，准备折断他的脖子，然后开始拔毛。然而，我没想到那只小鸟还活着，也没做好心理准备看到他看我时痛苦的表情。他盯着我，绝望地扇动着没有受伤的那只翅膀想要逃跑。看到他眼中的恐惧和痛苦时，我当即就决定，在余下的孤岛求生岁月中，我要做一个素食主义者。

我小心地把受伤的小鸟抱在怀里，把箭从他的翅膀上拔了下来。鹦鹉吓坏了，一边尖叫一边挣扎，还想用嘴啄我。我试图让他平静下来，安抚他的情绪，可他丝毫不愿意相信我。这也没什么好奇怪的，我也不会相信一个刚刚射了我一箭的人。不过最后，他要么是冷静了下来，要么就是累得无力继续挣扎了，安安静静地任我把从衬衫上撕下的一块布条绑在了他的伤口上。等我绑好后，他朝我尖叫起来：

“恶棍！无赖！恶心的小蛇！你会为此付出代价的！”

这让我大吃一惊，我从来没有想过他会说话。我让他告诉我他是谁，从哪里来的，可他一句话也没回答，只是一遍又一遍地重复着刚才那段话。过了一会儿，我也不耐烦了。

“听着，我的名字叫杰克·波拉斯。你要是坚持一直喊我的话，可以用这个名字。”

“恶棍！无赖！恶心的小蛇！”他继续重复道。

好吧，我想，他肯定能学会点儿什么。在他养伤期间，我会好好照顾他，说不定等他翅膀痊愈后，我们能愉快地聊一聊或者激烈地辩论一下。但有一件事始终困扰着我：他是从谁那儿学来这些话的？他很可能是从我看到的那座远处的小岛上飞过来的，毕竟像他这么大的鸟如果要飞得再远一些，中间肯定得停下来休息才行。所以，如果鹦鹉是在那里学会的这几句话，那么那座岛上住着什么样的生物呢？

接着，我突然想到海盗们经常在船上养鹦鹉。有时候，为了打发时间，他们会教鹦鹉说各种各样的脏话。也许这只黄色的小鸟就是从一艘海盗船上逃出来的？

不过我也想得很清楚，在点燃火堆或用其他方式吸引过往船只之前，我最好还是先确认一下，以免那是一艘海盗船。话说回

来，到了现在这个地步，我其实已经不是很在乎了。不过没关系，眼下海平线上根本没有船，有的只是这只负伤的可怜小鸟，还有他那不饶人的伶牙俐齿。但至少我不孤单了，这一点还是很重要的。

鹦鹉说了一个新词：奇奇里奇。起初，我并不知道这是什么意思，但看着他不停地重复着这个词，还激动地用他没有受伤的那边翅膀拍打着那棵树，我才终于明白了过来，他说的是那种厚皮水果的名字。对啊！他饿了，可怜的小家伙，他想吃点儿东西。我抓起一把水果，放在他的面前，他一声也没吭，一头扎进去便开始吃。他吃得是那么有滋有味，吸引得我也跟他一起吃了起来。在开始觉得头晕之前，我一连吃了四五个奇奇里奇果，但是鹦鹉似乎一点儿也没有受到这种水果的影响。不过，他的心情倒是变好了。

“杰克，杰克，杰克！恶心的小蛇。”他用一种阴险的语气说道，不过这一次多了一份友善。

鹦鹉的翅膀愈合得很好。他周身的羽毛呈鲜艳的黄色，经过深思熟虑，我决定给他取名为萨弗伦[①]。我们的词汇课程进展非常顺利。萨弗伦已经学会了新的句子，比如：“杰克，我可以吃早餐

---

① 此处英文原文为“Saffron”，有“亮橘色”之意，此处音译为“萨弗伦”。

了吗？”虽然岛上就只有我们两个，但我们还是要讲究礼节才行。他还学会了怎么说“树”“悬崖”和“帐篷”这三个词，还有“大海”“小船”和“风暴”，噢，还有：“晚安，睡个好觉！”

今天终于有好消息了！鱼群回来了。为了防止再次把鱼群吓跑，我决定把船拖到岛的另一边，从那里下水，然后绕着小岛划上几圈，看看能用长矛扎到几条鱼。

太棒了！终于成功了！这么长时间以来，我终于吃了一顿像样的食物。捕鱼之行非常顺利，我简直就像一辈子都在捕鱼一样。我一共捕到了五条鱼，还是五条大鱼。我在岸上把它们清理干净，然后生了一堆火，把它们烤得又香又脆。能够饱餐一顿真是太好了！要是再有一点儿盐就好了。这倒提醒了我，在悬崖顶上有一个地方，长年的风吹雨淋把那儿的岩石磨平了，形成了一个小盆的形状。我要把它装满海水，等过几天水都蒸发之后，我就可以把留在岩石上的盐刮下来用了。盐可好吃了。弄进眼睛里时，你

可能会觉得它很讨厌；但撒一点儿在食物上，它又会使食物非常美味。

我告诉萨弗伦，如果我捕到了一条鱼，他应该说：“干得好，杰克。”他还真就这么说了，而且语气还非常鼓舞人心。这听起来好多了。

自我上次提笔写日记以来，已经过了好几天。盐的把戏奏效了，海水蒸发后，我用指甲从石头上刮下了整整七大坨盐。到目前为止，一切顺利，鱼群回来了，我还教会了萨弗伦说：“晚饭什么时候能准备好？”长矛大师——杰克是时候踏上他的旅程了。

我又成功捕获了五条鱼！我准备把它们全部做成鱼干，这样我们就有几天的食物了。只要我腌制得当，它们就不会变质。我准备用自己那套聪明的蒸发把戏再弄点儿盐来，如果明天鱼群再来，我还要再捕几条。再过几天，等我觉得自己足够强壮、足够坚强、足够坚定之后，我们就要动身前往远方的那座小岛！

第十三章　山洞

好吧，真是一次大冒险！我其实有点不知道该从哪儿说起。首先要说的是，我之前总是在涨潮的时候推船下水，那个时候的水面很高。想要等高度降下去一些，然后从岩石堆上爬进船里还是十分困难的，岸边又没有平坦的沙滩，所以我不得不像山羊一样在岩石上跳来跳去。但这一次，我是在退潮的时候出发的，因为从鱼群游的方向来看，我觉得它们马上就要离开此地了。我计划吃一顿丰盛的午餐，不管因为什么，我都一定要吃到这顿大餐。而且，我想为这次旅行再多准备一些食物，更别说我还答应萨弗伦会喂他吃几口美味的鱼肉。

所以，尽管很费劲，但我还是设法把船弄到了水面上。不过，一路上我都在咒骂自己，怪自己太过固执，为了捉几条鱼，险些在岩石上摔断了脖子。我也诅咒这些该死的鱼，都怪它们非要在涨潮前游开。不过，我终究还是爬上了船，小心翼翼地向鱼群划了过去。

就在那时，我发现旁边的悬崖上有一条巨大的裂缝，看上去就像是一个洞口。由于生来就好奇心旺盛，对于这样的事情我根本无法抗拒！我心想，我就看一眼，就看看里面有多深。洞口正好在水平面之上，估计就是因为这样，所以我之前从来没有见过它。涨潮时，海水上涨，洞口便消失在翻飞的浪花之下，而我又总是在涨潮的时候到岸边来，所以即便我把小船划到洞口旁边，也不可能看到位于水下的洞口。好吧，我现在只想去里面一探究竟，至于捕鱼，我觉得可以再等一等。

我尽可能把船紧紧地系在悬崖上，然后走进了洞口。水已经涨到了我脚踝的高度。我慢慢地向前走着，小心翼翼地用指尖试探着路上的石头。由于越往里走周围越黑，正当我准备往回走时，我突然想起了那块闪光石，自从伊利亚娜一家把它送给我，我就一直戴在脖子上。我把它从袋子里拿了出来，整个洞穴立刻沐浴在暖暖的绿光之中。闪光石已经多次派上用场，但现在它更是格外有用，为此我真的特别感激伊利亚娜。

山洞里的地势先一路向下，然后一路上升。起初，我得很吃力地蹚过齐腰深的海水，但紧接着我又走在了潮湿的石头上面。我很好奇自己的头顶上到底是这座岛屿的哪片区域，可我怎么也想不明白这个区位。突然，山洞到了尽头，往前已经无路可走了，除了洞穴后墙的一条小岩架以外，这里已经没有什么可以探索的了。这处岩架的位置非常高，我不禁有些好奇，海水涨潮灌入洞穴时，会不会淹到那个位置。我想我还是爬上去探索一下洞穴的顶部吧。如果那儿的石头是湿的，那么海水肯定灌满了整个洞穴。如果它们只是有点儿潮湿，那么海水便还没有淹到那么高的位置。

但当我爬上岩架时，刚刚所想的一切都立刻被抛到了九霄云外，因为那儿有一个大箱子。由于它紧紧地贴着岩洞的墙壁，所以站在下面根本不可能看到它。箱子非常大，我甚至都推不动它。箱盖上挂着一把大锁，但从来还没有哪把锁能难住我和我的小刀，没多久我就把它打开了。但我仍然没法儿打开箱盖，因为两侧还绑着两根粗铁链，我只能撬开一条细缝。

我把闪光石举到胸前，映入眼帘的又是一个大惊喜——箱子里装满了财宝，就像冒险故事里讲的一样！成堆的黄金、珍珠以及闪亮的宝石，光我能辨认出来的，就有金项链、金餐具、耳环和手镯。这还都只是最上面的一层东西，那个箱子挺深的，看起来被塞得满满当当。我居然没法儿把它打开，真是太难以置信了。

我把能想到的办法都试了个遍。我拼尽全力拉扯铁链，直到双手酸痛不已，可蛮力并

没有任何效果。我也试着把两条铁链左右晃了晃，想看看是不是有什么机关，会不会怎么样晃一下它们就会掉到地上，可都没有用。而且这两条铁链太粗了，根本也不可能用小刀锯开它们。不过我这一通折腾的确让箱盖又松动了一些，现在已经可以把一只手伸进去了。我把手伸进去摸索了一下，想确认一下我没有看错。我真的没看错！箱子里确实装满了宝石、金币和银币。

现在回岸上去也没有多大意义，因为我在岛上也没有任何工具可以用，而且一旦涨潮，那我就得等到第二天才能再来这里了。我已经一个人孤岛求生太久了，一直以来我都耐心地忍受着自己悲惨的命运，可内心的焦灼已经开始吞噬我好的一面了。我想看看自己找到的宝藏，我现在就要看！

我费了好大的劲儿，终于从那条狭窄的缝隙中抠出了五枚金币、两颗精美的抛光宝石（我很确定其中一颗是绿宝石）和一枚红宝石戒指。接着，我忽然想到，我的尾巴可比手指要细多了。只要我有耐心、够灵活，说不定能用尾巴尖弄出更多财宝来。我正准备试一试，却突然发现洞里的水开始涨了起来。看来，是我激动得忘记时间了，从我进洞到现在，肯定已经过了几个小时，水已经涨到我站着的岩架上了。再过一个小时，就是水位最高的时候了，而且我现在看得非常清楚，海水一定会灌满整个洞穴。

我立刻意识到，如果不想淹死在宝箱旁边，我必须赶紧离开这里。由于海水已经漫过了洞穴里地势较低的地方，有一段路我只能从水下游出去了。可我又突然想到，要是海水灌进宝箱里，那些财宝很可能会受损，于是我试图把箱子重新关好，可我刚刚把锁撬得太开，现在已经关不上了。“你可以的，马上就好了。”我反复这么告诉自己。而随着时间一分一秒过去，灌进来的海水也越涨越高，现在已经到我的腰部了。终于，我不能再等了。我深吸了一口气，一头扎进了水里。我觉得如果自己游得够快，这一口气应该就能游到洞口了。

可我并不知道自己陷入了多么大的麻烦之中。我刚一下水，闪光石就熄灭了。柔和的光线一消失，周围便陷入了伸手不见五指的黑暗之中，我根本看不到自己该往哪边游。一阵绝望中，我又重新朝洞顶还未被淹没的地方游了过去，不过，就连那个区域也越来越小了。我把闪光石举过头顶，它又开始亮起来。海水几

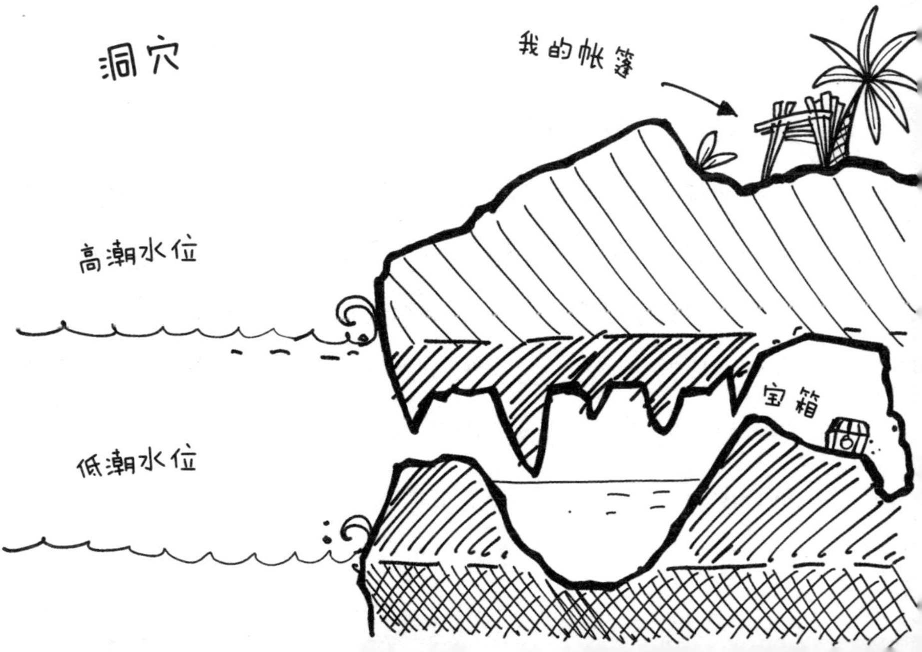

乎灌满了整个洞穴。我一刻也不能耽搁了。于是，我试着记好自己要游的方向，然后深深地吸了一口气，用力在石头上一推，游入了黑暗之中。

我把一只手伸在前面探路，以免自己一头撞在洞穴的墙壁上。要是被猛撞一下，我很有可能会迷失方向，那就再也看不到可爱的萨弗伦了！我疯狂地蹬着腿，一个劲儿地往前游。有时，我的手会打到墙壁，我就摸着墙壁继续往前游，一直向前。过了一会儿，我刚刚深吸的那一口气已经全部用完了，我开始觉得可能就到此为止了，我这辈子算是走到头了。可突然，我看见前面的水里闪过一丝微弱的阳光。我双脚踩住附近的洞穴墙壁，最后猛地蹬了一脚，任由自己在水中滑了出去。我很清楚，要是一两秒内我浮不出水面，我也不会再有力气继续往前游了。

但是，我成功了！我猜这一点你一定也能想得到，不然这些文字都是谁写的呢？肯定不是萨弗伦，尽管他确实很聪明。所以，我成功了。有好几分钟，我几乎什么也看不见，只是漂浮在水面不停地喘着气。唉，我最害怕的事情还是发生了，潮水把我的船从临时停泊的地方冲了出去，海浪把它给卷走了。要想游过去追上它肯定是不可能了。我当时整个人精疲力竭，虚弱不堪，只能挣扎着扑腾到岸边，找了个岩石相对平整的地方吃力地爬了上去。真可惜，船丢了真是太可惜了。不过我口袋里倒是装着刚刚找到的钱币和宝石，这也算是一种安慰了。

那天晚上，躺在帐篷里正要入睡时，我回想了一下自己的经历，或者说自己险些就要经历的事情，我必须面对的事实。我是一个疯子！一只疯狂的老鼠！我差一口气就要淹死在山洞里了，而且我还失去了我的船，那可是我自救的唯一希望，更不用说那支我精心制作而且已经能够熟练使用的长矛。换来了什么呢？几枚金币和两颗宝石？在这座岛上，这些东西对我毫无用处！这笔交易糟糕透了！在洞穴里的时候，贪婪攫取了我的心智，对财富的渴求让我失去了所有真正有用的东西。我现在怎么出航呢？我怎样才能再刺一条鱼呢？我只剩下五条鱼干了，然后呢？

早晚我会走投无路的，到那时候，我就得把萨弗伦给吃了。（当然了，我是开玩笑的。我永远也不会那么做。）但是，我已经吃完了所有的椰枣，奇奇里奇树上也只剩下几颗果子了。我想我还可以嘬一嘬绿宝石，就当它是一颗永远不会在嘴里融化的闪亮魔法糖果。不过，要骗过我的胃可没那么容易。

我想起了班卓那首关于贪婪灵魂的歌曲，那些漂流者宁愿饿死也不愿分享他们找到的宝藏。我还记得第一节和最后一节：

我讲述的故事，发生在一座荒岛，
财宝藏在洞穴中，
贪婪的灵魂拒绝分享，
让荒岛成了自己的坟墓！

这是歌的第一节。最后一节才是最恐怖的：

时至今日，宝藏还在等待，

等待亲爱的水手，勇敢的水手！

水手们，去寻找吧！也许某天，

你的尸骨也会守护那金银财宝！

这首歌谣完全可以套用在我身上！这就是我的结局。如果我没有在那口箱子上耗费几个小时，我还会有一艘船、一根长矛和很多条鱼可以吃，可现在，我只有一个怨声载道的胃了。除了一把钱币和闪闪发光的石头之外，我什么也没有了。

我教会了萨弗伦怎么说“疯子杰克”，他现在就在一遍又一遍地这么叫着。要不了多久，我就得教他怎么说“安息”了，因为今天我们吃完了最后一颗奇奇里奇果。鱼干还能让我们再撑几天（我努力每次只吃一小口，想多吃一段时间），然后，我们就得开始啃树皮和树根了，可我并不觉得这是能够幸福长寿的秘诀。如果我必须选择一死，我宁愿死于一场战斗或是一阵海上风暴，也不愿因为自己的愚蠢而饿死在一座岛上。我猜我也没有其他选择了。

我考虑过用剩下的木头再造一艘船，或者干脆拼个木筏子，但是根本就不可能，我得把奇奇里奇树砍了才行。椰枣树的树干根本不适合造船。而且，就凭我手上的小刀，也根本不可能把它们砍倒。

我也想过要试着游到远处的那座岛上去。但那座岛实在是太远了，我不可能游过去的，一两个大浪就能把我冲得偏离方向，而且我也不可能在水面漂很久。再说了，我还看到水里有很多鲨鱼，它们不靠近小岛是因为这附近全是岩石峭壁，但要是到了开阔的水域，它们绝对不会不尝尝我是什么味道就让我溜走的。我可不想那样，所以，我只能继续等待，继续挨饿。

我决定把我找到宝藏的地方写下来。谁知道呢，说不定在我饿死很久以后的某一天，会有人登上这座岛屿。如果他们能找

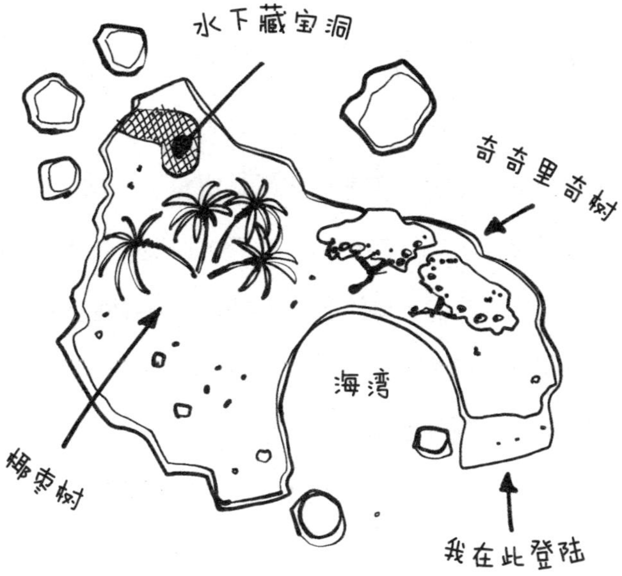

到我的日记，也就能找到宝藏，而且是任谁都一辈子花不完的宝藏！当然，他们把宝藏搬出山洞时，必须比我更加小心才行。

饥饿是一件非常痛苦的事情！这期间只有一个好消息：萨弗伦的翅膀痊愈了。过去几天，他一直在尝试展翅飞行，而且确实飞得越来越好了，今天，他已经完全可以正常飞行。于是，我要他赶紧飞走，这样至少他还能活命。如果他和我一起待在岛上，再过几天他就会饿得浑身发软，到时候他可就没有力气飞到下一处陆地了。我把情况清清楚楚地向他解释了一遍，他也听得很认真。突然，我有了一个主意。

“萨弗伦！你走之前，我再教你一句话。听仔细了，跟着我说：‘漂流者杰克被困在岛上了，救救他！’”

萨弗伦好奇地摇了摇头。

“如果你飞到了另一座岛上，把这句话说给其他人听！说不定他们能听懂，说不定他们会来救我！”我解释道。

萨弗伦一声也没吭。我把那句话又重复了一遍，可他还是没有跟着我说，只是用嘴轻轻地戳了戳我的胳膊，没怎么用力，我也不觉得疼。然后他说了句什么，我想应该是告别的话语，比如：“疯子杰克！你会为此付出代价的！”然后，他就飞走了。

我希望他能飞到其他岛上去，就算他没有把我的口信传给任何人，我也并不介意。不过，我还是希望他能招来一个救援队把我救走，毕竟，我救了他的命。不过要是仔细想想，我只不过是帮他治好了我给他造成的创伤，我也不能指望他会对我感恩戴德，在险些害死他之后，我这么做也是应该的。虽然别无选择，但我们毕竟一起在这座岛上待了几个星期，而且就只有我们两个。我们成了难兄难弟，甚至可能成了朋友，至少，我已经把他当作朋友了。也许他最终喜欢上了我，或者至少在我差点儿害死他这件事上原谅了我。我真的很希望他已经原谅我了。

今天，我数了数我用朱砂墨水在石头上画的线（我并不是每天都画，但大致上是准确的），我在这座岛上已经八十七天了，将近三个月。再过几天我就要饿死了。别以为我能打破哪个漂流者荒岛求生的生存纪录。

难以置信！是我看花了眼吗？还是命运怜悯我？没错，跟你想的一样！一艘小船正从远处的那座岛驶来，径直向我驶来，向我所在的这座岛！谁在船上并不重要，在我看来，他们都是我的救星！也许是萨弗伦找人来救我了。我暂时还不打算生火，那艘船明显在朝这边驶来，我不想惊动他们。如果萨弗伦和这件事无关，那可能只是刚好有水手们要来这座岛。风向很好，他们乘上了一阵很好的侧风，应该很快就会抵达这里。我要去收拾我所有的东西了，这次不会花很长时间的！

第十四章　塔特人

好吧，我承认，虽然我去过许多奇怪的地方，见过许多奇怪的人，但这些塔特人真是我迄今为止见过的最奇怪的一群人。“奇怪”“不同寻常”这样的词语已经不足以用来形容他们了。塔特人总是心怀不满，而且无趣呆滞。他们总觉得自己勤奋、诚实、可靠，是这个世界上最值得信赖的人，他们甚至永远也不会觉得无聊，主要是因为他们也没有那个时间。我知道这听起来有点复杂，但我马上就会解释清楚，反正今晚也没人来跟我聊天、跳舞或是打牌，只有我一个人在马拉塔等风来。

话说回来，我当时就站在空无一人的岛屿上，等待着救援船。远远望去，我可以看到有三个人在小帆船的甲板上忙碌着。当他们靠近小岛时，我开始挥手。从他们脸上的表情就可以清楚地看出来，他们已经看见我了，但他们并没有打算朝我挥手，一点儿这个意思也没有。他们环视了一下整座小岛，脸上的表情似乎更加严肃、更加警惕了。快要靠近海岸周围的峭壁时，他们把小船驶向了一个狭窄的海湾，那里停船非常方便。看起来他们似乎很了解这座岛屿（事后证明的确如此）。

我朝他们冲了过去，想要协助他们登陆，但他们仍然一副好像压根儿就没有看到我的样子。他们自顾自地把船系好，然后一言不发地慢慢走上海岸。我向他们打了个招呼，做了自我介绍，并询问他们是谁，为什么来这里，他们只是点点头，说了三个词：

“格鲁尔、凯特尔、卡尔德隆。”

后来我才知道，这就是他们的名字。维吉尔·格鲁尔、萨缪尔·凯特尔和卡尔德隆。村子里有两个叫卡尔德隆的人，他们是一对父子，大伙儿就把他们叫作大卡尔德隆和小卡尔德隆。大卡尔德隆是第三个上岸的塔特人，不过当然了，当时我还不知道他叫这个名字。我只知道，有三个我从未见过的奇怪生物，带着一脸的敌意爬上了岸边的岩石。一脸的敌意，但他们的样子也真是再滑稽不过了。

塔特人是一群非常顽皮的小不点儿，你心目中的小矮人是什么样，他们的身形就是什么样。但是他们的鼻子非常有特点！每一个塔特人的鼻子都是亮红色的，就像是专门上过色一样。格鲁尔、凯特尔和卡尔德隆爬出船的样子，看上去就像是三个刚刚蒙受了巨大损失的马戏团小丑。

我大喜过望，同时也备感震惊，一时间都不知道是该笑还是该哭了。可他们三个对我倒是一点儿也不在意。他们三步并作两步地跑到奇奇里奇树旁，惊讶而又绝望地盯着那棵树。

“是真的！一颗奇奇里奇果也不剩了。”格鲁尔叹了口气说道。他的眼中充满了泪水。

“跟我担心的一样。”凯特尔嘟囔道。原来，他是个彻头彻尾的悲观主义者。

“说不定树顶上还剩了几个。”卡尔德隆还想让大家重新燃起一线希望。可这么做毫无意义，因为我比任何人都清楚，树上的奇奇里奇果确实一个也不剩了，就连已经枯萎干瘪的果子也没剩下。毕竟，如果还有剩下的果子，我肯定早就把它们吃掉了，我那时已经饿得头晕目眩。

“非常抱歉，”我说道，“我把奇奇里奇果吃了。要是不吃的话，我就要饿死了。实际上，我已经好几天什么都没吃了。”

格鲁尔再也忍不住了，失声痛哭起来。凯特尔把一只手放在他的肩头，安慰着他：“别哭了，你这样也只是在浪费时间。我们回家。”

我为可怜的格鲁尔感到非常难过，下定决心要弥补我所造成的麻烦。很明显，对他们来说，奇奇里奇果是一种美味佳肴。但是，我有一大笔财富！至少，如果我能重新回到洞里，我将会拥有一大笔财富。

“唉，我已经吃了的果子也不可能吐出来了。”我说道，“可是，也许一大箱子宝藏能作为某种补偿呢？”

我从口袋里掏出之前从宝箱里夹出来的所有金币和一颗宝石。“你们看，”说着，我把那些闪闪发光的宝贝捧在了手心里，“等到退潮之后，我还能给你们成堆这样的宝物！”

格鲁尔盯着钱币和漂亮的石头看了一会儿，然后一把从我手心把它们抢了过去。他把它们挨个仔细检查了一遍，然后突然又哭了起来。

“奇奇里奇果一个都没有了，这些闪闪发光的小玩意儿对我来说有什么用呢？”他呻吟着，满怀厌恶和蔑视地把钱币扔进了大

海，还有那颗宝石！

“住手！”我大喊一声，向他跳了过去，可还是迟了一步。我的金币和宝石已经消失在了浪花之中。

“我们走。”凯特尔不耐烦地嘟囔道。

“等一下，”我恳求道，“很快就退潮了。只要等到海水退下去，我们就能找到满满一大箱子宝藏。我们可以分了它。用这个弥补奇奇里奇果肯定绰绰有余了。”

虽然我很难理解，但塔特人对金子一点儿也不感兴趣。格鲁尔轻蔑地转身背对着我，带着凯特尔和卡尔德隆向他们的小船走去。我费力地在后面跟着他们。卡尔德隆似乎是这个乖戾三人组中最友好的一个，他用责备的口吻厉声对我说道：“我们不需要金子或者宝藏，奇奇里奇果对我们来说才是宝藏。我们为了这一天等了整整一年，就等着它们终于成熟的一天。现在好了，我们又得再等一年。”

“我真的非常抱歉。”我又是震惊又是羞愧，结结巴巴地说道，“我完全不知道这回事！”

三个塔特人爬进了他们的小船，再也没有多说一句话。

“但我可以和你们一起走，对吧？”我绝望地恳求道。与此同时，我做了几个重要的决定。

由于这些红鼻子的生物给身陷绝境的我带来了希望，所以无论他们对我多么恶劣，我都会对他们报以耐心和友善，并且始终如此。

我会尽我所能来补偿他们在奇奇里奇果上的损失。但我也不会容忍自己永远被当个傻瓜一样对待。

如果他们不愿意带我走，我就用武力夺走他们的船。我突然产生了一种强烈的愿望——我不想饿死在荒岛上。

如果他们不想等到退潮，那也不用担心，财宝留在原处就好，我可以随时再回来。我已经画好了一张这座岛屿的地图，现在，只要知道这座岛的位置就行了。

塔特人没有回答。

好吧，没必要让他们白费口舌。虽然没有得到明确的允许，但我还是爬上了船。他们依然默不作声，也没有表现出任何不满的迹象，这也算是种态度了。

与此同时，风向发生了变化。本来，海上一直在刮东北风，换句话说，从东方来的塔特人能顺势驾船乘上强劲的侧风；但现在风是从正东方吹来的，也就是说，与我们要航行的方向正好相反。塔特人一边喃喃自语，一边把桨从长凳底下拿了出来。

“我就知道风向会变。”格鲁尔嘟囔道。

“这下我们永远回不了家了。”凯特尔抱怨了一句。

“我们得空着肚子一路划回去了。”卡尔德隆叹了口气说道。

“我们可以不用桨。”我说道，“我们可以走‘之’字形回去！”

迎着风航行时就得走“之”字形：向左转四十五度，然后向右转四十五度，然后再向左转四十五度。如果船行之处会留下一道红色的水纹，那水面上就会留下一个巨大的“之”字。面对这样的情况，你只需要一面好船帆和一位经验丰富的舵手，即使是在船上的客舱里当服务员的小男孩也知道这个诀窍。但塔特人不知道，他们一脸狐疑地看着我。

“我们先划出岩石群，然后我证明给你们看。”我说道。

船上有很多桨，我也拿了一把。幸运的是，这让我有了点儿事情可以做。和这些乖戾、阴沉的家伙一道旅行真是太叫人心累了。很快，我们就越过了岩石群。宽阔的水面上海浪更大了，如果我们非得自己划船，到塔特人居住的马拉塔岛肯定要花好几天

的时间。他们也意识到了这一点，我想这也是他们同意让我展示一下如何逆风航行的原因。虽然他们并不相信我，但也许他们觉得让我试试也没什么坏处。他们升起船帆，我双手抓住船舵，然后我们便出发了。起初，他们坚决抗议，愤怒地坚持说我把船驶向了错误的方向，但当我拐了一两次弯后，他们开始明白是怎么回事了。终于，他们平静下来，甚至看起来还变得友好了一些。我想，这是他们第一次看到了我的优点。

时至今日，我仍然搞不明白，他们连这么简单的航海技巧都不知道，到底是怎么在海上航行的。我想他们是用桨划的，或者他们总是等到风向合适了再出海，在我看来，这两种解决方案都并不理想。我想我会找机会问问他们，如果他们愿意跟我说话的话。也就是说，估计我永远都没机会问了，因为我已经在马拉塔的塔特村待了四天了，可到目前为止，还没有几个人跟我说过话。

当我们抵达海岸时，一群塔特人围了上来。这可真是一幅有趣的景象：一群红鼻子、愁眉苦脸的人挤在小小的码头上。就连孩子们看上去也是闷闷不乐的样子，不过，他们的鼻子倒是和大人的一样红。你可能以为他们会跑来跑去，放声大笑或者大喊大叫之类的，但事实并非如此，他们只是站在那里，撅着红红的鼻子看着眼前的一切。紧接着，他们突然重重地叹了口气，然后便散开了。他们中也有一些人发出了阵阵啜泣，因为他们也都明白：一年一度的奇奇里奇果盛宴不得不延期一年了。当他们发现是我吃光了所有的奇奇里奇果时，光从脸上的表情就可以看得出来，他们可不会像欢迎朋友一样把我迎进他们的村庄。不过，至少他们没把我暴打一顿，或是把我塞进木桶扔进海里。嘿，这样也挺好。

我被引荐给了村长——智者德米约翰。我礼貌地鞠了一躬，把自己的经历告诉了他。然后，我请求他帮助我前往最近的港口，以便我继续踏上回家之旅。

智者德米约翰告诉我，整座岛上只有一艘船，就是我和我刚认识的那三个塔特人之前所搭乘的那一艘。这艘船既没有船长也没有船员，村里派谁出海办事，就由谁驾驶它。通常，这艘船一年只使用三次，一次航行到奇奇里奇果生长的岛屿去采摘果实，另外两次则是航行至更远的一处陆地，塔特人在那里出售他们自己制作的饮料。至于其他的地方，他们从未涉足。他们根本没有时间，岛上总是有做不完的工作。

塔特人会制作葡萄酒、啤酒和白兰地，每个家庭都有特定的分工和任务。有些人负责在山坡上照料葡萄园，另一些人负责酿造啤酒，还有一些人选择用水果酿造白兰地。他们从日出一直工作到日落，有时甚至工作到深夜，而且他们都是自愿这样工作的，并没有任何人强迫他们。整个过程中，他们从不会抽时间闲聊片刻，或是尝一下去年酿好的葡萄酒、啤酒或白兰地，可他们明明有那么多时间和酿好的美酒。每个房子里都堆满了木桶，可塔特人连碰也不碰！如果夜空中群星闪耀，他们会前往葡萄园，但不是去散步，或是欣赏点缀着繁星的美丽天空，不！他们会利用这个机会在星光下工作，把每一片叶子翻过来倒过去，直到它们全都指向同一个方向，就为了让所有的叶子看起来更加整齐有序。这简直太恐怖了！

不过，至少有一件事是可以确定的——他们的鼻子不是因为喝了太多白兰地而变红的！为了确保白兰地的味道纯正，他们必须时不时自己品尝一下才行。但即便如此，他们也只是抿上一小口，把白兰地含在嘴里涮一涮，然后全部吐掉！好像生怕自己有了片刻好心情似的。然而，他们酿造的啤酒、葡萄酒和白兰地却是世界上最好的。他们的大红鼻子能嗅出最微弱的香味，当一种饮品的香味恰到好处时，他们的鼻子就会发出清晰的信号，而且他们从来没有判断错误过。在全世界各个角落的市场上，你都能轻而易举地找到他们生产的啤酒、葡萄酒和白兰地，只不过卖酒的都不是塔特人。当然了，他们每年分两次把成桶的货物运往附近一座大岛的首都——地下之城进行售卖，但之后他们就直接乘船回马拉塔继续工作了。

别问我他们赚了那么多钱都干什么用了，我猜他们肯定把钱藏在了某个地方，对此我一点儿头绪也没有。我从来没有见过哪个塔特人花过一分钱。他们自己缝制衣物（非常难看），从不佩戴任何珠宝（这只会妨碍女性工作），花园里种植的粮食作物也很少，而且他们从不举办任何派对、嘉年华或节日庆典。整个马拉塔没有一家餐馆或酒馆，也没有剧院、游乐场、足球场、网球场之类。不过，为什么要有这样的场所呢？塔特人一天到晚都在工作，哪有休息的时候？一想到这儿，我就不寒而栗！

智者德米约翰说，下一批货将在一个月后装船运往地下之城，届时他们会带我一同前往，但在那之前，我必须先在马拉塔找个地方住。其他塔特人一听都吓坏了，因为招待客人对一个家庭来说意味着一笔相当大的开销，他们甚至都不愿让我睡在粮仓里，生怕我把一袋袋堆放整齐的大麦给弄乱了。最后，大卡尔德隆做出了让步，允许我在接下来的一段时间里住在他家，当然，我必须以工作来换取住宿的机会。这一点我完全可以接受，我从来也没指望有人会免费收留我，可我不想晚上八点以后还要工作。如果我必须在船上守夜，或是塔特人需要我半夜帮他们灭火之类的，那就是另一回事了。如果只是因为太阳下山之后我没有别的事情可以做，所以就要我去工作，那肯定门儿都没有！

智者德米约翰

幸运的是，我很快就和大卡尔德隆的儿子——小卡尔德隆成了朋友。他和其他塔特人完全不一样！他十分健谈，对任何事情都有自己的看法。由于一直对村子之外的世界充满了好奇，他十分热切地听我讲述了一个又一个故事。我把随身带的扑克牌送给了凯珀马戏团的孩子们，所以也没法儿教他耍扑克牌游戏。可我答应他，如果他能再找几个塔特小孩加入我们，我们就能玩夺旗或踢罐头游戏了。不过，我有一种预感：我要是让孩子们从工作中分了心，村里人的态度肯定不会友善的。

因为在这里，就连孩子们也得整日帮着父母一同工作。他们不玩游戏，一个意志坚定的塔特人绝对不会浪费时间和金钱在这样轻浮的事情上，难怪这里的孩子长大了之后都变得又严肃又无趣。但是，小卡尔德隆是个好孩子。我为他感到很难过，其他人总是嘲笑他，一会儿说他懒惰，一会儿说他一无是处，就因为有时候他喜欢停下来思考片刻，或是花点儿时间欣赏一下风景。有时候，他的确能想到些很好的主意。他在山上流向大海的小溪上建了一座水磨。起初，他只是喜欢看溪水推着小轮子旋转，但后来他意识到这个轮子还可以用来驱动别的东西，比如另一个轮子，甚至是另外两个叠在一起的轮子。从那时起，大小卡尔德隆就成了马拉塔的磨坊主，村民们经常把小麦和黑麦送到他们那里加工。

之后的一天，在锄了地之后，我趁着中午休息了一会儿。大卡尔德隆对此不满地摇了摇头，但我还是休息了半个小时。我坐在一块阴凉地，凝望着整座山谷，看见小卡尔德隆在卡普拉尔酒窖旁边徘徊。他看上去也没有做什么奇怪的事情，只是在葡萄园里翻找着什么，谁也不会去那里打扰他。然后，当他觉得没有人能看到他时，他拿出一个球，开始踢起来。但当他踢到第三下还是第四下时，球撞到一根葡萄藤上，弹向了另一个方向，径直滚进了卡普拉尔酒窖的门缝中。显然，球肯定沿着楼梯一路滚了下去，谁知道它到底会在地窖里滚多远。小卡尔德隆丝毫没有犹豫，他飞快地钻进门缝，跟着球跑进地窖，消失在了黑暗之中。

小卡尔德隆是唯一一个会笑的塔特人。

我突然有一种很不好的感觉。我依稀记得卡普拉尔说过，他酒窖里的葡萄酒最近刚刚开始发酵，而每当这个时候（葡萄酒开始发酵的时候），酒窖里便会充满有毒气体。只要葡萄酒开始发酵了，人们进地窖时通常就会点一根蜡烛。因为如果地窖充斥着这样的气体，蜡烛就会熄灭。一旦蜡烛灭了，你就必须尽快离开，否则地窖里的气体便会让你窒息。但是小卡尔德隆对此并不知情，他也没有带蜡烛，只是追着球飞快地跑进了地窖。

不能再耽搁了！我一跃而起，以最快的速度向地窖门口跑去，一把推开大门，朝下方的黑暗中呼喊着小卡尔德隆的名字。没有回应。由于手边没有蜡烛，我抓起我的闪光石跑下了楼梯。小卡尔德隆怎么会这么大胆、这么傻乎乎地跑进一个黑暗的酒窖里呢？没有火把、灯笼之类的东西，他也不可能找到他的球。

在楼梯底部，我仍然能感觉到温暖、新鲜的空气从上面涌进来。我深吸了一口气，紧闭着嘴巴，用一只手捏紧鼻子，继续往前走去。在地窖尽头，我发现有个酒桶旁有一团黑影。小卡尔德隆躺在那里，完全失去了意识。我猜，他的球可能滚到桶后面去了，当他弯下腰去捡球时，他肯定深深地吸了一口盘踞在地面的危险毒气。他的身旁有一盏萤火虫灯，还在发出微弱的光芒。对啊！他口袋里有一盏萤火虫灯，所以他才能在黑暗的地窖里找到路。但有毒气体只能熄灭明火，所以这孩子的小萤火虫灯根本无法提醒他这里有多危险。

地窖很长，来到小卡尔德隆身边时，我几乎已经憋不住气了。我赶紧把他抱起来，朝楼梯跑了过去，但与此同时，我已经要窒息了。尽管极力克制着自己，可我还是深吸了一口气，紧接着便一阵头昏眼花。我紧紧地抱着小卡尔德隆，使出全身的力气爬上了楼梯。由于头实在是昏得厉害，那十几级楼梯就好像没有尽头一样。我艰难地爬到了楼梯顶部，重新呼吸到了外面新鲜的空气。我感觉自己随时要晕倒。

这会儿，大卡尔德隆已经赶了过来，和他一起的还有卡普拉尔和其他几个塔特人。还算走运，卡普拉尔很快便找来了一些草药，用力地在小卡尔德隆的手脚上揉搓。然后，他们用各种方法把空气送进了他的嘴里。小卡尔德隆的呼吸非常微弱。大卡尔德隆拉着他的手，默默地流着眼泪，谁也不知道接下来会发生什么。在新鲜的空气中待了大约十分钟后，我开始觉得好些了。

与此同时，智者德米约翰也来了。他立刻叫人拿来另一种药草，并把它切碎了放在小卡尔德隆的舌头底下。智者德米约翰说，小卡尔德隆肯定会苏醒过来，只不过，或许他的身体要用接下来一整天的时间才能彻底排出他在地窖里吸入的毒气。我只希望这个可怜的孩子不要因为吸入了太多毒气，而从此一睡不醒。

太阳落山了，小卡尔德隆还没有醒来。塔特人把他送回了他自己的家，他们把他放在床上，床边是一扇大开的窗户。大卡尔德隆坐在他旁边，仔细地盯着他的每一次呼吸。我问他要不要我留在这里，或者需不需要我帮他做些什么，可大卡尔德隆只是挥了挥手，示意我让他和儿子单独待一会儿。当天晚上，他忽然兴奋地喊着我的名字。

小卡尔德隆醒了几分钟。他从床上坐起来，一脸困惑地环顾了一下四周，说想要喝点什么，然后便又倒在床上睡着了。至少，我从大卡尔德隆激动的话语中了解到的就是这么个情况。现在，大卡尔德隆也不知是该高兴，还是该更加担心。不过，我成功地说服了他，让他相信这是个好兆头。现在，我们都可以肯定他的儿子会好起来了。大卡尔德隆守在男孩儿的床边，度过了当晚余下的时间。

清晨来临时，小卡尔德隆真的醒了。的确，当他睁开眼睛时，看得出来他完全不记得前一天发生了什么。当他的父亲喜出望外地拥抱他、亲吻他的脸颊时，他的鼻子亮了起来。塔特人可没有互相拥抱的习惯。当然了，父母孩子、兄弟姐妹之间肯定是彼此相爱的，但我从来没有见过两个塔特人手牵手或手挽手地散步，也从来没有见过哪两个塔特人拥抱，他们甚至对孩子也没有表现出特别的爱意。

“简直是白白浪费时间！”他们可能会这么想。或者，至少他们就是这么做的。

不过，大卡尔德隆把儿子放在自己的腿上，紧紧地抱着他，就像小时候妈妈抱我一样。男孩儿的鼻子亮了起来，不过我并不觉得惊讶！

第十五章　父与子

小卡尔德隆仍然非常虚弱，不过他已经感觉好多了。第二天早上，大卡尔德隆去工作了，我则留在家里继续陪着这个孩子。我把托尼、马林·乌尔特拉伯爵和巴芬人的故事都讲给了他听，还给他看了我的闪光石。他把自己蒙在毯子里，就为了能更好地看到闪光石奇怪而又温暖的光芒。午饭后，他睡了很长时间。下午，我给他画了一张风之女王号的草图。他拿出一张旧地图（我不知道这样一个“无用的轻浮物件”怎么会落到一对体面的塔特父子家里），让我把自己冒险之旅中去过的所有地方都指给他看。他想知道关于这艘船、船长和其他船员的一切。我想我应该给他好好讲几个关于汤姆的故事，那可是一位非常严厉的水手长，总是责备所有人工作不够努力。

小卡尔德隆一点儿也没有笑，只是全神贯注地听着。

“我敢说，这个汤姆肯定很喜欢让塔特人在船上工作。”当我讲完后，他说道。

“噢，那肯定的。”我咯咯笑着答道，“说不定过段时间，他就会时不时吵着要他们休息一下了！”

小卡尔德隆的眼睛突然亮了起来，他似乎在思考着什么非常重要的事情。

“你不会在马拉塔待太久的，对吧？”他问道。

“对。”我答道，“等那艘船去地下之城的时候，我要跟他们一起走。”

“你能带上我吗？”他用几乎是耳语的声音问道，“我想离开这里！”

“可这里是你的家！”我无比惊讶地说道，“你的爸爸在这儿，还有整个塔特人部落。你属于这里，你不能一走了之！”

小卡尔德隆却摇了摇头：“你以为这里会有哪个塔特人想我吗？我只是他们的负担。他们几乎不和我说话，只会在背后议论我。连我爸爸也为我感到羞耻，他们都觉得我没用，我知道！一个游手好闲、一无是处的家伙，也许他们说得没错。但是我想登上一艘像风之女王号那样的船！我可以工作，努力地工作！只是没有其他塔特人那么拼命。你说的这个汤姆顶多也就是像骂那个甲板水手一样骂骂我。他叫什么来着？”

“贝利克。”

“我可以和贝利克一起在船上干杂活。”

“我亲爱的小卡尔德隆，你必须忘掉这个念头！我也不知道自己今后的路会去往哪里。不管怎么样，我还是想回到自己的家乡——鼠之国。”

小卡尔德隆直勾勾地盯着我的眼睛，然后不屑地挥了挥手：“胡说！你根本不想回鼠之国，你是想回风之女王号上。你属于那里。风之女王号，那才是你的家。”

他说话的语气是那么坚定，我甚至都没有去反驳他。如果我仔细想想的话，他说的很可能是对的。鼠之国对我来说算什么呢？我自幼父母双亡，后来祖父母也去世了。至于我的兄弟姐妹，他们也早就离开鼠之国，定居在世界各地了。那我还回那儿干什么呢？我会在海边闲逛一整天，等待风之女王号驶入港口！

我还是应该回去，因为风之女王号确实经常停靠在鼠之国。所以，如果说我能在哪儿找到他们，一定就是在那儿了。

“你父亲会非常想念你的。”我这么说道，希望能重新把话题转回小卡尔德隆身上。然而，他什么也没说，似乎陷入了沉思之中。那天晚上，大卡尔德隆从果园回来后，径直去了儿子的房间。他在床边坐了下来，一直待到那孩子睡着（自从我来到这里，还从没见过任何人做过这样的事情），然后他找到了我。

“杰克，”他开口说道，“你救了我儿子的命。欠你的这份情，我永远也无法还清。说吧，你想要什么，只要我办得到，我就满足你的愿望。我有成堆的金币和银币，那可是一笔相当可观的财产。你救了我的孩子，我该怎么感谢你呢？”

我思考了一会儿。“劳驾，”我说道，“和我一起喝杯白兰地，然后再来杯葡萄酒，让我们为你儿子的健康干一杯。然后，我们再坐下来边喝酒边聊聊天。这就是我对你的请求。”

大卡尔德隆非常吃惊，他以为我会提的要求肯定与这个相去甚远。不过，他还是点了点头，然后快步向地窖走了过去。几分钟后，他拿着一壶葡萄酒和两杯杧果白兰地走了回来，经过一个柜子时还顺手从里面拿出一把无花果干放在了桌子上。我们坐了下来，为小卡尔德隆干了一杯。紧接着，大卡尔德隆好像陷入了一阵焦虑，他不知道自己该说什么，整个人坐立不安，好像手里没握着个什么工具就很不习惯一样。很明显，他根本不知道怎么聊天，而且可能他根本不明白为什么要浪费这么多时间做这种事情。好吧，那我就给他讲一两个故事吧。

我告诉他我是如何在那个荒岛上艰难度日的，还问他是否听说过一只名叫萨弗伦的亮黄色鹦鹉。他的眼睛突然亮了起来。原来，萨弗伦早就到了马拉塔，并且已经把重要的消息大声地告诉了塔特人。不，不是我让他重复的那条消息，不是“漂流者杰克被困在岛上了，救救他”，萨弗伦飞遍了整个村庄，大声叫喊的是：“奇奇里奇果没了，奇奇里奇果没了！”真是个绝妙的主意！正因为塔特人每天在马拉塔有那么多工作要做，他们很可能压根儿不会关心某个荒岛上漂流者的命运，但奇奇里奇果没了的消息肯定会让他们尽快起航赶往那座岛屿。我一直都知道萨弗伦是一只很聪明的鹦鹉。当得知他已经继续踏上旅程时，我不禁感到有些失落，因为我本来还想着能再见他一面。

大卡尔德隆和我聊得很开心。白兰地和葡萄酒帮他放松下来，他不再坐立不安，最后甚至主动和我聊了起来。他告诉我，自从小卡尔德隆的母亲去世后，他一个人过得非常孤独。他们母子俩非常像，都是总想着能去往别处的梦想家。每天晚上，在一整天的辛苦工作之后，米斯卡泰尔（她的名字）都会凝视着繁星点点的天空，哼起柔和的旋律。她从来不会晚上跑去葡萄园整理树叶，更不会在月光下锄地。村民们都嘲笑大卡尔德隆是个傻瓜，娶了这么个懒女人做妻子，但他们俩在一起过得很快乐。

后来有一天，一场可怕的暴风雨袭击了这座岛屿。他们一直在忙着照料果园里的树，大卡尔德隆绝望地在一棵棵果树间跑来跑去，想要保护好树上的果实，以免它们受到即将到来的冰雹的侵袭。米斯卡泰尔恳求他不要管果树了，赶紧先找个安全的地方躲起来，但是，大卡尔德隆不想任由果树自生自灭。等他终于意识到自己和家人身处险境时，为时已晚。天空猛然亮了起来，狂风怒吼，冰雹重重地砸向大地，整座岛屿都被闪电点亮了。惊慌失措的米斯卡泰尔匆匆跑去寻找掩护，但狂风让她失去了平衡，她脚下一绊，摔倒在地。唉，这一下实在是摔得太厉害了，她再也没能站起来。从那时起，大卡尔德隆就一直在为她的死而自责。

又一天过去了。大卡尔德隆很少出现在屋子周围，像往常一样，他一整天都在果园里忙活，然后又到磨坊去干几件其他的事情。等他晚上回到家时，小卡尔德隆已经睡着了（我已经给他讲了一个睡前故事）。大卡尔德隆径直走进地窖，拿了一壶葡萄酒和两杯白兰地。看来他想放松一下，聊一会儿天！

我告诉他应该考虑一下早点回家，多陪陪儿子。他没有回答，只是沉思了一会。然后我们继续一边喝着酒，一边聊着各种各样的事情。

再过五天，我们就要起航前往地下之城了（如果风向好的话）。大卡尔德隆告诉我，那是一座奇怪的城市，而且也不是很安全。那儿的居民是一群贾布勒人和鼹鼠，他们永远都处在彼此征战的状态之中。地下之城的战斗和其他地方的很不一样。由于贾布勒人和鼹鼠都住在地下，而且各个房间通过复杂的管道网络相连，所以那儿的冲突既发生在地面，同时也发生在地下。在地面，你能看到的基本上都是瞭望塔、狩猎场以及港口周围杂乱的建筑，其他一切则深藏在地下。

一大清早，有人敲响了钟楼上的大钟。自从我来到这里之后，还从来没人这么干过，一次都没有。塔特人一个不少地全部集结在了村里的广场上。智者德米约翰对大伙儿说道："又到这个时候了，掠夺者向我们逼近了。大家把钱和桶整理好，让我们确保这次也能一切顺利。三十分钟后，每个人都带着自己的那份贡品到海岸去。"

塔特人一句话也没说便四散开了。大卡尔德隆急急忙忙地朝家跑去，我在后面一路小跑才勉强追上他。

"什么掠夺者？"我问道，"他在说什么？怎么回事？"

可大卡尔德隆没心情跟我聊天。

"杰克，"他说道，"帮我去地窖拿三桶白兰地。"

"为什么？要想让我帮忙，好歹告诉我这是怎么回事吧！"

"海盗来收贡品了。"小卡尔德隆颤抖着低声说道。

当我听到这句话时，有那么一瞬间，整个世界似乎都停止了转动。什么海盗？贡品又是什么？

"他们不会伤害任何人。"小卡尔德隆解释道，"我们只要把他们想要的给了他们，他们就会自行离开。"

听他这么说，大卡尔德隆苦笑了一声。"确实，杰克，就像我儿子说的，他们不会伤害任何人，因为我们会付保护费买个平安。

啤酒、葡萄酒、白兰地和黄金。他们每年来收两次保护费，收完钱第二天就走了。”

“这也太过分了！”我说道，“你们就这样向他们进贡了？”

“我们别无选择。但能换得平安，这么做也是值得的。白兰地、葡萄酒和啤酒我们有的是。等我们把剩下的运去地下之城的市场上卖掉，便又能赚得盆满钵满。而且，我们也没什么别的地方需要花钱。”

“那这群海盗有多少人呢？”我问道。我简直越听越气。

海盗们的无耻行径让我震怒，但一想到这些塔特人居然心甘情愿地接受如此不公的对待，我又觉得有些沮丧，他们甚至没有想过要反抗海盗，捍卫属于他们自己的东西。他们年复一年每天都在葡萄园、果园、酒窖和田地里辛勤劳作，就为了积攒足够的金银，支付给一群可恶的暴徒，好让他们安享天年？

“他们肯定得有八九个人。”小卡尔德隆说道，“还有一次来了十个。”

“可你们至少有五十个人呀！”我沮丧地说道，“这还不包括孩子们。而且，从岸上进攻要比在船上自卫容易得多！走，卡尔德隆，我们去叫上其他人！十个海盗根本不是我们的对手！”

“他们有武器。”大卡尔德隆一边打开地窖门，一边轻声说道，“来，帮我搬下木桶。”

“我们去拿干草叉吧！他们肯定想不到会遭遇抵抗，我们可以在几秒钟内缴了他们的械。然后，我们再去地下之城买点武器来武装自己。我敢打赌，地下之城的人肯定也在找这些海盗！说不定他们还给海盗设了悬赏。”

“够了！不要再说了，杰克！”大卡尔德隆断喝道，“你自己想想就行了，塔特人不喜欢冲突或战斗。”

“塔特人喜欢什么？孩子们看到你们这么懦弱，又能从你们身上学到什么？”

“我们反抗他们吧，爸爸。”小卡尔德隆激动地说道，“妈妈总是说我们至少应该试一试。”

“马上进去！”大卡尔德隆吼道。

小卡尔德隆望着我，希望我能帮他说点什么。可当他看到父亲的表情时，他低下头，慢吞吞地从打开的地窖门中走了进去。到此为止，我已经彻底被惹火了。我转头向中心广场跑去。

卡尔德隆家的房子建在山坡上，从前门便可以清楚地看到大海。跑下山时，我看到了那艘正在靠近的船（它已经离海岸很近了）。那是一艘有两根桅杆的快船，这种船可以乘着海浪快速滑行，突然出现在几乎任何地方，或是在面对笨重的警用船追捕时迅速消失。这种船上最多也就十五名船员。

来到中心广场后，我又一次敲响了大钟。我坚信我们不费吹灰之力便可以战胜这些偷窃成性的海盗。塔特人再次集结在了一起，不过他们都感到非常困惑。有些人把钟声当作危险的信号，立刻开始寻求避难。多勇敢的生物啊！不过，村子里大部分的人还是聚集了起来，他们都看着我，急切地等着我给他们一个解释。我做了一番简短但激动人心的演讲，呼吁他们不要让海盗抢走他们的劳动成果和辛苦挣来的金银。

“来，让我们一起抵御入侵者，保护村庄吧！我们还有时间做好进攻准备。只要运气稍微好一点儿，再配合些技巧，我们就能把整个海盗团伙都俘虏，然后，这场噩梦便将永远结束。”

塔特人全都兴奋了起来，他们开始大喊大叫，却并不是为我欢呼，也不是为了鼓励彼此拿起武器对抗敌人。他们是在冲着我大喊大叫，指责我竟然想把他们往火坑里推。格鲁尔愤怒的声音盖过了其他人的喧闹声：“杰克想要看到我们被人打败，甚至是被人摧毁！我们当初就该把他留在那座岛上！”

即便对我而言，这话也说得太重了。智者德米约翰也向我大声吼叫，让我不要浪费大家的时间。如果贡品——成桶的美酒和成箱的金银没有准备好，海盗们便会涌上岸来，洗劫村庄，把房屋夷为平地。他命令每个人立刻回去工作，并要我赶快回去帮大卡尔德隆准备他的那份贡品。格鲁尔和他的朋友们则愤怒地向我挥着拳头。

当我回到山坡上时，大卡尔德隆已经从地窖里搬出了两桶酒。我不知道他单凭一己之力是怎么做到的，因为在搬第三桶时，我们两个人一起都险些没能抬动。我们刚把那桶酒抬出地窖，他便转过身来对我说道：

“别怪我，杰克。”

“我为什么要怪你？”我本来想要这么问的，可我刚一张嘴，便已经知道了答案。因为他用力推了我一把，我向后踉跄了一下，从楼梯上摔进了地窖里。等我重新爬起来时，他已经砰的一声关上了那扇厚厚的橡木门，并且把门从外面锁上了。地窖里没有有毒气体，他并不是想杀了我。他只是怕我逞英雄，去迎击海盗，这样做只会激怒他们。他不想让我给村民们惹麻烦，可能也不想让我给自己惹麻烦。不管怎么样，我在地窖里被关了好几个小时，而海盗们则收齐了塔特人准备好的“贡品”。我撬不开锁，也撞不开门，不过老实说，我也不是很想这么做。可以做的我已经都做了，我也不能替别人做选择。

那天晚上我们没有说话。等海盗们离马拉塔很远之后，大卡尔德隆派小卡尔德隆打开地窖门，把我放了出去。

“我从没见过爸爸这么闷闷不乐。”小卡尔德隆打开地窖门后说道。我什么也没说。我自己也觉得挺闷闷不乐的。

在马拉塔的最后两天，我要么待在大卡尔德隆家里，要么就在他果园的树丛中漫步。我不想进村子，估计塔特人也不会在意我在哪儿。小卡尔德隆告诉我，村民们都在私下议论，说杰克早就该离开这座岛了。不得不说，这一次，我同意他们的观点！

有几个孩子来卡尔德隆家找小卡尔德隆，他们聚在一起兴奋地窃窃私语起来。我当时正在果园里干活儿，但很快我就弄明白了，他们是想来看看我。小卡尔德隆跟他们讲了各种各样的事情，而这会儿，那些小坏蛋不停地用好奇的眼光望着我。

那天晚上，小卡尔德隆告诉我，他和那天下午来家里的孩子们成了朋友，他们也不再取笑他懒惰了。他们想让我在永远离开这座岛之前，再给他们讲讲我在海上的冒险故事。

大卡尔德隆又从地窖里拿出一壶酒来，邀请我和他一起喝几杯。“那天发生的事我想了很多，”他说道，“也许你是对的，也许我们塔特人不该如此轻易地屈服。但其他人永远也不会理解你的。”

“为什么不会呢？你就理解了。”我答道。

“没那么简单。这不是我们的生活方式，我们也不是这样长大的。对我们来说，和平与安全是最重要的，我们不可能为了任何事情铤而走险。”

“也许其他人不会，也许格鲁尔、凯特尔和智者德米约翰不会，但我敢说肯定还是有几个人会的。或者就算你们不会这么做，你们的孩子也会这么做的！如果你不干涉，小卡尔德隆肯定会成长为一位勇敢的塔特人领袖！”

大卡尔德隆思考了一会儿。谁知道未来会怎么样呢？他的儿子和小伙伴们长大后会成为勇敢而又坚定的塔特人，保卫这座村庄不受海盗和强盗的侵犯，这有可能吗？

我对此深信不疑。小卡尔德隆的新朋友们非常可爱，当我告诉他们我童年的冒险经历时，他们的鼻子像狂欢节上的彩灯一样亮了起来。我告诉了他们我最后是怎么流落到破浪者号上，并在那儿做了两年的客舱服务员。我还跟他们提到了鲍比·沃特维特——破浪者号上最强壮的老鼠水手，正是他教会了我如何在战斗中保护好自己。

我又和他们说起了托尼的事情，正是他在千钧一发的时候挺身对抗那些相信乌尔特拉伯爵的蝙蝠，保卫了蜂巢山和那里的居民。托尼完全没有顾及自己的安危，一心只想不惜一切代价保护自由蝙蝠的领地。我看得出小卡尔德隆听懂了我的深意。不过，其他人也都张大了嘴巴，聚精会神地听着。

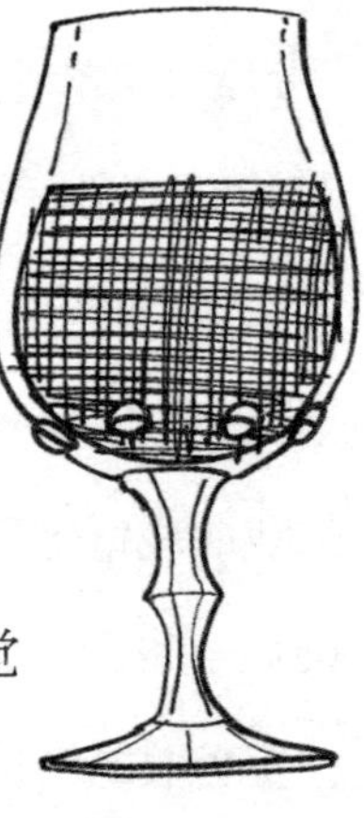

我们又喝了点儿酒。

我们花了一整天的时间为第二天的出航做准备。和往常一样，智者德米约翰将大卡尔德隆也编入了出航船员的行列。村民们正忙着把待售的所有酒桶一一排好。我同意把船稍微清理一下，再做些适当的小修小补。再次拉动绳索，扯直船帆的感觉真好！

小卡尔德隆和他的朋友们在岸边盯着我的一举一动。到了下午，等出航准备工作只剩把酒桶搬上船时，我们坐了下来，我给他们讲了最后一个故事。我告诉他们船的哪些部分最容易受到攻击。假设一艘海盗船抛锚停靠在岸边，如果你能用炮弹击中主桅杆的底部，战斗立马就结束了！或者在船体上炸个洞也一样有效。

小帆船已经为明天的出航做好了准备。希望我们能一路顺风吧！

水手们习惯在晚上吹口哨，据说这样能给第二天的出航求个顺风。我一直认为这是一个愚蠢的迷信，风往哪边吹又不会取决于一群水手在看日落时有没有吹口哨。不过，吹口哨还是很有趣的，尤其是当海浪来回摇晃着你所搭乘的船只时。那天晚上，大卡尔德隆和我一起喝了最后一杯葡萄酒，然后他便回去睡觉了，毕竟明天还有很多工作在等着我们。我坐在屋外，看着天上的星星，哼了几声曲子（我想起了大卡尔德隆的妻子——米斯卡泰尔，她肯定也是在这里哼着歌，凝望着星空），随即突然发现原来我也在吹着口哨，吹的还是一首水手之歌的调子。我只是为了打发时间，并不是因为我觉得这样就能让明天一路顺风。不过要真能如此，我也不介意！

第十六章　地下之城

第二天早晨风势很好，天刚破晓，我们便起航了。当然了，塔特人可不会把时间浪费在漫长的告别上，不过，小卡尔德隆和他的小伙伴们来和我好好地握了握手。他们告诉我，他们成立了一个叫作塔特青年联盟的组织，联盟中的每个成员都暗自立下誓言，要保护他们的村庄不受外来入侵者的侵害。我让他们答应我一定要谨慎行事，千万不要逞英雄。不过，如果他们聪明、谨慎并且准备智取敌人，那他们还是有很大概率取胜的。“我们一起工作，一起计划，一起战斗！”小淘气们低声唱着，他们的鼻子也因兴奋而闪闪发光。

“很好，很好，”我点了点头说道，“团队合作很重要。但倘若真的要打仗了，你们必须从中推选出一个领袖，其他人则必须听从他的命令。因为如果你们单凭一腔热血，像一帮莽汉一样冒失上阵，最后肯定会失败的。”

“小卡尔德隆来当我们的领袖！”塔特孩子们大声喊道。

“好吧，好吧，我们到时候再说。”小卡尔德隆试图让他们安静下来，他自己的鼻子却像鞭炮一样亮了起来。

我们不得不长话短说了，因为大卡尔德隆和另外三个被指派出海的塔特人已经到了。不用我说你也应该知道，整个旅程中我们都没什么话说。但一路上风向很好，我们在下午早些时候便抵达了地下之城。到了万不得已的时候，一个人是可以一连几个小时不说话的。

抵达地下之城后，塔特人让我帮他们把酒桶从船上卸下来。等我们搬完之后，我便能看得出来，他们都想赶快把我甩掉。好吧，我对此没有异议。大卡尔德隆给了我五枚金币作为告别之礼。

“你干活儿挣的比你之前吃的多。这是你的。”他平静地说道。

“大卡尔德隆，”我说道，“我不需要你的钱。我有一颗绿宝石和一枚红宝石戒指，而且我可以随时回奇奇里奇岛去拿回我的宝箱。”

“在找到能把你手上的宝石卖掉的地方之前，手里留有几枚金币也无妨。”大卡尔德隆答道。他说的没错，万一我没找到珠宝商，至少今晚手头还能有点钱买东西吃。

我们握了握手，然后我便出发了。在第一个街角，我发现了一家整洁的小店，店里在售卖各种各样的海员用品：指南针、地图、望远镜，还有缝补船帆的针。看到这些，我不禁停下脚步。我注意到商店橱窗里有一个漂亮的小望远镜，随即想起了小卡尔德隆和塔特青年联盟。我快步冲进商店把它买了下来。这个小望远镜的制作工艺相当精巧，甚至能粗略地显示你和所看到物体之间的距离。它花了我四枚金币，对于这么一个精致的小玩意儿来说，真是划算！

我拿着它跑回了塔特人的船上。看到我又回来了，塔特人吓得面色惨白，他们肯定以为我又改变了主意，想和他们一起回马拉塔。我可能是有点儿疯，但我还没有完全疯掉！我只是想把望远镜交给大卡尔德隆，然后继续踏上我自己的旅程。

“给小卡尔德隆的礼物。”我说道。

大卡尔德隆皱了皱眉头，不过我看得出他很高兴。我知道小卡尔德隆收到礼物肯定也会很开心的。然后，我最后一次向他们道别。再见！我们下次（永远别）再见！

（我觉得我们不会有多思念彼此。）

我再也不写日记了，一笔都不会再写了！我一边喝着加了奶油和糖的美味咖啡，一边草草记下最后几件事情。然后，我要去城里了！我期待着好好探索一番。等找到珠宝店，我就把手上的绿宝石卖了，然后找一家好点儿的酒馆，说不定还能碰上几个打牌的好手，我们可以一直玩到天亮。在马拉塔岛待了那么久之后，我的确需要放松一下。等我把手上的钱花完，就把红宝石戒指

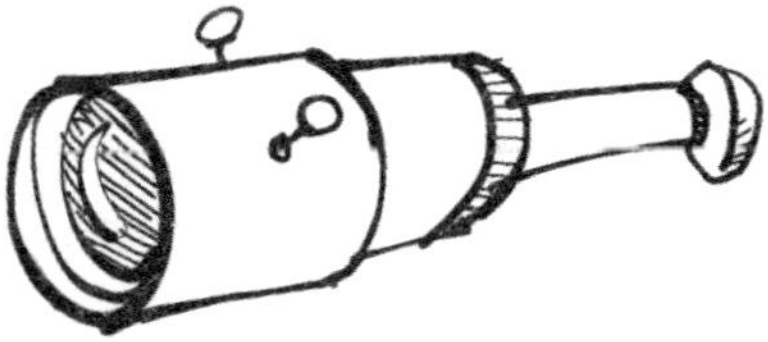

卖了，然后租条船，回奇奇里奇岛去取剩下的财宝。到那个时候，我就能像国王一样衣食无忧地度过我的余生了！如果我愿意，我还能买一艘像风之女王号那样的船，驶回鼠之国去。或者，我也可以招揽一批优秀的船员，和他们一起环游世界。这些都等到时候再说了。不过，我是不会再写日记了，我苦难的孤独日子结束了！

好了，要和你说再见了，亲爱的读者。希望你喜欢我的故事！

由地下之城宪兵队封存为调查证据

地下之城宪兵队总部 调查证据

最高机密

古斯塔夫·A.曼格斯

宪兵队长

你好啊！好吧，又是我。我猜读者也还是你。你看到上一页的印章了吧？

吓到你了吗？我第一看到的时候可是被吓了一跳。

我本以为自己痛苦的日子终于结束了，但是并没有！我又开始了东躲西藏的日子。摩尔说我至少还得再躲几天，直到宪兵们完全把我忘了为止。因为如果他们又把我擒住，肯定会把我扔进艾鼬坑里。我已经幸运地逃过一次了！他们给我判了死刑，但整个审判完全是在扭曲事实，颠倒黑白。

古斯塔夫·A. 曼格斯，他是所有人中最卑鄙、最阴险的一个。就是他在我的日记里盖上了那个愚蠢的印章，而且他还没有读过！我甚至怀疑他那个榆木脑袋到底认不认字。他唯一关心的就是藏宝图。如果他真的想知道真相，从我所写的内容中他就能看出我是无辜的！但他其实知道。他只是想扔个人进艾鼬坑。由于整座城市的不安气氛越来越重，总督也在不断向他施压，敦促他尽快逮捕罪犯。我想他们打从一开始就决定要把我扔进坑里，为的就是安抚一下闹事的群众。

最重要的是这一点：宪兵队长把我骗得好惨，那个骗子的诡计差点要了我的命！

这样的生活真是太可怕了，一连好几天只能东躲西藏，低调行事！没有一丝新鲜空气，没有一缕阳光！我觉得自己快要被憋死了。为了打发时间，我又开始写日记了。幸运的是，摩尔给了我几根蜡烛。没错，他是告诉我要省着用，但我觉得一次只点一根已经够节省的了。

我不会再让他们抓到我了。我会等到一切都平息之后，抓住机会逃出去，尽可能远离地下之城。按摩尔说的，我也许能偷偷溜上一艘货船，以偷渡者的身份逃走。虽说这不是我的首选，但总比被一群嗜血的野兽吃掉要好。

好吧，我来告诉你发生了什么事情。如果你想让我讲清楚我是如何陷入这一团糟的境地，我必须从头讲起。

第二次和塔特人告别之后，我便开始探索这座城市。这里真是个不同寻常的地方。我知道地下之城是鼹鼠和贾布勒人的家园，也知道他们都不喜欢对方，但我不知道的是，他们已经到了相互鄙视的地步。

贾布勒人都住在地下。他们挖出了一个惊人的隧道网络，纵横交错地穿过整座城市，就和鼠之国的大街小巷一样。房子的大门正对着隧道，商店、酒馆、餐馆和工厂的门也都是如此。贾布勒人喜欢优雅和安全，他们用各式壮观的饰品装饰了整座城市，每一座建筑都像是一件艺术品，隧道里的灯光效果也很棒，那可真是一幅相当壮观的景象。

每条隧道都有一个通向地面的开口。城市的地面部分主要由警卫塔和堡垒组成，守卫们从塔上和堡垒中监视着港口、街道、

大海以及周遭的一切，感觉他们总担心自己随时会遭遇袭击一样。这也是他们关艾鼬的地方——一个配有警卫严密监视的深坑。那些艾鼬整日龇牙咧嘴，流着哈喇子，不耐烦地等着贾布勒人把下一个获罪的犯人扔进坑里。而任何一个被扔进坑里的人，要不了几秒钟，就会被艾鼬们吃得一根骨头也不剩。

我觉得把艾鼬关在那里简直太残忍了。他们说艾鼬们已经学会了在袭击发生时保卫这座城市。但要我说，如果这些艾鼬能够重获自由，它们才不会冒着生命危险去保护那些曾经把自己关押起来的生物呢！我想艾鼬们甚至会反过来与他们为敌。我怀疑贾布勒人根本就不敢释放那些艾鼬。

这座城市叫作地下之城，地下才是真正的城市所在。在地下深处，城市的心脏部位随着生命而不断跳动着。

这座城市本身就令人兴奋不已，难怪贾布勒人都非常喜欢它。

只有一个问题：鼹鼠说地下之城是属于他们的。他们说鼹鼠祖先早在贾布勒人之前就已经在此定居了。鼹鼠也生活在地下，他们也挖出了一个巨大的隧道网络。但鼹鼠讨厌所有闪烁的灯光和宽阔的街道，他们喜欢的是狭窄的小巷和昏暗弯曲的羊肠小道。鼹鼠挖出的隧道太小，贾布勒人根本就走不进去。不过，反正他们也不愿走这些隧道，脏兮兮的泥土和摇摇欲坠的墙壁是他们最嫌弃的东西了。而对于鼹鼠来说，他们也不会走贾布勒人挖掘的隧道，因为走在宽阔的大道上会让他们感到非常不安。

所以，本来一切都挺好的，鼹鼠和贾布勒人分别使用他们自己挖出的隧道网络，各走各的路，永远也不会打扰彼此。可问题就是，贾布勒人太过执着于安全，一心想要密切监视每一条通道，更别说他们还总想要更新自己的城市地图，并且坚持要立即标记出每一条新挖通的隧道。然而，鼹鼠的行事方式正好相反，就算他们刚挖通的隧道两周后就塌了，他们也不会有丝毫的担心，对他们来说，再挖一条就行了。这种做法简直要把贾布勒人逼疯了。

其实也可以理解。如果你的金库和银行保险柜里有成千上万根金条，你肯定也会担心自己被抢劫。贾布勒人担心鼹鼠会利用那些仓促挖成并且没有被标注在地图上的秘密隧道来抢劫自己，他们想把鼹鼠彻底赶出地下之城。当然了，鼹鼠也不会就此退让，他们四处开挖隧道，为的就是要刺激贾布勒人。所以，当发生劫案时，贾布勒人立刻便怀疑到了鼹鼠头上（当然，摩尔告诉我，有一两只鼹鼠确实靠偷东西为生）。

话说回来，鼹鼠在地下之城谋生确实不易。贾布勒人只会让他们做些又脏又累的工作，比如挖掘、清洁、工程建设，等等，付给他们的工资却少得可怜，而且他们居然还得交税。不仅如此，贾布勒人甚至不允许鼹鼠使用漂亮的街道和广场，也不让他们进剧院。

乍一看，映入你眼帘的全是美丽的建筑、明亮的灯光以及富足的生活，你根本不会意识到整座城市是建立在多么可怕的不公平之上。

鼹鼠的境遇非常糟糕，他们现在已经被禁止使用所有的主要隧道和电梯篮了。要是碰巧在路上遇到，贾布勒小孩会毫不犹豫地朝鼹鼠孩子的鼻子打上几拳。但是，贾布勒人也必须非常小心，绝对不能独自一人溜达进鼹鼠的隧道，因为他们很可能有去无回。

我很快便意识到，如果手头没有地图，我不太可能在地下之城找到路。身处地面时，我总是可以根据太阳判断出哪边是北方，风向也可以帮助我辨别方位，但在地下，你只能看清自己面前的一点儿位置。而且，地下之城越走越深，一共分了好几层。例如，从守夜人广场出发，有六条大道通往六个不同的方向，也有两条上行和下行的陡峭隧道，更别说还有电梯篮了，这种装置可以直接把你送回地面，或是径直把你送去城市较浅的那几层（只要半枚金币）。

总之，在闲逛了半个小时之后，我走进一家商店，买了一张城市地图。我发现珠宝店在第三层，离艺术美术馆、古董店和武器工匠的作坊不远。当然了，就和这座城市的其他各处一样，那儿也有宪兵在站岗。贾布勒人小心地在地图上标出了所有附近有鼹鼠隧道的街道，在他们看来，这些地方都不安全。

有地图在手，我很快便找到了珠宝商所在的区域。我走进了一家店员看起来很友善的珠宝店，拿出了绿宝石。商家仔细检查了一下，开价四十枚金币。我礼貌地拒绝了他的报价，接着走进了两扇门之外的另一家珠宝店。我告诉柜台后的珠宝商，这颗绿宝石我卖他三百枚金币。他也仔细地看了看，喃喃自语着摇了摇头。然后，他向我开了个价——一百枚金币。我们讨价还价了好一会儿，最后，我兜里揣着两百枚金币，兴奋不已地走出了商店。

首先，我吃了一顿国王级别的饕餮晚餐，然后，我走了很远，探索了一下这座城市。当两个贾布勒人从我身旁走过时，我稍微偷听了一下他们在说些什么。似乎贾布勒人对他们的总督颇为不满。原来，很长一段时间以来，没有一个银行抢劫犯或无赖鼹鼠被捕，而距最后一次将被定罪的犯人扔进艾鼬坑也已经过去好几个星期了。所以，贾布勒人都开始担心起自己的安全问题来。

第二天，我回到地面上呼吸了一下新鲜空气。我可不想花太多时间待在地下之城，地下的生活一点儿也不适合我。可是，码头上只停靠着为数不多的几艘船。塔特人早已起航离开，而从前一天开始就再也没有新船进过港。虽然花了点儿时间，但我终于找到了一个能租到单桅小帆船的地方。我在城市边缘找到了那艘船的主人，他也同意把船租给我。

他说，三天的租金一共要三百枚金币，不过我还是成功地把价还到了一百枚金币。但考虑到这趟旅行还需要准备指南针、望远镜等各种工具和几天的食物，我决定还是先把红宝石戒指卖了。我可不想自己手头太紧，过得锱铢必较。

我还想睡个好觉。我已经有很长时间没有好好睡上一觉了，所以我又在一家比较豪华的旅馆里租了一个房间。我决定把去珠宝店的时间推迟到第二天，先待在城市的第二层，去贾布勒剧场看一场演出，路上却突然听到一声可怕的喊叫。原来，几个贾布勒小孩在街上碰到了两个鼹鼠小孩，而他们觉得自己很有必要好好教训一下这两只鼹鼠。

贾布勒人比鼹鼠大得多（也比老鼠大得多），所以贾布勒小孩也没什么好害怕的。问题就是，鼹鼠们能毫发无伤地逃走，还是会被当场暴揍一顿。出于好奇，我走近了一点儿，我想看看这些贾布勒人是不是真的会无缘无故地欺负可怜的鼹鼠。从那一阵喊叫声中就可以清楚地听出，这两只鼹鼠除了胆敢在光天化日下走进一条贾布勒人挖出的华丽隧道之外，并没有做错什么。他们告诉贾布勒人，自己只是不小心拐错了弯，并不想打扰任何人，他们马上就回鼹鼠隧道去。但任何解释都是徒劳的，贾布勒小孩冲着他们哈哈大笑，然后狠狠地给他们每人一记耳光。

路人显然无意帮助这两只可怜的鼹鼠，相反，他们还在一旁起哄，要那群贾布勒小暴徒狠狠地揍鼹鼠小孩一顿。面对这样的情况，我实在没法儿坐视不管。我快步跑到领头的那名贾布勒小孩面前，很有礼貌地请求他让鼹鼠自行离开。他狞笑了一声，一句话也没说，猛地一脚把我踹倒在地，我连着向后翻了两个筋斗才停下。

“滚开，老鼠！”他大声呵斥道，“以后长点儿记性，别多管闲事。”说完，他们便不再搭理我了。

他们肯定以为我会为自己能溜之大吉而高兴不已，他们错了。我站在一家小咖啡馆的露台旁，一把抓住栏杆上的一根铁条，几下便把它扭了下来，朝着离我最近的贾布勒小孩背上狠狠地砸了过去，他连哼都没哼一声便倒在了地上。等其他人意识到发生了什么的时候，我已经把另外两个人也打翻在地了。至于那些还站着的人，我见一个打一个。与此同时，鼹鼠也回过了神，拔腿就跑。由于没什么理由继续逗留在这里，我也跟着他们一起跑了。我们竭尽全力一路狂奔，身后则跟着一群愤怒的暴徒。

幸运的是，鼹鼠对这座城市和整个隧道网络非常熟悉。很快，我们便找到了一条狭窄的街道，这条街道通向一条更加狭窄、昏暗的小巷。贾布勒人放慢了脚步，他们似乎没那么自信了。沿着小巷再拐一个弯，我们便溜进了安全的鼹鼠隧道。

“非常感谢你，朋友。”确认已经甩掉贾布勒暴徒后，两只鼹鼠气喘吁吁地对我说道。他们俩看起来灰头土脸的，那群贾布勒人着实把他们狠狠地打了一顿。

“你救了我们一命。”较小的那位一边痛苦地揉着后背，一边说道。

他们向我做了个自我介绍，小的那位叫索尔，大的那位叫摩尔。两个人都非常友善，他们还邀请我到他们家吃饭，我欣然接受了。

他们一家住在一幢破旧的鼹鼠公馆里。他们把它叫作公馆，而我觉得“棚屋”或“小屋”可能更准确一些。但重要的是，他们一家人都很友善，对待陌生人也颇为热情，我和他们相处得非常愉快。我终于遇到了一群能够好好聊聊天的生物。唯一的问题就是我快要被他们家里的一片漆黑给逼疯了。

“这一片漆黑没让你们觉得很困扰吗？”在我们对彼此稍有一些了解，我知道他不会被一个问题所冒犯之后，我向摩尔询问道。

“这地方没法儿再

虽然他的耳朵不明显，
但是摩尔什么都能听到。

照得更亮了，”他咯咯地笑着说道，“不然我们能看见的反而更少了。”

“你们失明了吗？”我问道。这个问题可能有些粗鲁，但我就是脱口而出了。

“我们没有完全失明，”摩尔说道，“比如，我可以清楚地看见你那两只傻乎乎的耳朵。”

“我的耳朵怎么了？”我气愤地问道。

“噢，也没什么，”他又哈哈地笑了起来，“就是它们看起来和铲子一样大。”

“肯定得大一点！我得靠它们听声音。”

“我敢打赌我们的听力比你的好得多，而你甚至看不见我们的耳朵。”摩尔带着无比的自信说道。

“这怎么说得准呢？”我有点困惑地问道。

“到墙边来，看看我们能听到些什么。”

我们俩都来到了墙边，任务就是尽可能地弄清隔壁发生了什么。我把耳朵贴在墙上，但除了一些刮擦声外，我什么也听不见。摩尔和索尔只是笑了笑，他们靠在墙上，好像他们的整个身体就是一只巨大的耳朵。然后，他们开始说出他们听到的所有事情：城市上层的建筑还在施工，石头正从上方运过来；邻居阿斯坎迪一家刚刚吃过晚饭，现在正在唱歌。摩尔补充说，听起来好像有人正从他们的通道走下来。对此，就连索尔都不相信。他快步跑到门口，深深地叹了一口气。

太神奇了！摩尔说对了。他们的一个亲戚正沿着通道走下来，他是来和摩尔的祖父商量事情的。索尔点了点头，就连他都深感佩服。

“没错，我们很久以前就知道我的好哥哥有一双非常灵敏的耳朵。”

我也满怀敬意地点了点头。

“等我租到一艘帆船，你们可以和我一起出海。我们可以玩一个叫作‘我用我的小眼睛侦察’的小游戏。”

摩尔和索尔放声大笑。

“好啊！出海！我们还以为你是我们的朋友。现在，你就想淹死我们了？”

也就是在那个时候，我才意识到鼹鼠并不是了不起的航海民族。

我们一起度过了一个愉快的夜晚。这些小生物拥有最惊人的记忆力和最富逻辑的思维。虽然他们什么也看不清楚，但他们的听觉和嗅觉比常人更加灵敏和准确。他们几乎不能阅读或书写（他们看不见自己写了什么），但他们会注意到身边的每一个细节，而且他们什么都记得住。我告诉摩尔，我们应该开展私家侦探业务：我可以担任一名胆大心细、在必要的时候能毫不畏惧地举拳战斗的巡查员，摩尔则可以发现其中的蛛丝马迹，记住所有最模糊的细节，并把拼图的碎片拼在一起，解开谜团。

我回到旅馆时天色已经很晚了。摩尔和索尔本想叫我留下来过夜，但前一天晚上的狂欢之后，我觉得有些累了。我们说好，在我起航离开地下之城之前再聚一次。摩尔告诉我要小心珠宝商人，我让他放心，我可不是傻瓜，我知道如何照顾自己。想欺骗我可没那么容易。

天哪，我错了！

第十七章　古斯塔夫·A. 曼格斯

第二天早上，我又漫步回到了珠宝店区。我仔细地看了看商店橱窗里的每一件东西，想估算一下他们会为我要卖的戒指出价多少，最终，我定下了两百五十枚金币的心理底价。也许这枚戒指至少值三百枚金币，不过也没关系了，商人也得谋生嘛。

我想我还是回之前卖绿宝石的那家店去好了。当我走进门时，那个老珠宝商明显被吓了一跳。我要是当时跟着自己的直觉走，肯定扭头就跑，能跑多快就跑多快。但我没这么做，真是太傻了。与此同时，那个老贾布勒人又恢复了镇定，热情地把我请了进去。

“您带了更多宝石来卖吗，我的好先生？”他用令人生厌的声音问道。

“我有一枚戒指，你可能会感兴趣。”我边说边在口袋里翻找起来。

我注意到他一直在焦急地回头张望，看上去好像在用一只手向什么人发信号一样。

“有什么问题吗？”我问道。可他摇了摇头。

“我刚让我的店员去了隔壁商店，我想让他找那名善良的老手艺人——史穆克借一把放大镜。我的那把，唉，镜片上有一条好大的裂缝。”

我有一种非常奇怪的感觉。我不明白那名老贾布勒人为什么要撒谎，他本可以扯出任何一个理由，可我就是知道他没说实话。尽管如此，我还是没有掉头就跑，虽然我当时是有时间逃跑的。

“让我们看看你说的那枚戒指。”他咕哝着说道。我递过戒指，他接在手里仔细地检查了起来。与此同时，我一直注视着他。等我注意到外面的宪兵时，他们已经站在商店门口了。

不知怎么的，我就是没想到他们是冲着我来的。直到他们真的拿着武器走进商店，我都还以为他们只是在例行巡逻。他们到底为什么想要抓我呢？没错，前一天是有几个目击证人目睹了那场斗殴，但当我们消失在狭窄的鼹鼠小巷里时，身后的追兵早就被甩掉了。他们没有在全城张贴印有我照片的通缉令，也没有针对我发出逮捕令，我完全没想到他们是冲着我来的。

但我错了，这帮混蛋是来抓我的。等我弄明白到底怎么回事时，他们已经给我戴上了手铐，开始拖着我往宪兵总部走去。

“你们在干什么？一定是误会了，我没有做错什么！”我反复进行了抗议，可他们并不在乎我说了什么。但我注意到他们小心地接过了戒指，还留下了其中一人与珠宝商进行谈话。

古斯塔夫·A.曼格斯

当我们到达宪兵总部时，他们把我带进了一个没有窗户的小房间，用沉重的铁链把我绑在一把大椅子上。他们把我当作臭名昭著的强盗了。我不再抗议，只是咧嘴笑，等着看看会发生什么。因为就像我说的，一定有误会，这一点我很确定。

就在那时，地下之城宪兵队长古斯塔夫·A. 曼格斯走了进来。只看了一眼，我便对这个人有了个基本的判断：一个傲慢、狡诈、无情的恶棍。后来的事情证明我的判断非常正确。首先，他问了我的姓名、出生地、年龄以及我的所有基本信息，然后，他又接着问我昨晚在哪儿过的夜，我为什么来地下之城，等等。我并不是很想把自己的人生经历都告诉他，但我还是礼貌、恭敬地回答了他。当我告诉他我住的旅馆名字时，他立即派出两名宪兵去搜查房间，并告诉他们，一旦发现任何证据或不寻常的东西，立刻将其带回宪兵总部。

然后，古斯塔夫仔细检查了一下放在他桌上小托盘中的那枚戒指。

“跟我说说，”他说道，“这小玩意儿是怎么跑到你口袋里去的？”

他几乎无法掩饰自己对戒指的兴趣。看着他脸上兴奋的表情，我立刻明白了自己为什么会被抓来盘问一番——有人发现了那颗绿宝石。那名老珠宝商肯定报了案，宪兵们则一直在他的店铺附近守株待兔，一见我回来便立刻把我抓了起来。现在，我终于明白为什么早晨当我走到他面前时，他那么吃惊和不安了。我还记得他半遮半掩地给人打手势。他不是要店员去隔壁商店借放大镜，他是要店员去告诉宪兵！谁知道呢，说不定过去数年、数十年甚至数百年间，人们一直在寻找奇奇里奇岛（与此同时，我正式决定将那座岛命名为奇奇里奇岛）上宝箱里的这些宝石、银币和金币。说不定它们是被海盗偷走的。考虑到我最近霉运连连，那个宝箱很可能曾经属于某个身份显赫的贾布勒大人，而现在他们以为是我偷的。

就在我这么想着的时候，暴脾气的古斯塔夫突然开始对我吼了起来：“说，你的同伙藏在什么地方？”

我告诉他，在这个广阔的世界里，我有很多朋友，我不确定他说的“同伙”指的是我的哪个老朋友。事实证明，这不是一个明智的回答，因为古斯塔夫的脸变得通红，看起来就像要爆炸一样。不过，他还是设法保持住了冷静。

“请告诉我你的朋友们都藏在哪儿了。”他压低声音说道。

“我真的不知道你说的是谁。”我答道。

啪！他重重地扇了我一记耳光，有那么一瞬间我失去了平衡。整个事情变得越来越不好玩了。我试图向他解释：“听着，如果你问我这些问题是因为你认为这枚戒指是偷来的，那我向你保证，我是在一座杳无人烟的荒岛上找到它的。我从一场海难中幸存了下来，孤身一人漂流到了那座岛上，偶然发现了一个宝箱。我没有偷。我不是小偷，也不是强盗。”

“别骗我，你这个肮脏的海盗！不然你的下场会比现在还要惨。”古斯塔夫的脸愤怒地扭曲着，激动地说道，“现在告诉我，你是怎么得到这枚戒指的，告诉我你的同伙是谁，他们藏在哪里！”

“我！孤身一人！在一座荒岛上！找到！它的！就只有我！明！白？”我像是在和一个小孩子说话一样说道。因为他似乎完全没有听懂我在说什么。

啪！又是一巴掌。我开始耳鸣了。

“我再问你一次，你的同伙在哪儿？”

“如果你不相信我，就去问问马拉塔岛上的塔特人！或者我们找艘船去小岛，我带你去看看宝箱在哪儿，你自己看！天知道它在那里放了多久，至少有好几年了，箱子的锁上全是铁锈。”

又是“啪”的一声巨响，但幸运的是，这次只是开门的声音。

宪兵们带着我的背包从旅馆回来了。

“还有呢？”

“我们只找到了这个，队长。”一个宪兵说道。他低着头，还稍稍往旁边侧了侧身，好像怕队长会狠狠地给他一巴掌似的。

“你其他的东西呢？”古斯塔夫直勾勾地盯着我的眼睛问道。

“这就是我所有的东西了。就像我说的，我在一个杳无人烟的荒岛上困了好几个月，昨天才到地下之城，还没来得及买多少东西。”

怒气冲冲的古斯塔夫一拳朝我挥了过来。然而我还是试图向他解释这一简单的事实真相。

“你看我背包里面！所有的事情都写在一个小笔记本上。那是我的日记，已经写了将近两年了。全都写在里面了，白纸黑字。我甚至画了一张地图，能让你找到那个宝箱。”

古斯塔夫没好气地把我背包里的东西全都倒在了桌子上。他

这就是我所有的东西

找到了那本日记，草草地翻看了一两页，然后砰的一声合上了。那两名宪兵仍然立正站在门口。

“告诉总督我抓到了一名海盗！”古斯塔夫咆哮着说道，“他非常阴险狡猾，不过我很快就能让他招供。艾鼬们马上就可以饱餐一顿了！”

宪兵们敬了个礼，脚后跟一并，然后便离开了。他们刚一关上门，烦人的古斯塔夫就拿起日记本开始翻看起来。不过，他并不是真的在读，只是在翻弄它而已，你可以看出他在绞尽脑汁地思考着什么。不过，在我看来，他绞尽脑汁总比换着花样折磨我要好，所以我闭上嘴默默地看着。不一会儿，他从抽屉里翻出一枚大大的官样印章，把日记本的封面以及里里外外全都盖了一遍，最后把日记本锁在一个柜子里。然后，他转过身来，死死地盯着我：“你不能这样鼻青脸肿地出现在总督面前，他可能会以为我对你动粗了。”

由于刚刚挨的那一拳，我感觉自己右眼周围已经开始肿了起来，肿起的位置正剧烈地跳动。古斯塔夫在一个柜子里翻找起来，直至找到了一盒绷带。

“没有任何证据，你不能判我死刑！”我说道，“我要告诉总督，我是无辜的。”

“一时半会儿没有人会相信你的，”古斯塔夫摇着头说道，“我会好好地确保这一点。这本日记真是个好主意！总督终于不会说我是个毫无价值的饭桶了！我逮捕了一个惯犯。谁抓到海盗，谁就能得到一笔可观的奖金！”

在内心深处，我开始被一种深深的不安所困扰。古斯塔夫·A. 曼格斯找到一块黑色的膏药，贴在我肿胀的眼睛上，然后，他又找了一根黑色绳子把它绑在我的头上，以免它中途掉下来。突然，这个诡计多端的恶棍脸上又露出了笑容。

“戴上这个眼罩，你看起来还真像个海盗！我真是个天才。”他得意地笑着说道。接着，他按铃叫来了警卫。

“把犯人带到他的牢房里去，在门口派两个卫兵看守。一定不要让他逃跑了。”

宪兵们把我带进了牢房，但我只在里面度过了一个寒冷的夜晚，第二天早上他们就来找我了。他们没有冒险把我带出大楼（我猜他们一定是担心我的海盗同伙会来救我），总督亲自来了宪兵总部。他们把我带到一间屋子里，那儿还有另外十五个表情严肃、穿着绚丽衣服的贾布勒人。当他们看到我的眼罩时，一个个都吓得浑身发抖。

“我们终于抓住他了，这个土匪，这个强盗，这个海盗！”咆哮着的古斯塔夫深深地鞠了一躬，继续说道，“我提醒您一下，总督先生，他是个阴险狡诈的人！我担心他永远也不会承认他的诸多罪行。不，他非但不会向您求饶，反而会编造各种各样关于我手下善良宪兵们的谎言。毫无疑问，他肯定会说我们虐待了他，他只是碰巧在街上或人行道上捡到了这些珍贵的珠宝。总督大人，这种下三烂小人散布的可怕谎言您是最清楚的。”

“把他交给我吧，古斯塔夫，”总督说道，“我们很快就能知道他会撒什么谎了！”

他们又对我进行了一轮审问。刚开始时，这轮审讯远没有第一轮那么糟糕，至少我不会每回答一个问题就在脸上挨一拳。我把自己的故事告诉了他们，甚至包括关于萨弗伦的事情。在我看来，如果我有提到日记里写到过的事情，他们就能意识到我说的是真话了。

“你是说，你把写在日记本上的每一件事都告诉我们了？”总督用严厉的声音质问道。

“是的，先生！”我答道，“千真万确！”

终于有人在听我解释了！

“把那本日记给我。”总督话音刚落，一个宪兵便立刻把我的背包递了过去。我看着总督从包里掏出了那本破旧的笔记本。

“就是这个？”他问道。

“没错，总督大人。”笨蛋古斯塔夫答道。

“让我看看。”总督说着戴上眼镜，开始翻阅起那本日记，“今天，我和我的同伙袭击了一艘从地下之城起航的客船。我们残忍地屠杀了船上的每一个人，只留下了一个身受重伤的无助老人，反正他早晚也得不治身亡。我们毫不留情地洗劫了整艘船，从死者身上摘下项链、手镯和戒指，把它们一一包好带走。等我们把战利品全都运回我们自己的船上之后，我们一把火烧掉了那艘船。”

“等一下，”我抗议道，“那不是我的日记！”

“你自己说过，你把你做的每件事都写在背包里的日记本上了。”总督一边说，一边皱着眉头，斜着眼睛从眼镜上方看着我。

“一派胡言！”我大吼道，“有人换了我的日记！那是假的！我从没写过那种东西！”

“您看，总督，”古斯塔夫壮着胆子说道，“这些小偷全都是一个样子。胆小怕事，连自己的罪行都不敢承认！”

“有人陷害我！那根本不是我的笔迹！给我一支羽毛笔，我可以写一两句话，我们来比较一下！”

“我听够你的谎话了！”总督一边大吼，一边用拳头捶着桌子，“我看够了！曼格斯队长，你做得很好。通知全城的人，明天早上九点，我们将把一名惯犯、一个长期逃避正义制裁的海盗，扔进艾鼬坑。”说完，他转过头看着我。

“杰克·波拉斯，”他说道，“我以伟大的地下之城总督的名义，在此判处你死刑。”

“我要求公正的审判！”我喊道，“我要请律师！有证人能证实我所说的一切。”

可总督只是朝宪兵们挥了挥手。

“把他带去地牢最深的牢房，”古斯塔夫说道，“不管他有多狡猾，都别想逃出去。”

宪兵们把我扔进了一间潮湿的牢房，看来，我要在这儿度过最后一夜了。

你可以想象，我当时的心情可并不怎么好。一想到他们竟然用这么简单、愚蠢的把戏来证明我有罪，我就勃然大怒。古斯塔夫伪造了一本日记，然后在封面上潦草地写下了我的名字。但是真正的日记在哪里呢？显然在那个加固保险箱里。等把我扔去喂艾鼬之后，贪得无厌的古斯塔夫说不定还会去把所有宝藏据为己有。这可不会有多困难，他有地图。

纵观我这一生，死神冷酷的目光曾多次落在我的身上。有时是因为我自己的粗心大意，有时则是因为我冒着生命危险去帮助一位朋友。我曾在海上经历狂风暴雨，也曾遭遇过船只搁浅。当我还是个孩子的时候，我还被吸血蝙蝠袭击过。我喝过有毒的酒，卷入过局势不利的近身搏斗，还被人用匕首、弹弓和弩箭瞄准过。

但我从来没有想过自己会遇到这种可耻的命运！我决定要抗争到最后一口气。我的脑子里一片混乱：我想着要破门而出，把任何挡在我去路上的人打倒在地，然后从一个通风口钻到地面上去！或者我就用自己的双手挖出一条路，直接挖穿监狱的墙壁。我甚至想过，如果情况更糟，我就在艾鼬坑里赤手空拳把它们全部打跑。我非常绝望。

最后我还是冷静了下来，并下定决心要竭尽全力逃出去。我还决定，如果我真的能够逃过一劫，我就去找威斯克斯船长，在我死之前至少得再跟他好好谈一次。我要去找风之女王号，把自己经历的一切都告诉威斯克斯船长。他愿不愿意重新接纳我作为他的船员都无所谓了，我只是想让他知道那个曾经无礼的恶作剧者杰克已经变成了一只正派、正直的老鼠，比起一盒偷来的奶酪，他更看重真正的友谊和正直的品德。

所以，我必须弄清楚要从哪里开始，要如何逃跑。这并不容易。门上有七把锁，门外还有至少七名宪兵在把守。牢房里没有一扇窗户，甚至连一个通风口都没有。我决定还是试着挖一挖墙。

贾布勒宪兵们对我在牢房里做什么不是太感兴趣。在他们看来，只要牢门紧锁，我就不可能逃跑了。

我跪在墙角的地上，开始用双手挖起了墙壁。然而，一个小时过后，我挖出的深度还不到一厘米。

我绝望地倒在床上。木制床板严重腐朽，我刚往上一躺，整张床便垮了。尽管如此，宪兵们还是没有来确认我的情况，这倒是给了我希望！我抓住一根床腿，将其折断，然后用它继续挖了起来。我只挖了几厘米，但就是这几厘米救了我一命！

很惊讶，对吗？我也很惊讶。因为半夜里，我被墙另一侧某个人或者某个东西在挖墙的声音给吵醒了。一两分钟后，我听到有人在低声叫喊着我的名字，是摩尔！

我差点儿高兴得大声喊了出来！原来，当贾布勒宪兵们把我带进牢房时，城镇传令官已经通知了全城市民，邀请他们第二天来见证残暴的海盗杰克被扔进艾鼬坑。我的鼹鼠朋友们立刻就知道发生了什么事情。或者说，至少他们知道我不是海盗，那些贾布勒人是要把一只无辜的老鼠扔进艾鼬坑。他们知道一分钟也不能耽搁了，于是立即开始计划如何帮助我越狱。

摩尔的祖父知道一条非常古老的鼹鼠通道，正好就在监狱的围墙附近。当然了，贾布勒人刚一得知这条隧道的存在，就立刻用泥土堵住了它。不过，从曾经使用过的隧道里清空泥土要比挖一条新的隧道容易多了。摩尔和其他人并不知道我在哪个牢房，甚至不知道我在哪一层，尽管如此，他们还是出发了。

没过多久，他们就找到了那条古老的通道，但他们并不知道离监狱最近的是哪一段。不过，当他们停下来喘口气时，摩尔说自己好像听到了远处有凿墙的声音。他听到的正是我绝望地用断床腿凿墙的声音，这就足够让摩尔知道我在哪里了！救援队开始朝着这个声音的方向挖。几个小时的艰苦劳动之后，他们终于挖到了监狱的围墙。凌晨时分，他们在墙上挖出了一个拳头大小的洞。想想看，如果我在牢房里坐以待毙，什么也没做，那他们可能永远也没办法找到我！

我们花了整整半个小时的时间又挖又凿，终于把那个洞扩大到能让我进去。在早上换岗之前，我们没有多少时间了。索尔走在前面给我带路，摩尔则留在后面，试图把洞堵上，把隧道重新填起来。我们必须尽力不留下任何痕迹。

虽然难以置信，但我们成功了！当警报响起时，我们还在隧道中狂奔。宪兵们在城市的大街小巷中呼啸而过，发出一阵阵雷鸣般的脚步声，在他们身后还跟着一帮好奇的旁观者。我们离鼹鼠公馆已经不远了，但仍有被爱多管闲事的贾布勒人发现的危险。

“快穿上这个，把兜帽戴起来。”摩尔说着，从背包里扔给我一件黑色斗篷，“如果有人叫你的名字，看在老天爷的分儿上，千万别回头！”

“别担心，”我说道，“我能照顾好自己。”

“你昨天也是这么说的。”摩尔咕哝道。

眼下，鼹鼠公馆是最好的藏身之处。贾布勒人无法穿过通向公馆的狭窄通道，所以看来我们暂时是安全的。不过，由于索尔提醒我们鼹鼠中间也有贾布勒人的眼线，所以我们最终达成一致，我先躲在公馆最里面的房间，直到那些贾布勒宪兵稍微消停一点儿再做打算。

我想象着听到我逃走的消息时，古斯塔夫那张丑陋的脸上会是什么表情，我真想看看！不过，一想到他会为此大动肝火，我的心情就好了起来。我紧紧地拥抱了摩尔和索尔。

“我不知道该怎么感谢你们了！你们救了我的命！”

“这没什么，”摩尔耸了耸肩说道，“你前天也救了我们一命。现在，我们扯平了。”

第十八章　骗人者反受骗

我的鼹鼠朋友们轮流在城市里走街串巷，打探最新的消息。我们了解到总督已经下令关闭了港口，而警卫巡逻队则在日夜搜查地下之城的每一条通道和隧道，宪兵们已经贴出了印有我照片的通缉令。摩尔还听说宪兵队长花大价钱招募了一帮鼹鼠，他们答应彻查鼹鼠在城里的所有藏身之处。

"叛徒。"索尔不屑地说道。

"别忘了，大家都以为宪兵们是在追捕一名残暴、危险的海盗。"摩尔提醒道。

"而且真相大白之前他们会一直这样认为。"我说道，"如果他们知道总督是根据伪造的证据给我定的罪，就不会吵着要搜查这座城市来找我了。"

"没错，"摩尔说道，"但你再也见不到你真正的日记了。古斯塔夫肯定把它藏了起来。等风头过去，他就会自己找艘船，找到你的宝箱，把所有的东西都据为己有。你说你画了一张地图，对吗？”

“对，我画了一张。你知道吗，我一直也是这么想的，他就是想要偷走我的宝藏！”我咕哝道。然后，我沉默起来，陷入了沉思。

摩尔惊讶地看着我：“我猜到你想问什么了。”

我哈哈大笑道：“我知道你们会帮我的！我们去古斯塔夫那儿把我的日记拿回来！”

“你真是疯了。”摩尔摇着头说道。但随后，他又咧嘴一笑道：“我不得不说，杰克，你就是从不轻言放弃，对吧！”

索尔难以置信地盯着我们俩，但他再也忍不住了。“先生们，请允许我稍微打断一下，”他说道，“我就想问下，你们到底打算怎么把那本日记拿回来呢？你们忘了古斯塔夫的办公室就在宪兵总部的正中央吗？那本日记肯定被锁起来了！”

“好了，索尔，”摩尔摇着头说道，“想想看，你真觉得宪兵们现在这种时候会在古斯塔夫办公室附近溜达吗？那整栋楼恐怕都是空的了！”

“我刚从那儿逃出来，肯定不会有人想到要去那儿找我，”我说道，“那儿可能是目前城里对我们来说最安全的地方了！”

索尔叹了口气，在他看来，我们俩都是疯子。但现在没有什么能阻止我和摩尔，我们很快就想出了一个计划，并且迫不及待地要开始执行了。

不过首先，我们得做几件非常重要的准备工作。

“之前卖绿宝石的钱还剩下大约一百枚金币。你知道有谁愿意为了一百枚金币去偷一艘船吗？”我问道。

摩尔点了点头。

“我们要从出租帆船的渔夫那儿偷吗？”

“没错。几天前，我和他达成协议，我会从他那里租一艘较小的船。他记得我的。如果有艘单桅小船不见了，他会知道是我干的。”

“可为什么你不自己去偷呢？”索尔问道，“你可以开船直接离开这个地方！”

“如果渔夫报警说他有一艘船被偷了，一两个小时内全体贾布勒舰队就会出动去追那艘船。我要是想偷艘船逃跑，他们迟早会抓住我的。我想让他们误以为我偷了艘船逃跑了，这样一来他们就会全部出海去追捕我。如果他们以为我已经逃离了这座城市，那我之后再溜走就容易多了。”

“那他们要是抓住了你雇来偷船的贼呢？”索尔问道，“到时候他们就知道你没在船上了。”

“可他们抓不住他的！”我解释道，“这才是关键。我们雇个人去偷船，航行一段距离后便抛锚弃船。等贾布勒人找到船，他们会以为我还在继续逃跑，到时候他们会继续追捕我的。但不会是在这里！他们肯定不会想到我还在这里，还在地下之城！”

索尔低声咕哝了几句。说实话，这个计划看起来一点儿也不疯狂。

“偷船的事我来负责，”摩尔说道，“尼基那帮人会愿意干的！”

“但他们必须今晚就行动，要赶在太阳升起之前起航，”我说道，“我们想让贾布勒人明天一大早就出海追捕我。”

“那我先去尼基那儿！”说完，摩尔便转身快步跑走了。他拿了五十枚金币作为预付。等大功告成之后，尼基那帮人返回城里便可以得到剩下的钱，但他们必须先把船偷走，停到离海岸不远的地方去。

于是，我们转而进行第二步。我找来一张纸，写了如下的一张字条：

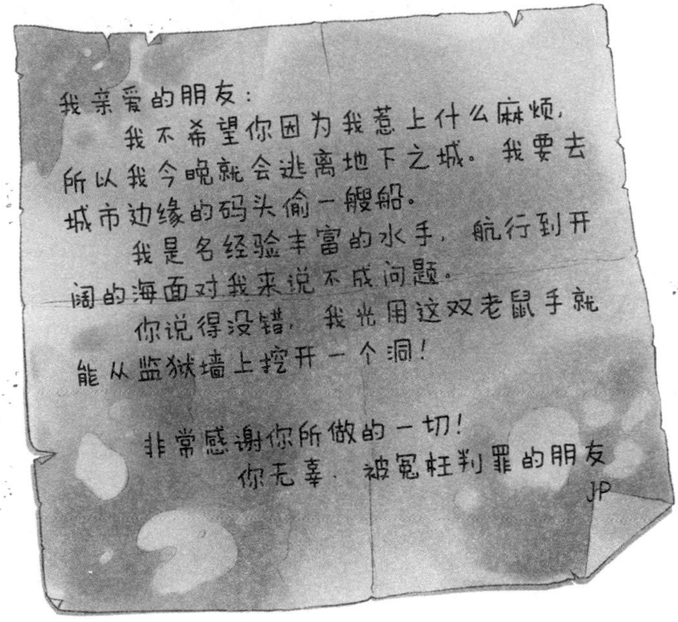

我亲爱的朋友：

我不希望你因为我惹上什么麻烦，所以我今晚就会逃离地下之城。我要去城市边缘的码头偷一艘船。

我是名经验丰富的水手，航行到开阔的海面对我来说不成问题。

你说得没错，我光用这双老鼠手就能从监狱墙上挖开一个洞！

非常感谢你所做的一切！

你无辜、被冤枉判罪的朋友

JP

索尔把字条揉成一团，在泥巴里滚了滚，然后又把它摊开弄平，整张字条看起来就像是他从垃圾桶里翻出来的。与此同时，我摘下了眼罩。我们把缠着的线和膏药一起放在信的旁边。这就是诱饵了！

然后，我们遇到了一点儿意见上的小分歧。在摩尔看来，我要自己把这封信送去交给宪兵简直是疯了。

“你只要一现身，他们立刻就会给你戴上手铐，这对你有什么好处！”

“他们什么也不会给我戴上的，”我咯咯地笑道，“我只要好好伪装一下就行了。”

“这件事或许我能帮上忙。”索尔说道，“如果我们用兜帽盖住你的耳朵，在你的脸上涂点奶油，盖住你老鼠的肤色，那你看起来就一点儿也不像杰克了！”

“他肿着的眼睛怎么办？这个你可遮挡不了。”摩尔担心地说道。

“给，杰克，试试这副眼镜。”说着，索尔从抽屉里拿出一副镜片又厚又黑的眼镜。

我刚一戴上便立马取了下来。

“戴上这个我什么也看不见了！”

“你当然看不见了，”摩尔咯咯地笑道，“这是鼹鼠眼镜，不透光的。可如果我们在每个镜片上钻个小孔，那你就可以瞟到外面的东西了！”

我们在每个镜片上都钻了一个小孔。然后，索尔拿出一些黏稠的黑奶油，在我的皮毛上抹了起来。到了早晨，索尔又给我涂了一层。他把我弄得实在是太丑了，我估计就连风之女王号上的同伴都认不出我来了。摩尔给了我一件破烂的夹克，好让我看起来更像一个身无分文的乞丐。我们把计划的全部细节又过了一遍，然后便出发了。

摩尔和索尔负责去老渔夫停船的码头，确认尼基那伙人已经成功地偷走了一艘船。半小时后，索尔上气不接下气地跑回来报告说，一切都在按照计划进行。

“该我出发了，”我说着站起身来，“我要是去晚了，计划就毁了！”

“摩尔还跟老渔夫在一起，”索尔说道，“他在尽量拖延他。祝你好运，杰克！”

我把诱饵塞进口袋，最后看了一眼镜子里自己那张滑稽的脸，然后便向宪兵总部出发了。到达那里时，我惊奇地发现大楼前面正排着长队，几名宪兵正试图安抚一群不守规矩的暴民。

“不要推，不要挤！”他们不耐烦地说道，“每个人都有机会上报！我们会给你们每个人做证的机会，到时候你们再把自己看到的一切告诉我们！”

“但这事非常紧急，你得先听我说！”一个戴着安全帽的贾布勒人气愤地说道，“我半个小时前还看见那个卑鄙的海盗在戏院附近鬼鬼祟祟的！”

“昨天晚上，我和一只老鼠在一家酒馆里跳过舞。”一位贾布勒女士说道，“他当时一只眼睛上就戴着眼罩！我今天早上才意识到那就是狡猾的杰克。于是我火急火燎地赶了过来，可你现在却让我在这儿等着？”她越说越烦躁不安起来。

似乎每个人都掌握了一些关于我的紧急信息！似乎我头天晚上同时出现在了一百个不同的地方！

我满怀自信地走到队伍前面，用平静的声音对宪兵说道：“我有重要的消息要告诉地下之城的宪兵队长，与逃犯杰克有关。”

宪兵满脸厌烦地看了我一眼：“你也有，是吧？行，排到队伍最后面去。”

我不能走到队伍的后面去，因为顶多再过半个小时，摩尔就会带着愤怒的渔夫来报告有船只失窃，到时候这里肯定会陷入混乱。我必须想办法进入宪兵站，不然就来不及了。我小心翼翼地

把诱饵从口袋里拿了出来，或者说我只拿了其中一部分——眼罩。然后，我把它举到了那个笨蛋面前。

“我在垃圾桶里找到了这个。”我说道，“不只这个，我还找到了别的能帮你们抓到那名危险罪犯的东西！”

宪兵转过身，慢吞吞地走进大楼去汇报。一分钟后，他一路狂奔跑了回来：“地下之城宪兵队队长请你马上进去！快点，别磨磨蹭蹭的了！”

到目前为止，一切都在按照计划进行着，现在，只是时间的问题了。我必须保持头脑清醒，拖着古斯塔夫一直聊到摩尔和渔夫到来为止。

古斯塔夫情绪很不好，他在一些废纸上乱涂乱画，看上去忧心忡忡。我走进房间时，他冷笑着打量了我一番。

“你在哪儿找到这个眼罩的？”他问道。

“在城市边缘的垃圾堆旁边。先生，我经常在那儿找些零零散散的东西。有时候，我还真能找到一两件像样的东西……”

他打断我道：“宪兵说你还带来了别的东西，拿出来看看！”

“哦，是的，的确！我把它放在哪里来着？”说着，我开始在口袋里翻找了起来，“一张小纸片，都揉皱了。让我想想，应该就在口袋里的！”

可怜的古斯塔夫已经到了精神崩溃的边缘。我把口袋从里到外翻了一遍，小声嘀咕了几句，又摇了摇头。最后，我慢吞吞地把我们准备好的另一个诱饵——那封信——拿了出来。古斯塔夫死死地盯着它，就好像它是什么珍宝一样。他花了一两分钟的时间来读这封信。

“签名是 JP！那就是他了，杰克 · 波拉斯[①]，”他激动地说道，“他偷了一艘船逃离了这座城市。不可能！我们已经封锁港口了。”

“请原谅，先生，肯定是我搞错了，”我结结巴巴地说道，仿佛很担心是不是自己犯了一个严重的错误，给别人造成了许多不必要的麻烦，“任何人都有可能写出这封信！毕竟，我们谁也不知道那名海盗的字迹是什么样的。这只是一张沾满了泥巴的废纸，不是什么线索！请原谅我，浪费了你们宝贵的时间。我先走了。”

“胡说，”古斯塔夫不屑地冲我挥了挥手，“验证他的字迹非常容易。”

说完，他从口袋里掏出一把巨大的钥匙，打开加固保险箱，把我的日记从最上面的架子上拿下来，翻开，与那封沾满泥巴的信一起放在了桌子上。我高兴得差点儿笑出声来，一切都在按照

① 杰克 · 波拉斯在英文原文中为 Jake Polaris，缩写为 JP。

计划进行着。

“没错！”古斯塔夫激动地叫道，“笔迹是一样的，一模一样！毫无疑问，这张纸条就是那个狡猾的海盗写的！我们马上出发。你必须告诉我你是在什么地方找到它的！”

“是的，先生！”我边说边鞠了一躬，心里开始盘算起下一步该怎么办。我必须再争取点儿时间，把古斯塔夫一直留在他的办公室里，直到摩尔带着渔夫出现。不过，幸运的是，我用不着想太久了，因为我们都听到门外传来一阵激动的叫喊声：

“马上带我去见宪兵队队长！有人偷走了我的一艘船！快点！”

暴躁的古斯塔夫像是被蜜蜂蜇了似的一跃而起，一把推开了办公室的门。

“舰队准备出航！那个土匪、那个流氓已经逃出城了。”

此时此刻，他的内心完全被愤怒所笼罩，这正是我所希望看到的。他已经把我给忘得一干二净了，好像我压根儿就不存在一样。他冲出办公室，下令开始追捕驰骋七大洋的海盗——杰克·波拉斯。我闪电般地一挥手，把日记塞进口袋，然后从保险柜里把背包也拿了出来。还好古斯塔夫把所有的东西都放在了同一个地方！我把背包塞进身上穿着的破旧夹克里，然后平静地走出门外。谁也没有理会我，在大门站岗的警卫甚至都没有向我点个头。一两分钟后，我转身钻进了一条鼹鼠通道。

为了确保没有人跟着我，我选择绕道而行，大约半个小时后，我得意扬扬地回到了鼹鼠公馆。索尔正在那儿等我，他一直密切地注视着隧道，甚至开始担心起来，不过很快摩尔也到了。我们悄悄地关上身后的大门，互相看了一眼，然后都忍不住哈哈大笑起来。实际上，我们三个都笑翻在地，咯咯地笑到快要喘不过气来了。

我们一致决定，我先暂时躲起来，索尔和摩尔则回城里去打探最新的消息。于是，我只能不耐烦地等着他们回来。

我们都知道，古斯塔夫没有他表面上看起来的那么傻。的确，他派了舰队出海对我进行追捕，但他并没有把所有的宪兵都派出海去，而是派了几个小分队在地下之城的各个通道里搜寻越狱海盗的踪迹。古斯塔夫显然不想放过任何可能性，他知道我可能藏在任何地方。

所以说，这就是我沦落至此的全部经过。到目前为止，我已经在鼹鼠公馆最深处的房间里待了两天，蜡烛一根接一根地点着，而这样的地下生活也变得越来越压抑。

索尔回来报告说，宪兵们终于找到了尼基他们偷走的那艘船。听说尼基那伙人想办法把船藏在了一座被茂密森林所覆盖的小岛旁。这是个好消息，因为贾布勒人得花好几天时间搜查整片森林。

摩尔说，他们也重新开放了港口，至少是对部分船只开放了。此外，他们还让一艘在小岛附近海域徘徊了数日的货船驶入港口，停在了码头上。索尔说那艘船上的船员是一群长着奇怪胡子的矮小生物，他们自称是矿石精灵。据他们所说，他们的船——铜天使号——只会在地下之城停留几天，等精灵们把货舱里的货全部卸下，再装满一船新的货物，他们就会离开此地。这对我来说还挺不错的，我得想个办法偷偷溜上那艘船！

摩尔和索尔整天都在铜天使号附近打探情况。据他们了解，精灵们将会于明天早上开始装货，其中绝大部分都是沃尔夫板条箱。此外，这批货物还包括指南针、望远镜和其他航海所需的工具及物资。所有板条箱和小箱子都会摆放在码头上，然后，港口的贾布勒警卫会对这批货物进行查验，查验完毕后，船员才能开始装船。

摩尔非常聪明。等我们把所有的细节都记下来时，他已经想出了一个计划。我们所需要的只是一个沃尔夫板条箱，一身能让我看起来像矿石精灵（至少从远处看）的精心伪装，再加上一点儿运气。摩尔已经迈出了这个计划的第一步：在回鼹鼠公馆的路上，他顺道去了尼基家，又给了尼基那伙人两枚金币，作为交换，尼基答应给我们提供一个板条箱。

然后，摩尔和索尔又踏上了另一趟旅程：寻找一名偷渡者可能需要的一切东西。他们用剩下的金币购买了尽可能多的食物。毕竟，如果躲在一艘不是用来运送食物的货船里，随身带点零食总是没错的，不然很容易就会饿死。谁也不知道这趟旅程要花多

长时间，也没有人听说过这个矿石岛到底有多远（这些精灵就是从那儿来的，所以他们都自称是矿石精灵），我们甚至不知道他们是会直接返回家园，还是会驾驶铜天使号去往别的目的地。但这并不重要。我必须逃离地下之城，而就目前而言，这是我最好的选择，也是我唯一的选择。

索尔说，我们的一个邻居已经在鼹鼠公馆附近打探了好几天，他很可能已经猜到我就藏在这里了。古斯塔夫对外宣布，不管是谁，只要能帮助他抓住恶棍海盗杰克，便可得到一笔巨额赏金。如果他们在这里抓到我，摩尔和索尔也会被判处死刑，因为贾布勒人会指控他们窝藏海盗，然后把他们俩和我一起扔进艾鼬坑里。我可不想让他们为了我再冒更大的风险，所以，我必须抓住一切可能的机会离开这里。

两个小伙子为我准备了一小包好吃的零食：几块面包，一些饼干、干果和香肠，他们甚至找到了一些烤得酥脆的培根！仅凭我给他们的那些金币，他们不可能买到这么多的东西。但当我问他们时，摩尔只是微笑着表示，为了朋友没有什么是不可以做的。

他们的奉献精神让我备受感动。光是把我藏在这里，他们其实就已经在拿自己的生命冒险了，而现在，他们居然又为了我去偷培根！

半夜里，我们听到有人在敲窗户。是尼基，他按照约定从工厂旁的装货点给我们偷来了一个沃尔夫板条箱。我们把为我此行而准备的食物全都装了进去，把箱子填得满满当当。

沃尔夫板条箱，光看这个名字你可能会以为它是用来运狼的。但其实并非如此，它只是羊毛工厂的缩写[①]。地下之城城郊有一家非常大的羊毛工厂，他们选用小矮羊的羊毛生产出了许多非常温暖、柔软的羊毛。我猜矿石岛精灵们肯定很怕冷，所以他们才会需要这么多温暖、柔软的羊毛，又或许他们住在北方，而那里的冬天非常寒冷。希望不是这样！我可不想去任何寒冷的地方。

与此同时，我也意识到我不用担心自己会一连几个月被困在货舱里，因为其中一个沃尔夫板条箱里装了够我吃三周左右的食物。我要么撑到在某个港口下船，要么就饿死在船上。我绝对不

---

① “沃尔夫板条箱”在英文原文中名为“WOOLF crates”，此处的WOOLF与英文中的狼“Wolf”发音相似，而羊毛工厂英文原文为“Wool Factory”，缩写为“WOOLF”。

会主动暴露自己，因为大部分时候偷渡者都会被扔进海里，我可不愿冒险尝试这样的命运。

索尔真是位伪装大师！他为我的伪装忙活了半个晚上。矿石岛精灵水手都穿着带有蓝色兜帽的披风，黑色的长袍，脸上还长满了蓬乱的铜色或铁锈色胡须，肤色也很深。要我说，他们的样子可真够特别的。然而，当索尔给我涂上一层奇怪的黑色涂料，在我的下巴上粘了一撮粗大的人造橘色胡须之后，我自己的样子也够特别的了。

“我的好朋友，”我说道，“我很感激你为我提供的帮助，但这胡子看起来好像是你从一件满是跳蚤的旧毛衣上扯下来的一样。”

“噢，你说得没错，”他说道，“反正那件毛衣我也不穿了。”

“我不是这个意思，”我咯咯地笑着说道，“我只是有点儿担心它会不会太显眼了。你老远就能看出这不是真胡子。”

“不，远看是看不出来的。”索尔嘟囔道，“而如果有人想走近仔细看看，那胡子也不会是你最大的问题。”

“我猜你说的没错。”我点点头道。

太阳还没升起，我们就出发了。我从头到脚都穿上了矿石精灵的伪装，摩尔和索尔则打扮成了普通流浪汉的样子。我们抬着沃尔夫板条箱，还在上面加盖了一张旧床单。由于里面食物塞得太满，整个箱子非常重。我们轮流抬着它，穿过城市，走向地面。要是能坐电梯篮就好了，可鼹鼠们一律不允许使用电梯篮，而我这一身矿石精灵的打扮又肯定会吸引很多人的注意。因此，我们选择了走陡峭、隐蔽的通道——狭窄的鼹鼠巷，这样便不会有人注意到我们。我一度以为我们永远也走不到港口了。

不过，就在黎明开始慢慢照亮天空的时候，我们终于走到了。摩尔和索尔已经挑好了一个隐蔽的位置，我们可以坐在那里等待时机。我们看着铜天使号的船员们在甲板上忙碌起来。不一会儿，堆满了沃尔夫板条箱的货车陆续抵达，矿石精灵水手们则开始把箱子在码头上堆成一座座小塔。

当所有的板条箱都从货车上卸下来后，贾布勒港口的警卫们也到了。我很庆幸没有冒险把我们准备的箱子和其他箱子放在一起，因为贾布勒人把每个箱子都打开了。我们注意到箱子里不仅装满了羊毛，还有保暖的衣服、毯子和围巾。

警卫们检查完后，水手们开始把所有的东西进行装船。他们每人抓起一个板条箱，沿着一条窄窄的木板登上了船。

“你自己能抬动板条箱吗？”摩尔问道，他的声音听上去颇为担忧，“这个箱子里的食物可比羊毛重多了。”

“我也没得选，”我答道，“我又不能找人帮忙，不然他们肯定会发现有什么不对劲。”

我们还在等待合适的时机，不过也用不着等太久了。一个警卫做了一个手势，表示有一艘客船请求进入港口。几名贾布勒监察员沿着码头走向一旁，从那里他们可以更清楚地看到那艘船驶近时的样子，谁也没再留意铜天使号了。

“就是现在！”摩尔和我异口同声地说道。

我们握了握手并相互拥抱了一下。我不知道该如何跟他们说再见，几句礼貌的话语根本不足以向冒着生命危险救了你一命的人表示感谢，也不足以向真正的朋友道别，所以我索性什么也不说。摩尔擤了擤鼻子，也许清晨略带寒意的空气让他有些感冒了。

“嘿，你要是不小心点儿，会弄得我满身都是黑漆的！”索尔说道，“现在快去吧，你的船马上就要起航了！”

“保重。”摩尔说着帮我抬起了板条箱。

我几乎要被那箱子压垮了，但还是咬着嘴唇忍了下来。幸运的是，当我从藏身处缓缓走出来时，港口警卫和矿石岛精灵水手都没有注意到我。然后就更看不出什么了，只是又一个搬着沃尔夫板条箱摇摇晃晃的黑影罢了，和其他十五名水手看上去一个样子，没什么值得注意的。

我很容易就走上了那块木板，只不过中途有一下我险些失手让板条箱掉下去，它实在是太重了。不过，真正的问题还不是重量，而是箱子真的很难抱住。如果我能把它扛在背上，那就易如反掌了。但走在我前面的其他矿石精灵都把装满羊毛和衣服的箱子抱在怀里，我必须和他们一样才行。不过，这样也有好处，至少可以把我那橘色胡子藏起来一半。

当我走到货舱楼梯口时，还是出问题了。我脚下一绊，连人带着箱子滚进了黑暗的船舱深处。还好水手长站在楼梯上方，不然我有可能连他一起撞下去。而且，当我跌落时，我的胡子被板条箱卡住，从脸上掉了下来，幸好他没有注意到。所以，我脸上光秃秃地躺在楼梯底下，浑身酸痛不已。

“你在下面干什么呢，小丑？”水手长断喝道，“把板条箱弄坏了吗？”

他竟然是关心我有没有摔坏箱子，而不是我有没有摔断脖子。

“我得跟你说多少遍？第三级台阶坏了！”他吼道，“我已经跟你说过不下一百遍了！”

原来如此。好吧，我怎么会知道呢？我赶紧搬起板条箱，尽可能把它放到货舱的最里面。现在，水手长肯定在等着我出去，好再把我训斥一顿，可我不能让他看到我没有胡子的样子。而且，刚刚摔下来时，我脸颊上的黑漆也蹭掉了一些。

不过，好运依然与我同在！

“嘿，罗斯提，过来一下，”一名水手在甲板上喊道，“宪兵要你去签个字。”

水手长罗斯提嘟囔了几句，不过他还是转身去看宪兵们想要他做什么了。与此同时，又有两名水手搬了两个板条箱下来。很快，所有的沃尔夫板条箱都搬上了船，船员们开始搬运其他箱子和货物。由于这些箱子里装的是一些更加昂贵的工具和小东西，所以他们现在更加小心了，每个箱子都由两名水手抬着，以免有人不慎把箱子掉在地上。趁着矿石精灵们在货舱里进进出出的时候，我躲在了货舱后部。罗斯提也没有注意到我还在货舱里面。等所有东西装船完毕后，他又草草地看了一眼摆在货舱前部的板条箱和其他箱子，扭头告诉水手们可以休息一下，喝点茶了。然后，他重重地关上了货舱的门。我躲在下方的货舱里，听见钥匙在门锁里转动了两次。

我现在成了被锁在铜天使号里的囚犯了。我还从来没这么开心能被囚禁起来！

第十九章　铜天使号

大约一个小时后，他们拉起船锚，缓缓地驶出了地下之城的港口。我逃出来了！我试着想象摩尔和索尔在崭新一天的阳光下眯着眼睛眺望的样子，侧耳倾听着浪花翻飞的声音，还有矿石岛精灵们拉起船锚和扬帆时绳索发出的响声。

我相信他们肯定会很高兴得知自己的好朋友杰克以智取胜，成功从贾布勒人手中逃走了。最近我们三个谁都没能好好睡觉，我猜他们肯定回鼹鼠公馆好好休息去了。

不过，我会想念他们的。虽然我觉得自己不会真的再想回地下之城了，我宁愿回到马拉祖亚或阿帕祖卡。我想，比起那个可怕的地下城市，我甚至更喜欢那座杳无人烟的荒岛。但知道自己在各地都有朋友还是挺让我高兴的。在地下之城有摩尔和索尔，在马拉塔岛有小卡尔德隆。

好吧，我能说什么呢？偷渡者的生活毫无冒险可言。

我们起航那天，我打开了一个较大的板条箱，拿出一些羊毛，给自己铺了一张舒适的小床，然后好好地睡了一觉。起床后，我又吃了一点儿东西，但都只咬了几口。我可不想在旅行刚开始的时候就把所有食物全部吃完，然后又因为饥饿难耐而在接下来的日子里嘟囔着咒骂自己。

幸运的是，货舱里有一个通风口，可以呼吸到新鲜的空气，还有一扇带格栅的小窗户，可以看到外面的甲板。小窗大约在人们脚的高度，我可以清楚地看到木板和水手们的脚踝。我把几个箱子叠了起来，这样一来，站在箱子上，我就能看到外面了。由于也没有什么别的事情可做，我就一直看着甲板上的情况。我甚至还能看到一条狭长的天空。

幸运的是，夜班警卫通常坐在小窗边聊天，所以我经常能听到他们在说些什么。渐渐地，通过他们的声音、名字（还有他们的靴子），我基本上认识了所有的船员。

船长戈登史密斯是个很奇怪的人，看起来一点儿也不友好。他从不和自己的船员们聊天，总是一副阴沉、严肃的

样子。可他是位尽职尽责的好船长，总是在正确的时间给出正确的命令，他很清楚自己在做什么。有他这样的船长，你便大可放心，这艘船永远不会搁浅，也不会成为海盗的猎物。事实上，即便他不知道如何与他人闲聊，我仍然觉得他比其他所有船员加起来还重要。

对于罗斯提我没什么好说的。他是那种很刻薄的人，而且说话声音非常刺耳。我觉得他也是个榆木脑袋。他总是拍船长的马屁（简直令人作呕），但对待其他船员的态度又极为恶劣。我从来没有想过我会这么说，但是和罗斯提相比，汤姆算是个挺不错的人了，好歹他还总是能开怀大笑。这么说你就能知道这个罗斯提有多糟糕了。

没有一个水手非常健谈，他们从不唱歌、讲笑话或哈哈大笑。铜天使号上只有一个矿石精灵会讲故事，或者时不时哼一两首歌，那就是尼克。

我们已经出发一周了。我几乎一直都生活在饥饿之中，因为我实在不敢吃太多食物。最糟糕的还不是饥饿，而是得生活在阴影之中。我觉得我的外套现在肯定都已经闷成白色的了，而我的眼睛也已经习惯了黑暗，大自然的阳光搞不好会刺瞎我的双眼。如果能重新过上正常的生活，我估计得花几天时间来重新适应阳光。我这才开始真正明白，常年被囚禁在监狱里是多么可怕。

但我一点儿也没有让自己虚度时光。我每天都会爬到一堆盒子的顶端，还会做至少一百个俯卧撑来锻炼身体。如果不做点什么能让自己心跳加速的事情，我担心自己早晚会生病的。这艘船的货舱实在是太脏了，发现其中满是令人生厌的霉菌和真菌时，我一点儿也不觉得惊讶。

铜天使号上有些不对劲，具体是什么我也说不清楚，但我就是不喜欢甲板上的气氛。当然，我在下面看不见也听不见多少，只是偶尔会听到船员们经过我的窗户时彼此说的话。不过，罗斯提似乎和其中一些船员交上了朋友，看上去他好像是想要获得他们的支持，赢得他们的信任。水手长做这种事可以说非常奇怪了。他不需要船员们喜欢他，除了发号施令，他甚至不需要和他们交谈。可最近，他开始讲笑话逗乐，还装出一副大家都是他好朋友的样子。而且，他好像专挑船员中最笨、最粗野的几个当朋友，比如沃尔福、胡特和斯丁普这几个家伙。

还有一件事情也很奇怪：罗斯提总是下到货舱里来左看右看。如果他是来检查羊毛以确保它没有发霉，这还说得过去。但他查看望远镜、圆规、气压计和其他测量仪器做什么呢？而且他只对昂贵的东西感兴趣。有两次，他独自一人下来，我感觉他就是盯着所有的货物，试图把所有东西都清点一遍，看看这批货物一共可能值多少钱。

也许我想太多了，也许我只是太无聊了，这只不过是一群无所事事的水手罢了。但我还是觉得有什么地方不对劲，有什么事情正在酝酿。我觉得罗斯提正在策划一场叛乱，这样他就能控制这艘船并夺取货物了。我自己也把所有货物都清点了一遍。羊毛不值多少钱，但其他箱子里的所有航海用具可是值一大笔钱的，或许能值几千枚金币。

像这样被关起来真是太可怕了！我已经在铜天使号上待了十八天了，整整十八天的黑暗和无聊（每过一天，我都会在一个盒子的侧面做一个标记）。我已经把带上船的大部分食物都吃光了，可我明明每次都是只吃几小口啊！现在，我还剩三片烤肉和一把无花果干，还够吃三到四天的样子。坦白地说，这点儿食物还不够我吃一顿像样的早餐。不过，说我还有够吃三四天的食物，听起来就没那么绝望了。

所以，我在等待奇迹的出现。水手们时不时会坐在我的窗前边吃零食边聊天。上一次，他们中有一个人把一块还挺大的猪肉饼掉在了离窗户不远的地上。我意识到，如果我有一个小钩子或小棍子，我就可以偷吃掉他的午后点心了。但至少现在我有了一个计划：在栅栏上挖个洞，但是不能让人注意到，这样我便可以将其拆下来再原样放回去。然后，再做一个末端有钩子的小工具，用来抓取水手们放在窗户附近的任何东西。

虽然花了几天时间，但我终究是做好了。我在墙上找到了一根生锈的长钉子，把它拔了出来，将末端稍微折弯了一些，然后用绳子把它绑在了一根小木棍上。在格栅上挖洞这件事则要困难得多。一部分原因在于我必须确保自己能快速地把金属条放回原位，否则，船员们就会知道有人躲在货舱里；还有一部分原因就是我没有合适的工具。我把这下面所有的杂物都翻了一遍，最后找到了一把生锈的锯子，可它根本锯不了铁栅栏。

最后，我决定把整个木框拆下来。这样，如果有必要的话，我就可以卸下整扇格栅窗。而且，我发现如果把墙上的洞再弄大一点儿，比如说，再多拆两块木板，我就能钻过去，爬到甲板上了。如果食物彻底吃完了，我可以试一试，总比在阴冷潮湿的黑暗中饿死好！

我一直在利用暴风雨的日子去锯窗框。海浪拍打的声音和呼啸的风声淹没了锯子的声响，谁也没有闲心注意其他的事情。我耐着性子小心翼翼地锯了很久，终于把铁栅栏的整个框架都锯了下来。现在，我可以像装上过油的锁一样，轻松地把它整个取下来了。我有点担心甲板上哪个傻瓜会不小心踢到它，那么格栅和木框就会整个掉进货舱里来，所以我又用两个楔子从里面牢牢地固定住了它。这下就只有我能移动它了。现在，我唯一能做的就是耐心等待，然后祈求好运。

我越来越坚信我对罗斯提的判断没有错！他就是想接管这艘船。他已经赢得了船上几乎所有人的信任，而大部分船员看起来都准备好叛变了。只有尼克除外，大伙儿似乎都不是很信任他，我想他是唯一一个不想反抗戈登史密斯的人。

守夜的船员们小声地聊了许多关于沙鼠城邦的事情，看来铜天使号要去沙鼠城邦了。

我听说大沙鼠群岛的首都——沙鼠城邦里有一个很大的集市，据说在那里可以买到任何东西。我记得之前在风之女王号上时，有人讲过关于这个集市的故事，好像是塞巴斯蒂安。后来，威斯克斯船长又说，不久我们就有一批货要运到沙鼠城邦去。他还说我们应该直接从柿子海岸出发，因为从鼠之国前往大沙鼠群岛的航线要更加危险。

在过去的几天里，罗斯提和他的伙伴们谈论的全是他们如何越来越接近沙鼠城邦，以及为什么值得绕一下道。当然了，他们一个字也没有告诉船长。这简直太可疑了！我猜他们打算把所有的货物都拿去集市上卖个好价钱。

啊哈，太好了！我就知道好事总会发生在耐心等待的老鼠身上！这天晚上是沃尔福守夜，和他一起的是那个鬼鬼祟祟的小个子斯丁普。他们基本上没说什么，只是相互骂着脏话，然后像无礼的孩子一样咯咯地傻笑。过了一会儿，斯丁普把一片涂了黄油的热面包放在地上，开始到处找他的朗姆酒。守夜时喝朗姆酒是违反规定的，或者说守夜时做任何可能让你头脑不清醒的事情都是违反规定的，但这两个没用的家伙可不在意什么规定。他们拿出酒壶，痛痛快快地喝了一大口，打了个比沼泽青蛙的叫声还要响的嗝，然后又灌了一大口。他们身旁木桶上的提灯只射出几缕微光照在地上，那片面包正好处在阴影里。

我一刻也没有耽搁，迅速把铁栅栏从墙上拆下来，抓起我的鱼竿（也就是那根顶端绑了钉子的木棍），从洞里伸出去，用钉子钩住面包，把它拉了进来，然后重新把栅栏放回原位。小菜一碟！接着，我抓起我的战利品，悄悄爬到另一个箱子上，以免有人往栅栏里看时刚好看到我。

然后，我深吸一口气，开始大口吃起了面包。我觉得我这辈子从来没有吃过这样的美味！我能感觉到自己由于营养不良而变得虚弱不堪的胳膊和腿又恢复了力气。能再吃点儿东西的感觉真是太棒了。与此同时，我也一直在仔细地听着，我很好奇外面那两位“智力超群”的家伙发现自己的晚餐不见了时，会说些什么。首先，他们吐出一连串五花八门的脏话，然后，他们开始在甲板的木板间翻找起来，拼了命地想要找到他们涂了黄油的宝贝面包。

“有可能是附在这艘船上的鬼魂！”沃尔福说道。

斯丁普陷入了沉思。“也许你是对的，”一两分钟后他说道，“谁知道有什么奇怪的幽灵和鬼魂在大海上游荡！”

“等一下，”沃尔福结结巴巴地说道，“你真觉得铜天使号上有鬼吗？”

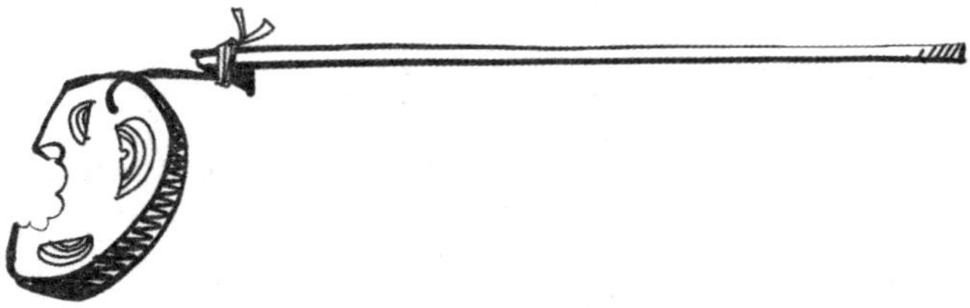

这“聪明”的家伙正在木桶底下找他的面包。

“这个嘛，你看，面包没了，不是吗？一两天前，胡特说他有天晚上听到货舱里传来一阵奇怪的响声。”

“肯定是风，”沃尔福说道，“风总是呼啸着吹进下面有铁栅栏的小窗户里。这艘船货舱的通风一直不太好。”

这一点他倒没有说错。谢天谢地，我从箱子里找到了羊毛和毯子，不然我早就得感冒病死了。不仅如此，我还一直穿着毛衣，戴着围巾。可纵使这样，我还是连着好几个星期流鼻涕，觉得喉咙痛了。也许胡特听到的声音正是我晚上睡觉时鼻子发出的声音！幸亏我没有打鼾，不然他们很可能会下来看看到底是什么东西发出了这些声音。

与此同时，沃尔福已经抓起灯笼，弯下腰四处张望起来。他通过窗户上的铁栅栏照了照货舱里面，然后又仔细检查了一下木桶后面。当然了，他依然什么也没有看见。

“我们还有多久到沙鼠城邦？”他站直身子问道。

“罗斯提说还要四五天。不过，我们可不是要去那儿，你心里很清楚的。”

“不公平！我们理应好好玩一玩！我们在地下之城就一天都没有休息！”沃尔福嘟囔道，“罗斯提说我们干了那么多活儿，应该给我们一些工资以外的奖励，我们至少应该有一周的带薪假期，让我们稍微休息、放松一下。但是戈登史密斯船长又让我们连着工作了一整天加半个晚上！”

“他对船员不好，这是肯定的。”斯丁普咕哝道。

罗斯提在船员中间好好地重新洗了一遍牌，然后给自己发了一手好牌。他在船员中撒下了不满的种子，现在每个人都在发牢骚。再过几天，他们自然而然地就会相信船长在滥用职权，逼迫他们工作，压榨他们，如此一来，他们便很可能把他扔到海里去。然后，他们会从船员中重新选择一名船长，他们会选谁再清楚不过了。现在，我终于弄清楚狡猾的罗斯提到底在计划些什么了。

我决定做些什么来帮助船长，他看起来是一位值得敬佩的海员，对待自己的工作也非常认真。我只是不知道自己到底能帮上什么忙。但在思考这个问题的时候，我伸了伸腿，不小心踢到了一个板条箱。幸运的是，它没有掉下来，可踢到箱子的声音却在船舱里回荡起来，显然还传到了外面的甲板上。

“那是什么声音？”外面的两个“勇士”一下子跳了起来，声音发颤地问道。

“我跟你说，那只是风。”沃尔福说着，试图让自己平静下来，但他的语气听起来却并不怎么叫人信服。

“我就说吧，这艘船上有鬼。”斯丁普反驳道。

“还好罗斯提把货舱门锁了。”沃尔福长舒了一口气说道。

“你觉得这真的有用吗？你以为鬼魂不能从窗户的铁栅栏里溜出来吗？只要有一个通风口或钥匙孔，它就可以像你穿过厕所门一样穿过墙壁了。”

“那我们是不是应该找个东西堵住窗户和通风口呢？至少是在我们守夜期间？”沃尔福问道，他的声音又颤抖了起来。

如果这两个笨蛋拿东西把窗户堵住，那货舱里就一点儿亮光也没有了，而我也没法窥视外面的情况，或者时不时偷点儿东西吃了。那我就完蛋了！

“我要用这块抹布把它堵上，”说着，沃尔福弯下腰准备开始动手，却突然听到黑暗的货舱深处传出了一阵闹鬼的声音：

“呜……呜……！”

当然了，是阴影中的我在发出怪叫。他们俩吓得一蹦老高，落地时甲板甚至都发出了抗议般的轰鸣。紧接着，他们俩低着头就跑开了，并且那天晚上他们谁也不敢再靠近船舱一步。

然而，我知道无论沃尔福还是斯丁普都不会忘记这件神秘莫测的事情，所以，当清晨的第一缕阳光开始温暖天空时，我便在货舱里收拾了起来。我把之前打开的箱子全都合上，放回原处，然后从角落里捧起一把泥土和灰尘，把它们撒得到处都是，以免有人看到我来回走动的痕迹。

谨慎一些是对的。沃尔福和斯丁普不敢把他们听到的告诉船长，但他们把一切都告诉了他们的新朋友罗斯提。太阳刚一升起，货舱的门就被打开了，四个人拖着沉重的脚步沿着楼梯走了下来。他们每个人都拿着火把，其中两个人拿着斧头，另外两个人则各拿了一个白色的小东西。我本来怎么也想不出那个白色的小东西到底是什么，但罗斯提和其他几个人走下楼梯之后，我凭着味道认出了它：大蒜！这些小丑带着大蒜进船舱是想把鬼魂吓走！

这只能说明两件事：一、他们真的很怕鬼；二、他们不知道到底怎么才能把鬼吓跑。像样的鬼才不会被大蒜吓着呢！我不禁开始觉得，这些矿石精灵都是头脑简单的胆小鬼，我用不着耗费多少力气就能智胜他们。

很快，我便想到了一个绝妙的主意。罗斯提没有把钥匙留在门上，相反，他把钥匙拔下来，放回了口袋里。所以，我小心地躲着，偷偷观察他们下一步打算做什么。四个“勇敢”的幽灵追踪者检查了每一个角落，似乎下定决心一定要找到船上阴魂不散的鬼魂。他们离我越来越近了。当他们离我只有两三个板条箱时，我把一直攥在手里的一颗钉子抛了出去。钉子沿着一条长长的抛物线飞过了他们的头顶。幸运的是，钉子从他们头顶掠过时，他们谁也没有注意到，但当它砰的一声落在货舱另一边的箱子上时，他们都震惊地抬起头来。

“那是什么？”沃尔福猛地一转身，把手里的大蒜高高举起，好像是要保护自己不受攻击一样。

罗斯提后退了一步，牢牢地盯着货舱的另一边。我毫不费力地伸出尾巴，从他口袋里掏出了钥匙。黑暗的船舱里再没有传出一点儿声音，于是四个探险者鼓足勇气，高高地举起斧头，一步一步小心翼翼地朝发出声音的板条箱那边走去。

他们胡乱找了一会儿，然后像四个尽职尽责完成了任务的优秀士兵一样走回了楼梯上面。走到楼梯顶端后，罗斯提砰的一声关上了货舱门。然后，我便听到门的另一边传来一连串谩骂声，突然门又开了，他们四个又走了下来。

他们来来回回走了好几遍，把火把伸向地面，在尘土中寻找那把不见了的钥匙。那把钥匙现在正好好地放在我的口袋里，而我则安安稳稳地蹲在一个板条箱上面。终于，他们迈着沉重的步伐走回了楼上，嘴里满是夹杂着困惑的咒骂。

罗斯提找船长要来了货舱的备用钥匙，终于还是把门锁上了。但这对我来说已经不重要了，因为我也有钥匙了！

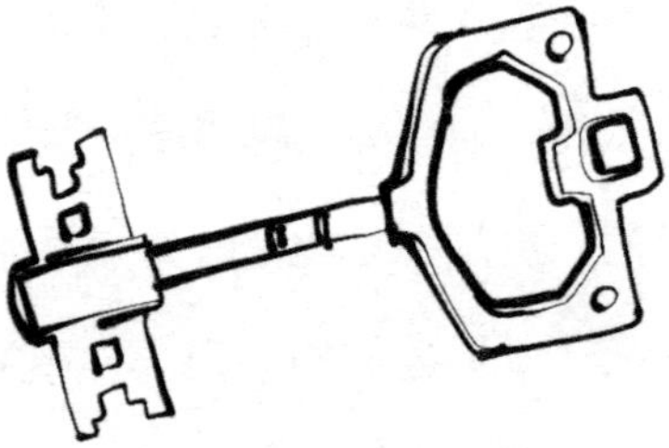

没过多久，货舱里有鬼的消息就传开了，再也没有人敢坐在我的小窗旁边。我都开始有点儿后悔不该吓跑他们了。就这样又过了两天，我把最后一点儿食物也吃完了。很快，我就得溜到甲板上去找吃的，不然我就要饿昏了。

第二十章　雷霆船长

嗯，我该从哪儿讲起呢？这一切太不真实了，情况发生了巨大的变化。如果我想显摆一下，我会做一张名片，在上面写：

这一切都要从我那天晚上溜出货舱开始讲起。迷信的水手们晚上再也不敢在货舱周围溜达，这倒给我提供了方便。我用钥匙轻轻地打开货舱门，看外面并没有什么危险，便立马溜了出去。走到船舱附近时，我抬头看了看天空，月亮正在对我微笑。它看上去就像一个又大又圆的奶酪，看得我的肚子咕咕直叫。我开始在铜天使号上探索起来。

我看见了远在船舱另一边的守夜警卫，两个孔武有力的矿石精灵——奇勒和卡拉特，他们俩都想和罗斯提搞好关系。他们本应在甲板上巡逻，或者至少应该时不时四处看看，但他们正在玩拉米纸牌。这样正好！至少我不用担心他们俩了。我听了一会儿，想看看他们有没有在谈论什么有趣的事情，同时也是为了确保船上没有其他守夜站岗的人。等待是值得的，因为就在这短短几分钟内，我听到了不少非常重要的信息。

“所以，明天起义几点开始？”奇勒边问边把目光从手中的牌上抬了起来。

“不是明天，是后天。罗斯提说十点钟。早餐后，我们就去抓住船长，给他戴上枷锁。”

“为什么要再多等两天？我们为什么不明天就动手？”

“罗斯提说后天我们离沙鼠城邦最近。等船上这摊事情办妥之后，他想尽快卖掉船上的货物。”

“我想我们最好还是直接把船长扔进海里，”奇勒说道，“免得他日后再惹出什么麻烦。”

“他惹的麻烦已经够多了。”卡拉特点点头答道，“我们要把那个坏蛋扔到海里去，用不着等太久了。”

所以，就是后天了！可怜的戈登史密斯，他还一点儿戒心也

没有，而他的手下们却正在计划要把他从他自己的船上扔到海里去！我愤怒地握紧了拳头，然后决定去找船长，还有厨房。

我又想起了威斯克斯船长和塞巴斯蒂安在去柿子海岸的路上说过的话：“很快，风之女王号在大沙鼠群岛就有活儿要干了。”他们可能要去那里好几趟，谁知道呢，也许他们现在就在去那儿的路上。如果我不插手铜天使号上将要发生的事情，任其自行发展下去，那罗斯提后天就会接管一切，戈登史密斯则会被扔进海里，沉入海底，而我便可以在三天之内到达沙鼠城邦。要是在集市上碰见了威斯克斯船长，那该是多大的惊喜啊！贝利克和鲍比肯定会喜出望外的！

好了，够了！我很快便把这些无聊的白日梦放在了一边。船员们正在策划一场推翻戈登史密斯的阴谋，我得帮他，哪怕我有可能因此再也看不到沙鼠城邦的海岸！即便我确信风之女王号就停在沙鼠城邦的港口，即便这是我与老朋友们重逢的唯一机会，我也不会让这些坏蛋杀死无辜的戈登史密斯船长。我宁愿下半辈子都独自流浪，也不愿袖手旁观，看着一个善良的人被杀害，然后在良心的谴责中度过余生。

由于我不知道这些紧闭的舱门后面藏着什么，所以先悄悄地绕着船转了一圈，仔细地查探了每一个角落和缝隙。终于，当我从一扇圆窗往里瞧时，我看到了戈登史密斯船长。他把毯子一直拉到了下巴上（只露出鼻尖和几绺头发），非常平静地睡着觉。我通过他那鬈曲的铜色头发认出了他。幸运的是，他忘了吹灭桌子上的蜡烛，否则，我永远也不会知道到底是谁每天晚上鼾声那么大了。

我轻轻地按了一下把手，门是关着的。开锁倒没花费我多少时间，我用随身带的小刀稍微试了几下，锁便弹开了，我踮着脚尖走进船舱。戈登史密斯船长侧身睡得很沉。我举起挂在床尾的一条毛巾挡住窗户，以免外面有人看到里面的情况。

然后，我停下来想了想下一步该怎么办。如果我贸然叫醒他，惊慌之下，他的第一反应肯定是大声呼救并且开始激烈反抗。他还在睡觉，我又不可能在他耳边轻声告诉他有危险。可就在这时，我看到了他一只靴子上露出的枪托。完美！我拿出手枪，轻轻地戳了戳船长，他很快便醒了过来。

起初，他肯定以为自己还在做梦，用力地揉了揉眼睛，然后盯住我。我举枪从侧面抵住了他的头，坚定而冷静地对他说道："不用紧张，船长，我不想伤害你。我拿枪只是想确保你能安静地好好听我说几句话。别做什么冲动的事情，我不会伤害你的。"

"我能坐起来吗？"船长问道。他的语气非常平静，听上去就好像我给他的是一杯上好的咖啡，而不是一根抵住他脑袋的冰冷枪管。

"当然。"我亲切地说道。他的沉着冷静给我留下了非常深刻的印象。

我一刻也没有耽误，言简意赅地告诉了他我是如何溜上了他的船，还告诉了他船员们在密谋哗变的事情。当我在讲述自己的经历时，他一脸愤怒地盯着我，但当我讲到船员们密谋要夺取这艘船时，他的面色变得凝重起来。他似乎相信我说的每一句话。等我全部说完之后，他面色凝重地看着我。我用不着再拿着这把手枪了。我放下枪，等着看他要说些什么。

"谢谢你来提醒我这件事，"他疲惫地点了点头说道，"不过我知道了也没什么用。就凭我一个人，斗不过他们十五个叛徒的！"

"尼克会站在你这一边，"我说道，"或许还有一两个人也是效忠于你的。”

“那也没多大用。就算有尼克和其他几个人帮忙，我也难逃一劫。如果他们真想干掉我，我根本无处可逃。”

“如果你明天告诉船员们你改变了主意，打算在沙鼠城邦停靠几天呢？你可以承诺给每个水手一点儿奖金，再给他们放几天假，或许这样能缓解紧张的气氛。那在哗变爆发之前，你便可以将他们的阴谋瓦解了。”

“绝不！”戈登史密斯船长大声喝道，“我不会让一帮恶棍吓唬住，我也不会和叛徒们谈判！我宁愿被扔下船，也绝不向人渣屈膝！”

“或许我们还能想出别的办法。铜天使号的船员们都怕鬼，而除了你，没有人知道我在这艘船上。如果我晚上在船上溜达几圈，制造些丁零当啷的响声，再鬼号两声，我敢保证，我能让船上所有人都以为这艘船闹鬼。”

“然后呢？这么做只是给他们多找了一个尽快去沙鼠城邦的理由。”

这点他倒没说错。我意识到要想确保奸诈的罗斯提和其他船员不把可怜的船长扔下船，就必须让他们相信船上有鬼，而戈登史密斯船长是唯一一个能拯救他们的人。可是要怎么做呢？不一会儿，我想出了一个绝妙的主意，或者说，我从班卓那儿借来了一个绝妙的主意。

“听着，船长。你知道那首关于雷霆船长的水手歌谣吗？就是那个残忍成性，最后被自己的水手扔下船的船长？”

“我当然知道了，每个水手都知道。”戈登史密斯船长耸了耸肩答道。然后，他低声哼起了那首歌的旋律。

“对，就是这首。”我点了点头，念起了还在飓风号上时班卓教给我的第一节：

很久很久以前，

有一位残忍的船长航行海上。

啊！还从未有过，

像他这么残忍的船长！

谁也没有他残忍！

然后，我解释了一下我的想法：“雷霆船长生前犯下了许多残忍的罪行，以至于死后灵魂也无法安息。就这首歌所唱的来看，他现在仍然在海上游荡，帮助身陷险境的船长，以此为自己赎罪，同时也是对那些叛变水手的报复。如果一艘船的船员密谋叛变，他的灵魂便会从海浪中升起，帮助那名船长。”

“对，”戈登史密斯船长咕哝道，“我知道这个故事。”

“没错！重点就在这儿，每个水手都知道这个故事。如果明天早上你手下的水手发现铜天使号上的鬼魂就是雷霆船长的灵魂，

他们就不敢跟你作对了！罗斯提也只能大骂自己怎么当了你的水手长。”

戈登史密斯的眼中第一次闪过了一丝希望:“你有什么计划？”

“我计划的第一部分就是先找点儿东西吃。我要是再不赶紧吃点儿东西，”我匆忙地补充道，“我就要饿死了！到时候你的鬼魂和你唯一幸存的机会就都没有了！”

戈登史密斯船长笑了笑，然后向一个橱柜走了过去。他拿出两片冷的烤培根和一条小面包。

“你要是能等一下的话，”他说道，“我去拿点儿酒。”

“噢，我可以等！”虽然我向他这么保证了，但我还是狼吞虎咽地把食物全都吃了下去。

戈登史密斯船长离开了船舱。有那么一会儿，我担心他可能是去叫警卫来把我扔到海里，毕竟，我是一个偷渡者。但过了一会儿，他带着一壶酒和一小瓶水回来了。

“作为一个鬼魂，你的胃口还真不错。”他说道。

“再给我一片烤培根，要我去学穿墙都行！”我说道。

可船长挥挥手止住了我的话。“告诉我你的计划。”他说道，“如果你真能让我们摆脱困境，你就不用担心再饿肚子了，我保证你在余下的旅途中有足够的食物。”

我把我的想法告诉了他，他听得非常仔细，两眼不时闪闪发光。

“听起来是个很聪明的计划，”我说完后，他说道，“可如果被识破了，他们就会把我们俩都扔下海了！”

“他们不会识破的。”我直勾勾地看着他的眼睛说道。

“好！告诉我你需要什么。”

“首先，我需要食物。然后，最好给我几把钥匙，这样我就可以轻松地进出船舱了。我们必须让他们相信鬼魂可以穿过墙壁。”

“你可以把我的那串钥匙拿走，”他点了点头说道，“你不要斗篷吗？这样如果有人看到你，会以为你是船上的水手。”

“我有个斗篷，我溜上船的时候就穿着它。不过，要是能给我一张这艘船的布局图就好了，这样我搜寻我所需要的东西也就容易多了。”

船长找来一张白纸，画了一幅这艘船的草图。然后，他向我分别指出了每个船员所住的船舱，厨房、武器库、工具箱和船舵

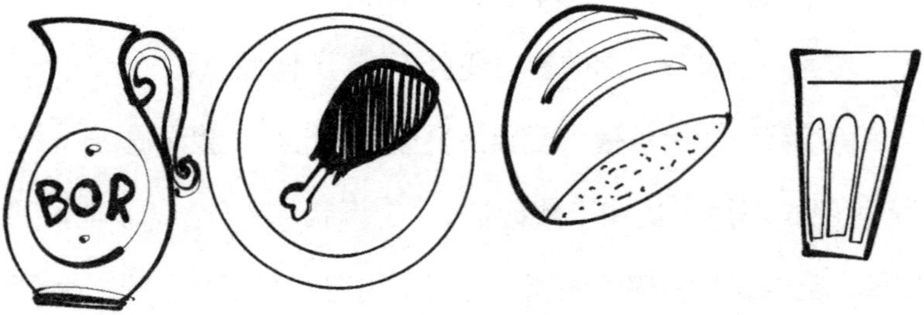

的位置。有了他的草图在手，在船上认路简直是小菜一碟。

“还要什么吗？”

“嗯，要是有顶隐形帽也挺好的。”我笑着说道。

“那恐怕你得去沙鼠城邦才能找到这样的东西了。”船长答道。

“好吧，那我试试不戴帽子也让自己隐形。”说着，我咧嘴一笑。然后，船长和我握了握手。

“祝你好运，雷霆船长。”他说道。

“我不会让你失望的，戈登史密斯船长。”我脚跟一并，侧身走出了船舱。

该好好干活了，我得确保日出之前做好一切准备工作。首先，我蹑手蹑脚地回到货舱，找到了在姆拉尼亚分手时特里给我的朱砂墨水。接着，我又去了厨房。对着地图，我一下子就找到了厨房的位置，而有了船长的钥匙，我轻而易举地就进了厨房。

在厨房里，我发现了一罐芥末。我抓起它，向船员们的卧室

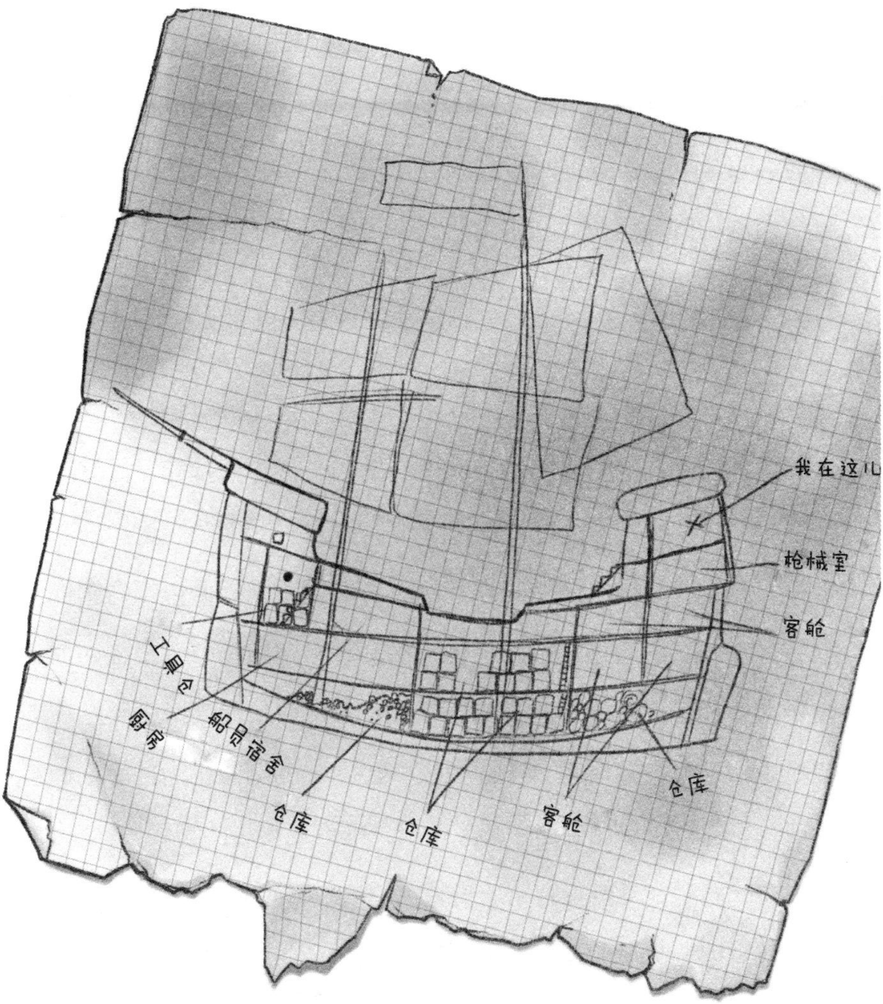

走去。绝大部分矿石精灵都入睡很快，而且他们一个个鼾声如雷。没过多久我就找到了罗斯提，他的床就在门口旁边，靴子则并排放在床下，其整洁程度简直堪称模范。我快速地看了看四周，确保每个人都是真的睡着了之后，便开始往他的靴子里倒芥末。这样，当他明早穿上靴子时，就会发出响亮的吱吱声了。然后，我又把其他人的靴子扔得满屋都是，而且还把鞋带都混系在了一起。等他们明早醒来，等待他们的将是一个多么美妙的惊喜啊！

大功告成之后，我快步跑回厨房把芥末放了回去。接着，我把所有的门都重新关好并上了锁，这样船员们就会以为是鬼魂穿过墙壁拿走了芥末。

只剩下一件事情要做了。我用朱砂墨水把《霹雳船长》这首歌的头几行写在船员卧室的外墙上。然后，我返回货舱，好好地睡了一觉。

天亮时，我被一阵喊叫声惊醒。罗斯提正在外面声嘶力竭地咆哮着。一是因为他光着脚穿进了满是芥末的鞋子；二是因为他命令全体船员列队时，船员们不仅没有列队，反而连滚带爬地在船舱里搜寻各自的靴子，一边找还一边骂骂咧咧的，而且等他们发现靴子的鞋带都被系在一起了之后，他们骂得更凶了。

与此同时，戈登史密斯船长站在门口，一脸的错愕。

“这大吵大闹的是怎么回事？”他问道。他的声音冷冰冰的，连最健壮的船员都吓了一跳。

“船长先生，”罗斯提颤抖着说道，“我要向您报告，有人在夜里做了一件卑鄙的事情！”

“是你们谁干的？”戈登史

密斯大喝一声，“站出来！”

当然了，谁也没有动。奇勒和卡拉特坚称，他们晚上守夜时，甲板上一个人也没有。其他船员则一遍又一遍地重申他们整晚都在睡觉。这时，厨师跑来告诉大家，早餐的香肠里放不了芥末了，因为船上食品柜里的那罐芥末没了。或者更确切地说，罐子还放在平时的位置，里面却空了。

“谁有食品柜的钥匙？”戈登史密斯船长皱着眉头问道。

“我有，先生，”罗斯提一脸困惑地说道，“但我干吗要往自己的靴子里倒芥末呢？”

其余的船员开始窃窃私语。早晨发生的事情本来就已经让他们有些不安了，所以你应该能想象得到，当他们走上甲板，看到用红字写在墙上的那段歌词时，该有多么惊慌失措。当然，他们都知道霹雳船长的故事。戈登史密斯船长表现得好像他并不知道这几句话是什么意思一样，他只是又问了问船员们，知不知道夜里为什么发生了这样的怪事，然后便命令他们去把墙上的字洗掉。

不可否认，躲在货舱里偷听着外面的这一切，我非常开心。沃尔福和斯丁普擦了一个多小时的墙，但一点儿用也没有！特里说得没错，只有德西诺橡皮能把那种朱砂墨水擦掉。

果然，船长刚一回房间，全体船员便立刻开始窃窃私语，议论起了雷霆船长的事情。他们都想知道，是不是那个受到诅咒的船长鬼魂在铜天使号上作祟。由于其中不少人认定了就是这么回事，所以他们开始考虑针对戈登史密斯船长的起义会不会太过莽撞了。如果他们胆敢对船长发动哗变的话，也许雷霆船长的鬼魂会把他们全都拖进海里去。

虽然罗斯提其实也被吓到了，但他还是想给他们壮壮胆。他坚持说，他们可以在第二天淹死船长，完成整场哗变，一切都会安然无恙的。听到他这么说，我决定晚上再对这位好心的水手长耍一两个花招。

那天晚上，谁也不愿意去守夜，戈登史密斯船长不得不掏出手枪告诫船员们，不管船上有多少鬼魂出没，他们仍然必须服从命令。最后，尼克和另一名水手同意去守夜了。看来这一次，我必须更加小心才行，因为船长下令要求他们反复巡逻，整夜都在甲板上走动。如果他们看见任何异样，要马上去报告船长。

“我也会时不时在船上走一走，”船长说道，“别担心。”

事实上，确实没什么事，只是我必须更加小心、敏捷一些。我又一次轻轻松松地溜进了船员们的卧室。幸运的是，经历了这样充满惊喜的一天之后，他们睡得依然很熟。我又快速地把每个人的鞋带都绑在了一起，但这一次，我为罗斯提准备了一个更有趣的东西。我从背包里的针线盒中取出了一根针和一卷线，映着闪光石的亮光，我把他的外套袖口和裤腿全都缝死了。明天早上，他要想穿进去那可就难了！接着，我掏出朱砂墨水，在他的喉咙上画了一条清晰的红线！看上去就好像有人在夜里割断了可怜的水手长的喉咙。

然后，我快步跑回了甲板上。我必须和戈登史密斯船长谈谈下一步的计划。他船舱的门没有锁，他也还没睡觉，正在等待着我的到来。他握了握我的手，感谢我白天所做的一切。他已经为我准备了满满一篮子的食物。要我说的话，他还真是个不错的船长！

我需要他做点儿什么把甲板上的警卫调开一会儿。

“你有十分钟的时间。”他点了点头说道。

他走上甲板，找到了尼克和另外一个守夜的水手。

“我听到货舱里有动静，”他说道，“我们去看看。”

两名水手极不情愿地跟着他。我想他们应该很害怕，不过他们还是服从了命令。这样我就安全了！我抓着德西诺橡皮，开始擦除前一天晚上写的东西，朱砂墨水写的文字一下子就不见了，只剩下光秃秃的墙壁。我又用湿抹布把墙擦了一遍，然后拿起朱砂墨水，重新在墙上写了五句话：

他的灵魂，日夜游荡，

不得安宁，不得平静。

深受诅咒，饥渴难耐，

复仇现在是他的常客！

复仇现在是他的常客！

你可以想象，第二天早上，所有的船员都吓坏了。现在再没有任何怀疑了！雷霆船长的鬼魂就在这艘船上，他是来保护戈登史密斯船长不受叛徒伤害的。而这个残酷船长的鬼魂完全可以做出最可怕的事情！只要看看罗斯提脖子上可怕的红线就知道了。大家都知道，如果戈登史密斯船长受到任何伤害，雷霆船长就会用他的刀沿着那条线划过去，割开还在睡梦中的罗斯提的喉咙。

果不其然，船员们根本没有发动任何哗变，他们以谦卑和顺从的态度为他们的船长服务。而且，他们纷纷向罗斯提投去怀疑的目光，尽量远远地躲着他。据我猜测，他们是怕雷霆船长的灵魂误以为他们和那个计划要把船长扔下海的狡诈水手长是朋友。

不幸的是，我还得小心翼翼地隐藏起来。要是有人发现我在船上，那整个鬼故事就算完了！戈登史密斯船长要我就待在货舱，直到我们抵达矿石岛。虽然还有几个星期才能到，但现在这样可比之前轻松多了。船长每天晚上都会给我带来一小包食物，他会小心地为我准备好零食、甜点，甚至还有一点儿葡萄酒。船长和我一致认为，从现在开始，不到万不得已，我不要再做任何事情吓唬船员们了。不过，我还是得时不时留下一两个标记，好让他们知道雷霆船长还躲在船上某个隐蔽的角落里盯着他们。只要嗅到了一丝叛变的气息，他就会出来收拾他们。

戈登史密斯船长告诉我，我们再过一个星期就可以抵达矿石岛了。这座岛的首都是格里姆堡，大部分矿石精灵都住在那里。船长说矿石岛是世界上最美丽的土地（至少在他眼里）。有天晚上聊天时，他突然说起了一件让我非常在意的事情，他提到了矿石岛的国王——塞缪尔·奥尔，以及这位塞缪尔·奥尔是如何始终不肯与邻邦——白霜领地的统治者和解的。

白霜领地！休伯特·艾·西科勒勋爵，那位把我从海里救出来的好心老人！白霜领地的总督！我们的命运居然再次交织在了一起，真是太奇妙了！我们俩要是又相遇了，肯定会很有趣的。要是知道凯珀马戏团上演了多么精彩的表演，他肯定会很高兴。

戈登史密斯船长非常喜欢历史书籍。在他船舱的书架上，有几本厚厚的大部头著作，讲的全是矿石岛的历史、矿石精灵大军的英勇征战以及白霜矮人和矿石精灵之间的战争。他借了一本给我，我可以借此机会了解一下我们即将到达的这片土地。

之后的一天晚上，确认船员们都睡着之后，我像往常一样冒险来到了甲板上，呼吸着咸咸的空气，聆听着海浪的节奏。罗斯提和卡拉特在守夜，但我用不着太担心他们俩。我现在已经摸清了每个船员的习性，知道他们中哪些人我应该小心，以及哪些人是我可以忽略的。

但不知为什么，这一次的情况有些不同。我当时正站在船尾的甲板上，突然听到一声恐怖的厉声尖叫，紧接着又听到翅膀拍打的声音，还不是普通的翅膀！听起来好像有一群巨鸟盘旋在铜天使号的上空。守夜的矿石精灵们好像也才注意到那些巨鸟，因为他们突然跳了起来，把甲板全都跑了个遍，检查船身有没有遭到攻击。他们没有注意到我，因为我迅速溜进了一个装满清洁用品，又正好开着门的壁橱里。

但是鸟群并没有对这艘船做任何事情。罗斯提和卡拉特看了它们一会儿，然后，他们一致认定这群黑海鸥只是在此巡逻。还好我那天下午读了戈登史密斯借我的书，所以我知道那些就是在矿石岛悬崖上筑巢的黑海鸥。这些黑海鸥常年在附近水域巡逻，监视着任何可能靠近它们家园的船只。

总之，并没有发生什么可怕的事情。但是紧接着，那个讨厌的罗斯提发现壁橱的门没关，于是他朝壁橱走了过来，打算把门关上。他一定会看到我的！

好在夜晚寒冷的空气救了我一命！

那时天气已经变得非常冷了，晚上你甚至能清楚地看到自己呼出的雾气。罗斯提走到壁橱前时，我屏住了呼吸，寄希望于他懒得开门，直接走开。但是，不，那个混蛋抓住了门，然后……我现在也没什么选择了。我阴沉沉地发出了一阵像是鬼叫一样的声音，然后慢慢地往外呼气。从我嘴里呼出来的那一小口气很容易会被人误认为是烟，特别是那些深信这艘船闹鬼的人！

我躲在扫把中间。

就是这么回事！罗斯提惊恐地尖叫一声，往后一跳，然后他抓住卡拉特的胳膊，飞快地跑开了。我不禁在想，或许他脖子上的那条红线又在隐隐作痛了吧！他现在肯定认为残暴的雷霆船长的鬼魂就藏在清洁用品中了。

当然了，他们一走，我便立刻跑回了货舱。第二天，我听到其他人说罗斯提和卡拉特病了。看来在我们到达格里姆堡之前，他们俩甚至都不敢到甲板上来了。

如果我没数错的话，只剩两三天了！我都等不及了。在那之前，我会读一下矿石岛精灵的简史，也就是说，等我们入港登陆时，我已经是个饱学之士了。

我和戈登史密斯船长一致同意，在抵达港口的前一天和刚入港的几个小时期间，我就待在他的船舱里。他不想让任何船员在卸货时发现我的存在。对此我完全同意！我宁愿在船长的船舱里休息半天，那里相当暖和。两个月以来，我终于能在一张像样的床上躺一会儿了！

第二十一章　格里姆堡

船员们停好了船，卸下了货舱里的货物。我向窗外望去，看到罗斯提时不时朝着货舱黑暗的深处投去一丝恐惧的目光。可怜的家伙，他喉咙上的红线还没洗干净（他用围巾遮住了它，所以现在只能偶尔瞥到围巾下的红线）。

给水手们付完工资并下达了下一趟旅程的指示后，戈登史密斯船长回到了自己的船舱。

“我从没想过会对自己船上的偷渡者心怀感激。”他微笑着说道。

“我也从没想过自己会成为一艘船上的偷渡者。如果可以的话，我会去操作船帆的。”

戈登史密斯拿出一个装满了钱的小袋子，给了我十枚金币。

“别开玩笑了，”我说道，“偷渡者要什么工资！”

“这名偷渡者乘船的费用由雷霆船长的鬼魂付了。”他答道，“我想给我的好朋友杰克·波拉斯一点儿零钱，这样他便能在格里姆堡找个像样的房间住了。北方的夜晚非常寒冷。”

戈登史密斯船长紧紧地握了握我的手并祝我好运。看着眼前这座阴森、昏暗，且鲜有船只靠岸的城市，我想我的确需要一点儿运气。有一件事是肯定的：如果世界上有一个地方是我绝对不可能找到风之女王号踪迹的，那就是这里了！我必须尽快离开这里！

我把城里的大街小巷全都转了一遍，最后终于在城市边缘的一条路旁找到了一间相当破旧的小房间。只用付两枚金币，接下来的两个月我都可以住在这里。我还买了一件漂亮的厚外套，主要是因为这里的天气实在太冷了，气温似乎还在不断下降，虽然秋天才刚刚开始。这里的夏末不仅非常寒冷，而且总是暗无天日。格里姆堡并不是一座非常友好的城市。这里从来没有一缕阳光，从不下雨，甚至连一丝微风都没有。这里没有植物，没有灌木丛，没有树，没有花，目力所及之处尽是地衣。摩尔和索尔估计会在这儿玩得挺开心，但即便是他们也没法在这里挖掘隧道，因为这里所有的东西都是由大小石块做成的。矿石岛除了石头什么也没有！这座岛上尽是悬崖峭壁。

从海港通向外部的通道只有一条，面向着北方。这座城市仅有的一点儿光亮全都来自这里，船只也是通过此处驶入港口的。

由于这里从来不起风，所以你根本无法驾船驶离港口。不过，港口里有一艘拖船，它能将需要出航的船只拖入公海。

就我观察，拖船上的工作非常粗暴。划桨的矿石精灵必须使出吃奶的力气把船拖出港口。在格里姆堡，罪犯不会被打入大牢，他们会被送去拖船上工作。这些可怜的家伙只有晚上才能返回各自的牢房，白天，他们全都会被铁链拴在拖船的长凳上。不过，在船上工作的还不只是他们，任何没有工作的流浪汉或乞丐最后都会上拖船去干活儿。那里总会需要身强力壮的人，而工作一天的报酬也只够买一天的食物。

所以，如果我找不到工作，拖船的长凳上总还有一个位置在等着我。我想既然要找工作，那不如先尽我所能多了解一下这座城市和这座岛屿。我甚至愿意和格里姆堡的居民交朋友，不过，他们似乎不怎么愿意。我以前从未遇到过这样的事情。我来这儿已经一个多星期了，一个朋友也没交到！

终于！我遇到了一个可以好好聊几句的人。菲利克斯·伯克赛特，这是他的名字。

矿石岛是一块极其富饶的土地，整座岛屿其实就是一个蕴藏着各种稀有矿石的巨型矿山网络。矿石精灵们夜以继日地开采着各种贵重的金属，而他们绝大部分的发明也都与这项工作有关。

矿山里有一种非常稀有的晶体，它的名字叫作邦格石晶。矿工们在开采邦格石晶时必须戴上耳塞，因为每一次锤击都会发出一阵震耳欲聋的锣声。矿工们把它敲成碎片，然后和铁混合在一起，制作出了以牢不可破而著称的矿石岛挂锁。倒不是说这种锁真的牢不可破，只是如果你用锤子一敲，或者用小刀一戳，它们就会发出“乒”“乓”的响声，那锁的主人便立马能知道有人要偷东西了。

邦格石晶锁举世闻名。当然了，这在很大程度上取决于与铁混合时放了多少邦格石晶在里面。便宜的锁里只有一些碎屑，你只有在很用力地敲击时，它们才会发出响声。但据菲利克斯所说，警方和矿石岛军队中士兵们用的锁，你只要轻轻一敲，那响声就能把你震个半聋。我能想象得到他们用什么样的锁来保护国王金库了！

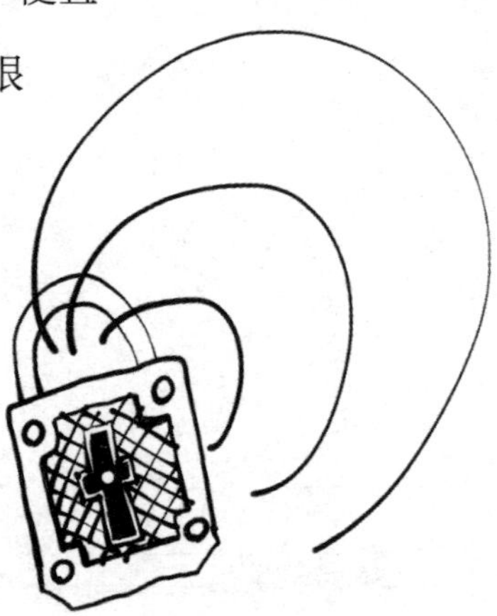

我不只了解了这些关于邦格石晶的事情，我还去了矿石博物馆。我很想多了解一下矿石精灵们所使用的发明，也很想了解一下他们在矿山里所做的工作。

我跟你说，看到博物馆里的展品时，我简直目瞪口呆。他们展出了来自世界各地的水晶，不用说，还有许多矿石精灵们的发明，比如邦格石晶挂锁、金属垫圈，还有把矿石从矿井深处运往地面的小车。而且，这些东西并不只是单纯地展出，你还能去实际操作一下！我在那个博物馆里待了整整一天，我已经很久没有这么开心过了！

博物馆里还有一帮学生，带队的是一名留着很长胡子的老师和一名年迈的警卫。那名老警卫在说一些非常有趣的事情，所以我也加入了他们。虽然我站在后面，但仍然能听到他所说的一切，他详细地介绍了很多关于采矿和矿石方面的科学知识。这名警卫不是别人，正是我的新朋友——菲利克斯。

首先，他向孩子们解释了晶体是如何在深山中形成的，但他并没有喋喋不休。他把水倒进一口大坩埚，点燃了下面的炉子，并在水里融化了一些粉红色的粉末。然后，他给了每个孩子一根小棍子。等坩埚里融化的粉末烧得足够热之后，孩子们纷纷把棍子浸入其中，直到棍子上形成了美丽的粉红色晶体。之后，菲利克斯又向他们展示了在他们脚下的岩石中所发现的不同矿石，并告诉了他们辨别每种矿石的方法。

当我们走进隔壁房间时，每个人都惊讶地倒抽了一口气，这里一片漆黑，没有一丝光亮。所有孩子（还有我）一人拿了一个小提灯，然后我们便开始了探索。这个房间被布置成了一段矿山通道的样子，而且是一座富含各类矿石的矿山。我们非常仔细地慢慢向前走着，因为这里感觉就像在一个真的山洞里。但当我们举起提灯照亮墙壁时，蕴含着各种晶体的石头立马反射出了五颜六色的光芒。我们的目标是看谁能找到最多的矿脉或晶体，以及谁能正确地识别它们！即使是跟矿石精灵孩子们比赛，我也毫无胜算，因为在格里姆堡，采矿和矿物学是小学的必修课。

他们把最好的部分留在了最后！在最后一个房间里，你必须坐进一辆矿车，再由一条巨大的铁链拖至出口。孩子们都在热烈地讨论着他们一会儿将会如何回到父母身边，每个人都决定自己有朝一日也要成为一名专业的矿物学家。菲利克斯的这项工作非常伟大，是他培养了孩子们把采矿作为科学和冒险的兴趣。

孩子们走后，我问老警卫菲利克斯，我能不能回那个展示各种发明的房间里去。其中有几件设备着实引

起了我的注意，我想再仔细看看。菲利克斯点了点头，由于当时博物馆里并没有其他的参观者，所以他也和我一起去了。

菲利克斯什么都知道！他详细地向我讲解了所有的设备和工具，我瞠目结舌地听了整整两个小时。他不仅告诉了我这些设备是如何工作的，比方说他们用来漂白黄金的机器，还告诉了我每个设备的历史。他跟我讲了黄金骑士们的故事，据说他们能把黄金（矿石岛上的矿里有非常多的黄金）变成其他各种金属。有时，甚至连国王的安全也会受到他们的威胁！例如，一百八十年前统治矿石岛的本德古兹·奥尔国王就没能逃过此劫。他颁布了一项法令，禁止骑士们用矿井里的矿石做实验。两天后，他被发现死在床上，脖子上还挂着一条金项链。人人都知道黄金骑士们与他的死有关，但谁也没有任何证据。菲利克斯说，自此之后，矿石岛的国王便再也不敢干涉骑士们的事务了。

我们聊得太投入了，不知不觉就到了博物馆闭馆的时间。菲利克斯问我愿不愿意和他一起去绿波酒馆，那是他下班后经常会去放松一下的地方。

“他们那儿的杜松子白兰地很好喝，”他眨了眨眼睛说道，“如果我们运气好的话，说不定还会有无花果蜜饯。今天是星期五，他们会给客人上香草蛋奶沙司。要是错过了这种机会，那简直就是犯罪啊！”

我很容易便被说动了心。这地方真是太棒了！没错，就是绿

波酒馆。酒馆藏身于一条满是垃圾的狭窄小巷里，从外面看并不怎么有吸引力。酒馆门口到处都是灰尘，东倒西歪的门上挂着一块油漆严重褪色的旧牌子，你甚至都看不清上面到底写了什么。酒保也没有时间再做一个新的，他抓起一桶绿色油漆，在墙上和门上画了一道绿色的波浪。看上去真是糟糕透顶的涂鸦。你要是不知道这扇门通往绿波酒馆，肯定会以为那是某个街头顽童画的。这油漆本身的质量也不好，雨水已经把墙上好几处图案都冲掉了。

但内在才是最重要的！虽然由于人气过高，总是人满为患，但绿波酒馆真的是一个非常棒的地方。菲利克斯是这儿的常客，他有自己常坐的桌子，酒保总会帮他把位置留出来，所以，我们还有舒舒服服的位置可以坐。菲利克斯只是挥了挥手，服务生便立马给我们送来了无花果、蛋奶沙司和杜松子白兰地。

我们一直闲聊到了深夜。他告诉我，塞缪尔 · 奥尔国王的所作所为让他感到非常震惊。他解释说，几个世纪以来，矿石岛一直在与邻邦白霜领地交战，但近来一段时间，白霜领地的国王一直试图进行和平谈判。

“要我告诉你这一切不幸的根源是什么吗？”菲利克斯边问边侧身向我靠近了一些，“傲慢和贪婪！矿石岛比白霜领地富裕得多，我们只有一样东西不如他们多，那就是白银，我们这里一点儿白银也没有。在我们的矿井里，你能找到最稀有的矿石，但就是找不到白银。这个问题甚至让黄金骑士们也感到很不安，他们不知疲倦地反复尝试，希望能找到一种把金子变成白银的方法，因为他们不能容忍白霜领地的人拥有自己没有的东西！”

“但金子比白银值钱多了。”我反驳道。

“没错，但矿石岛的国王们都非常虚荣，他们想要白银，不惜任何代价。白霜领地南部的冰川谷就富含白银，那里拥有世界上最大的银矿。”

“所以矿石岛和白霜领地交战了几个世纪？”我一边问，一边难以置信地摇着头，“就为了几个无聊的银矿打仗？”

“没错！”菲利克斯答道，“而如今在位的塞缪尔·奥尔国王非常坚定，甚至可以说是走火入魔了。他一遍又一遍地重申冰川谷曾经是属于矿石岛的，还坚称矿石岛的人们有权将它夺回。”

“可那就意味着要入侵白霜领地了。”我激动地说道。

“确实，”菲利克斯嘟囔道，“我感觉有大事要发生。矿石岛军队的指挥官——奈特将军一直在外围地区进行演习。”

“什么外围地区？”我问道。

“外围地区是岛上的一大片禁区，军队在那里举行军事演习。那里也是训练黑海鸥的地方，不过，任何人都不得靠近它们的筑巢地。在早些时候，这些地区都还不是禁区。我以前常在悬崖峭壁间散步，收集黑羽毛。但自从奈特将军接管军队以来，外围地区就被封锁了，军队正在为什么事情做着准备。”

“我真想知道是什么事情！”

“从今天算起，还有两周就到海鸥节了。我想我们到时候就能窥得一二了。”

菲利克斯说这是矿石精灵们一年中最重要的节日，每个人都可以放假一天。墙上会挂满五颜六色的横幅和旗帜，大街上则挤满了卖银质小哨子的商人。黑海鸥是可以驯化的，但它们只听从吹响海鸥哨的人发出的命令。当然了，黑海鸥不会对街上出售的那些普通哨子发出的哨声做出任何反应。不过，每个人都会在海鸥节时给自己买一只哨子，纯粹为了好玩。当海鸥表演开始时，每个人都会吹响自己的哨子。你可以想象我有多想亲眼见证那一幕吧！

菲利克斯说，为了进行海鸥表演，他们会开放悬崖上的看台，到时候观众将蜂拥而入，每个人都渴望亲眼看看由奈特将军率队展开的阅兵式和海鸥游行。将军有一支真正的海鸥哨。而据菲利克斯所说，世界上大概只有五只真正的海鸥哨。

他还向我讲述了白霜骑士们的故事，他们曾是白霜领地上最勇敢、最令人畏惧的战士。那时，每一位白霜骑士都有一支海鸥哨，他们会骑在黑海鸥的背上翱翔天际。然后，菲利克斯又给我讲了白霜领地之前一位国王——懒惰的奥托的故事。这个奥托是个笨手笨脚的傻瓜，矿石精灵从他和他手下的骑士那里偷走了所有的海鸥哨。接着，黑海鸥便转而听从矿石精灵的命令，并在矿石岛的悬崖上筑了巢。从那以后，矿石岛的精灵们便每年庆祝海鸥节来纪念这一胜利。

距离海鸥节只有一周了，整个城市都兴奋起来。人们已经挂起了彩旗，商店里到处都是骑士的服装和饰有黑色羽毛的帽子，面包店也在出售海鸥哨造型的点心和蛋糕。我也想买一只海鸥哨！可惜黑海鸥不会听从我的命令。

菲利克斯邀请我和他一起过海鸥节。或者更确切地说，是和他们一起，和他还有奥莉。我今天下午遇见了奥莉，当时，我正在帮菲利克斯把五罐矿泉水运回家。可怜的老头，他的脚时不时会疼得很厉害。每次疼起来，他就得用矿泉水煮草药，然后把脚放进去泡上几个小时。

我们找了一辆手推车，把装水的罐子放了进去。菲利克斯在前面带路，我则推着手推车跟在后面。这并不是很难，等我把几罐矿泉水全搬上三楼之后，我也只出了一点点汗。可怜的菲利克斯！难怪他就算脚疼也很少泡脚。

当我们搬起最后一罐矿泉水时，公寓一楼的门开了，一个灰皮肤的银发老妇人探出头来。她的脸上布满了皱纹，但那都是笑出来的，每一条都是！光是看着她便会觉得很开心，因为她不知道为什么就是散发出一种充满喜悦的光芒。

“嗯，菲利克斯，看来你给自己找了个强壮的帮手。”奥莉微笑着说道（对，这个矿石精灵小妇人就是奥莉）。

菲利克斯点了点头。

“你肯定要请你的朋友喝一杯的吧！”她说道，“你要是能稍微等一下，我去给你们拿点姜饼。”

“我亲爱的奥莉，”菲利克斯几乎给她鞠了一躬，接着说道，“让我亲吻一下你纤巧的手，以表达我对你的感激。”然后，他真的就这么做了！

我和菲利克斯搬完矿泉水，在他的公寓里坐下来休息。

“奥莉是个奇迹，”他叹了口气说道，“她是我晚年生活里的阳光。”

后天就是海鸥节了！

我在城市里悠闲地四处漫步，我能感觉到四周的期待和兴奋。矿石精灵们比平时健谈了许多，也友好了许多，酒馆和餐馆里全都挤满了人。我竟然找到了一个非常隐秘的小店，就连它的名字也非常诱人——锤头鲨酒舍。门上挂着的招牌上就是这么写的。起初，我只是好奇地往里看了看，但最后，我还是留了下来。

明天就是海鸥节了。菲利克斯和我约好，一大早我先去他家和他还有奥莉会合。我很高兴有人能陪我一起去。

第二十二章　海鸥节

好吧，我有的是时间来叙述海鸥节期间的活动。我未来几周都不会出门了，至少每次奥莉给我送热汤来时是这样。因为我向她保证，在退烧之前，我绝对不会强撑着出门。

菲利克斯每天下午下班后也会顺道来看我（就是他帮我把这本日记带过来的），他甚至从绿波酒馆给我带来了一些无花果蜜饯。他们对我非常细心、温柔和体贴。医生说，我能挺过这一关，到头来只是得了一场有点严重的肺炎，简直是个奇迹。这几天我一直在睡觉，三天后，我感觉好多了。在我的恳求下，医生批准我回家。

好了，说回海鸥节。

整个节日的开场非常华丽。清晨，我在哨声中醒来，矿石精灵的孩子们从黎明到黄昏一直在吹哨子。吃完早餐后，我漫步到

奥莉家喝了杯咖啡，然后便出发去看台。

看台位于峭壁上方的一处高地上。由于军队会在此进行军事训练，整块区域大部分时间都是禁止入内的。沿途向上的道路两旁通常都有重兵把守，但为了庆祝节日，人们在悬崖上也挂起了彩旗，引导员愉快地指引着人群前往游行现场。由于格里姆堡秋季和冬季天黑得很早，所以户外活动通常都会在早上举行。即便如此，也只能看到几缕微弱的光线，因为天空仍然布满了深灰色的云。

然而，奥莉却一直在说，他们已经很久没有遇到过海鸥节当天天气这么好了。

不到半个小时，看台上就挤满了矿石精灵，大家都急切地等待着演出的开始。这可真是一幕壮观的景象！人群中尽是灰皮肤、留着铜色胡子的矿石精灵男人，有着一头金发的矿石精灵小孩儿，以及披着长发、身穿毛茸茸的皮衣外套的矿石精灵女人。

塞缪尔·奥尔

看台中间几乎已经坐满了，我们决定在看台侧面找个地方先坐下来。奥莉说我们应该坐在靠近大海的那一侧，这样的话，一会儿海鸥起飞时，我们便能看得更加清楚。

等所有人都落座之后，矿石岛国王塞缪尔·奥尔出现在了皇家包厢里，全场顿时响起山呼海啸一般的欢呼声。他高高举起手臂，优雅地向他的臣民挥手，然后做了个手势，示意演出可以开始了。

节日庆典以一场盛大的阅兵仪式拉开了帷幕。我终于见到了那位著名的奈特将军，菲利克斯此前跟我讲了很多关于他的故事。我得承认，他真是个令人印象深刻的角色。他比一般的矿石精灵至少高出一个头，表情非常严肃，穿着也非常简朴。他手下的士兵们以极其卓越的纪律性和精确性完成了各项展示。

当士兵们列队走出舞台时，看台上传来了一阵嘈杂的声音。大家纷纷转向大海的方向，紧盯着悬崖和地平线，谁也不知道黑海鸥到底什么时候会从哪里飞出来。奥莉说，海鸥们可以贴着地面飞过悬崖上最狭窄的裂缝，还可以在空中做出一系列精彩绝伦的翻转和盘旋。据说奈特将军在如何管理手下这支海鸥中队方面天赋异禀，自从他被任命为指挥官以来，他们已经为阅兵式献上了多次惊人的视觉盛宴。

“看那个小女孩儿！她太兴奋了。”奥莉朝大海的方向点了点头，微笑着说道。

她说的没错，一个矿石精灵小女孩儿想要看得更清楚一些，索性爬到了悬崖顶上。脚下呼啸着的大海似乎一点儿也没让她觉得恐怖。

“勇敢的孩子！”菲利克斯嘟哝道，“铁靴崖实际上比我们从这儿看到的高多了。”

要我说的话，即便从我们坐着的位置看，那里也已经相当高了。我想那小女孩儿是对的，从上面看视野肯定非常好！毕竟，我以前也很喜欢从瞭望台里眺望大海。不过，她在上面还是小心为妙！

突然，看台上的人群爆发出一阵欢呼声，大约五十只黑海鸥振翅从悬崖后面飞了出来，一阵刺耳的声音几乎震碎了我的耳膜。后来我才知道，那便是海鸥哨的声音（真正的海鸥哨）。海鸥们都没有叫，它们所发出的唯一声响就是挥舞巨翅时强劲的嗖嗖声。它们以最复杂的队形飞过天空。当向下俯冲时，它们几乎要碰到看台上矿石精灵们的头了，然后，它们迅速地一扇翅膀，再次飞向高处，在空中分为两队，彼此像是镜像一样地翱翔天际。之后，它们又重新混合成一支队伍。真是太壮观了！我两次把目光投向铁靴崖。那名小女孩儿不仅看得目瞪口呆，还张开了双臂，仿佛她正在与那些巨鸟一同飞翔。

黑海鸥接着又是一连串的绕圈飞行和花式翱翔。我目瞪口呆地看着，满心好奇他们到底是怎么教会这么多鸟儿跳出如此复杂的空中舞蹈。可突然一下，好像有哪里不对劲了，黑海鸥们本来整齐的空中编队开始瓦解，谁也不知道到底发生了什么事情。但过了一会儿，鸟儿们又恢复了平衡，再次完美地同时扇动起翅膀。

不一会儿，我们就明白刚刚是怎么回事了。一股意想不到的风从矿石岛深处吹了出来。空中的鸟儿比看台上的我们早一两秒钟感受到了这阵风，这让它们多少有些猝不及防。但是，要想打乱黑海鸥们精心编排的表演，一阵微风恐怕是做不到的，它们再次优雅地划过天际。看着它们飞翔真是一种享受。

我朝那个女孩儿瞥了一眼，想看看她是不是还在欣赏演出。这一看可把我吓了一跳，刚刚那阵风把她刮倒了。从我在看台上的座位看过去，她似乎没有受什么重伤，但她一直用双手捂着额头，看样子很可能是撞到了头。所以，当第二阵风吹过时，她完全措手不及，什么也没能抓住。

在看台上，我们还没有真正地感受到这阵旋风的威力，但它就像托起一个绒毛球一样把女孩从悬崖上吹了起来，很

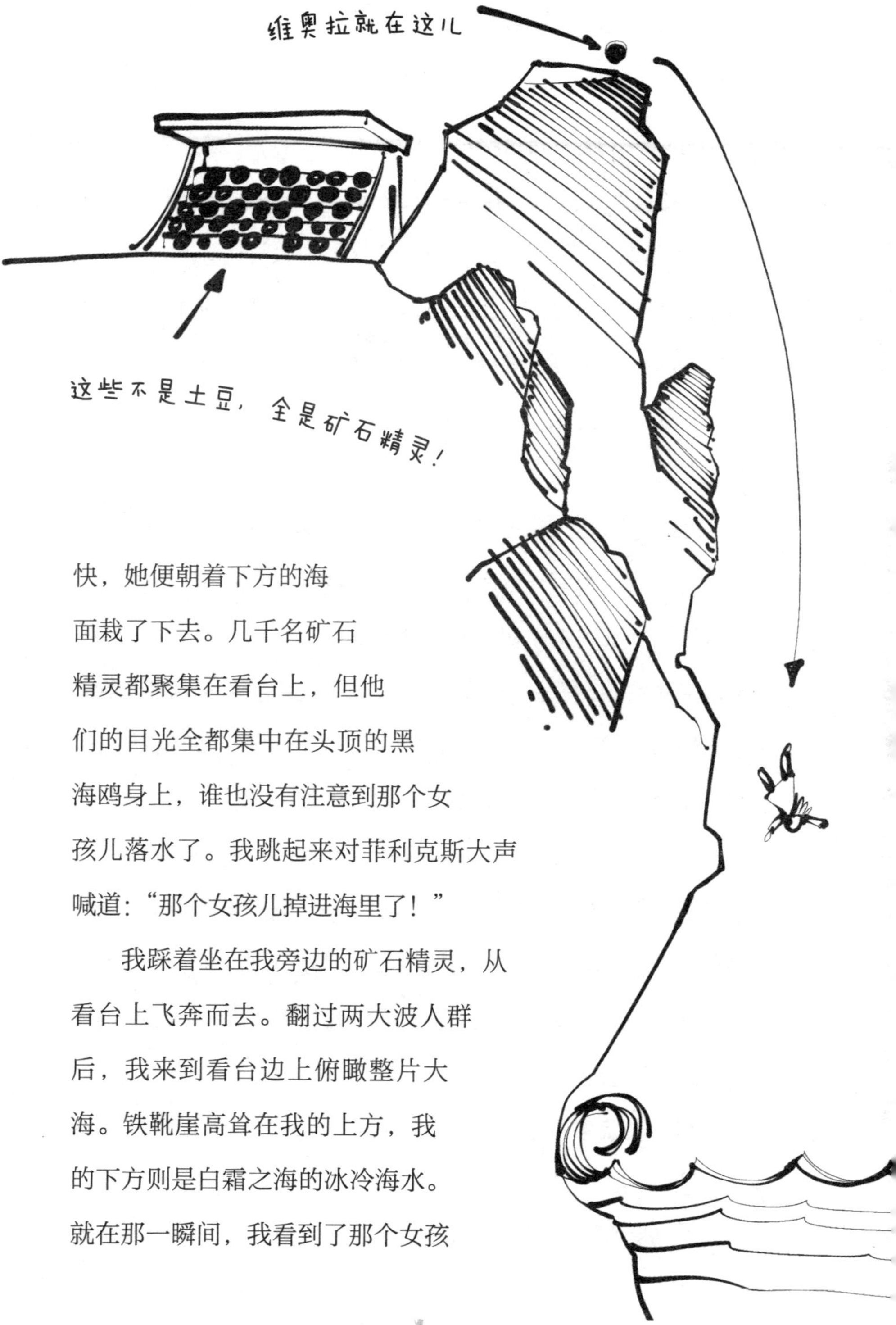

快，她便朝着下方的海面栽了下去。几千名矿石精灵都聚集在看台上，但他们的目光全都集中在头顶的黑海鸥身上，谁也没有注意到那个女孩儿落水了。我跳起来对菲利克斯大声喊道：“那个女孩儿掉进海里了！”

我踩着坐在我旁边的矿石精灵，从看台上飞奔而去。翻过两大波人群后，我来到看台边上俯瞰整片大海。铁靴崖高耸在我的上方，我的下方则是白霜之海的冰冷海水。就在那一瞬间，我看到了那个女孩儿。谢天谢地，她没有直接摔在海浪中凸起的岩石上，这简直是个奇迹！她竟然还活着，并且正在汹涌的海浪中拼命挣扎。

然后，我纵身跳了下去。当我径直坠入大海时，我试着让自己做好迎接严寒的准备，但收效甚微。我这一辈子都不会忘记自己被冰冷的海水包裹住的那一瞬间是什么感觉。我的肺好像要结冰了，有那么一会儿，我觉得自己全身的肌肉都麻木了，我整个人都被冻僵了。

冰冷的海水让我只能半睁着眼睛，但那个女孩儿就在离我不远的水里挣扎。她疯狂地挥舞着双臂，我看得出她根本不知道自己在做什么。我向她游了过去，试图伸手抓住她，但她没有意识到我是来救她的，还在一个劲儿地拼命挣扎，我们俩都差点淹死在冰冷的海水中。最后，我想起爷爷在我小的时候教给我的一件事情：如果有人溺水了，你必须抓住他的衣领或头发，把他拉到岸边，因为如果你让他抓住你，他很可能会拖着你一起沉下去。

于是我用一只手抓住女孩的头发（小心翼翼地确保她的头一直都露在水面之上），另一只手划着水，朝最近的礁石游去。如果菲利克斯和奥莉没有通知救援队和那些黑海鸥，我怀疑我们根本不可能坚持到陆地。

奥莉到医院来看我时告诉我，我一跳进海里，他们就开始声嘶力竭地喊叫起来。他们深知，只有赶紧把我们从冰冷的海水中救出来，我和那个女孩儿才能活下来。他们还意识到，除了那些黑海鸥之外，或许没有人能及时赶到，于是他们又吼又叫，直到周围的人都把目光从优雅的空中芭蕾转向他们。然后，他们周围的每个人都开始响应他们的呼喊："救命！有孩子落水了！"一直在看台上指挥整场表演的奈特将军立即吹响了他的海鸥哨，命令海鸥们停止表演。待他明白发生了什么事之后，他又吹了一声哨子，两只海鸥旋即离开鸥群，向海面俯冲下去。

关于这一段，我所记得的就是，正当我开始觉得那个女孩儿和我永远也到不了岸边时，两只大鸟出现在我头顶的天空中，径直朝我们俯冲了下来。幸运的是，它们很聪明，没有试图用它们锋利的尖喙把女孩从水里叼起来，不然她肯定会被严重划伤的。两只海鸥采取了别的救援方法，它们双双落在水面上，对我叫了起来，想让我帮助这个女孩儿爬到最近的一只海鸥背上。可怜的女孩儿已经几乎没有知觉了。我尽力把她从水里推上去，另一只海鸥则用嘴托住她的身体，努力把她抬了起来。她仅剩的一点儿力气刚好够她抓住海鸥的羽毛。

那只黑海鸥优雅地扇动了一下巨大的翅膀，从水面飞了起来，几分钟后，它便把女孩儿放在了奈特将军身边。另一只海鸥也竭尽全力把我从水里救了出来。一出水，我立马开始全身哆嗦起来。我的衣服湿透了，而寒风又是那么的刺骨。

海鸥不仅身手敏捷，而且非常聪明，它竖起羽毛，好让我暖和暖和身子，然后飞到了看台上。这会儿，已经有一大群人聚集在了将军周围。救援队用暖和的毯子把女孩儿裹了起来，然后小心翼翼地把她放在担架上，送去急救。将军本人简直被吓坏了，原来，这个女孩儿正是他最小的女儿——维奥拉。

塞缪尔·奥尔命令自己的私人卫队护送救援队把维奥拉送回了王宫，御医会在那儿为她进行检查。他们同样也向我冲了过来，迅速地用一张干燥的毯子把我裹了起来。我坚持说自己用不着担架，但他们还是把我放上担架，径直送到了医院。我仍然冷得浑身发抖，几乎都不能走路了。医院的主治医生说，我需要做的第一件事情就是洗个热水澡，然后他要求我至少留院观察几天。

我虚弱地挥了挥手，同意先在医院住一晚。事实证明，这是个非常明智的决定，因为还没过几个小时，我便开始咳嗽，还发起了高烧。等到了早上，我已经虚弱得连下床都办不到了。

下午，奥莉和菲利克斯到医院来看望我。不只是他们，将军也亲自来了！他使劲地握了握我的手，感谢我救了他女儿的命。

“那可怜的女孩儿怎么样了？”我用沙哑的声音虚弱地问道。

“发烧，咳嗽，卧床不起。”他答道，“我们希望她要对付的只是肺炎，而不是什么其他更严重的问题。国王陛下的御医正在王宫里照顾她。”

将军没有在病房里待很长时间。离开前，他又坚定地握了握我的手，还问我需不需要什么东西。他答应把我最真挚的早日康复的祝福带给他的女儿。护士们看到他时都瞪大了眼睛，她们还从来没有在自己的医院里见过这么有声望的矿石精灵。

我迫不及待地想要呼吸一点儿新鲜空气。奥莉告诉我，由于海面开始结冰，港口已经被关闭了。她说，这个海湾每年冬天都会结冰，所有的矿石精灵，无论是大人还是小孩儿，都会穿上滑冰鞋去冰面上玩。冰封的海湾表面一向非常光滑，由于没有海浪，这里非常适合长时间的滑冰。

奥莉还告诉我，港口有很多地方可以租到滑冰鞋。我很想尝试一下，因为我这辈子还从来没有滑过冰。不过我也答应了她，在身体恢复之前我是不会去滑冰的。我修养期间第一次出门穿了好几件保暖的衣服，以免再次受冻生病，然后好好地走了很长一段路。一路走下来，我觉得非常疲惫，所以暗暗发誓一定要尽快恢复健康。于是当天下午的时候，我又去散步了，倒不是因为我想散步，而是因为我想变得更加强壮。然后，我喝了一杯热茶，一觉睡到大天亮。

我浑身无力地过了好几天之后，终于恢复了体力。不得不提的是，我在锤头鲨酒舍惊讶地发现罗斯提、斯丁普和沃尔福坐在一张牌桌旁。铜大使号在海湾开始结冰之前就起航离开了，显然，戈登史密斯船长还没有笨到让这名奸诈的水手长和自称是他手下的人继续待在船上。

第二十三章　维奥拉

今天，我去博物馆拜访了一下菲利克斯，给了他一个惊喜。他见到我很高兴，马上给我看了最新的发现——他们在仓库里找到的几件旧采矿设备。矿灯、锤子和手持鹤嘴锄，每一件都异常精巧，每一件都有着几百年的历史。菲利克斯正在考虑如何用它们来做一场激动人心的展览。

“我们应该每样都做几件复制品，让游客可以自己上手试试，看看挥舞一把老式手持鹤嘴锄是什么感觉。我们可以建一个小的采石场，事实上，悬崖美术馆的最底下一层就有一个。每个人都可以试一试，看看用鹤嘴锄敲石头是什么感觉。如果我们能用陶罐做出一百盏矿灯，那孩子们就可以试着画出古代矿石精灵在他们的灯具上所画的那些图案。”

听起来是个挺棒的主意，所以我主动提出来要帮他的忙。

“我很乐意帮你做鹤嘴锄的把手。如果你能弄到黏土，我也可以帮忙制作用来装灯的陶罐，做几百个都行！几周之内，你所需要的一切就都能准备好了。”

菲利克斯高兴得几乎跳了起来。他抓起钥匙，带我去了博物馆修补匠的工作室。

“这里暂时没人，所有的工具和原材料这里都有。只要你觉得自己身体可以，做这件事也没什么问题，那你马上就可以开始动手。”

我立即着手工作起来。首先，我做的是鹤嘴锄的把手。陶罐的制作我还得花时间再琢磨一下，因为我从来没有做过类似的东西。

距离我上次写日记已经过去两周了。这期间我每天都去博物馆，在修补匠的工作室里一直干到闭馆的时间。把手全都做好了，我已经开始着手做灯了。菲利克斯给了我一个旧的木制脚手架，据说是三百年前一位黄金骑士用来放置实验用具的。木质材料已经严重腐烂了，我们必须非常小心地对其进行修复。不过，这也是一项令人非常兴奋的工作，我很高兴终于有事情可以让我动动脑子了。

我有没有说过在这段时间里我学会了滑冰？我可能忘记把它写下来了，因为头几次我摔得很惨，根本没那个心情讲述细节。但我现在已经掌握了窍门，甚至可以八字滑行和原地转圈了。维奥拉说如果我愿意，她还可以教我翻筋斗。我其实并不想学，不过我没有向她承认这一点。

我猜你一定在想，我和维奥拉已经做了多久好朋友了？好吧，我告诉你。上周，我一路溜达到了港口，想要尝试一下滑冰，这还是我人生中的第一次。路过第一个租滑冰鞋的地方，我就租了一双皮质鞋带的滑冰鞋。接着，我坐在码头上，把鞋子结结实实地穿在脚上，站上冰面，然后……仰面摔倒在地。

别笑！刚开始几次确实没那么容易！

所以，我又试了试。我很快就掌握了窍门，而且喜欢上了滑冰。刚开始时，光是来回滑就很有趣，但随着我越来越熟练，慢慢地，我已经能够在冰面上飞驰了，那感觉就像在冒险故事里一样。我一直很喜欢高速移动，听着风在我耳边呼啸而过的声音。在大海上航行最棒的体验之一就是遇上强风时，船会乘着风越过海浪。

我整个下午都在滑冰。离海岸越远，矿石精灵就越少，我也就可以滑得越快，而且周围有很大的减速空间，这一点非常好，因为我还没有学会正确的刹车方式。在一次滑行中，自己滑得太快，以至于根本没办法及时停下来。我意识到，自己要么栽倒在地，趴着滑下去，要么就得一头撞死在港口的墙上。但就在这时，突然有一个人从我旁边滑过，一把抓住了我的手，用坚定的声音说道：“别往前倾！”

与此同时，她自己开始刹车，并拽住我的胳膊把我的速度也拖慢了下来。终于，我们在撞墙前停了下来。

“非常感谢！你救了我一命。”我说着向她转过头去。

“就像你之前救了我一命一样。”她哈哈大笑着答道。

看着她的脸时，我认出了她，维奥拉，那个从铁靴崖顶部坠入大海的女孩儿。

我刚才说得有些夸张了，即使撞到墙上，我也不会死，但如果没有她帮我停下来，我可能会把自己撞得很惨。可她是怎么在千钧一发的时候发现我需要帮助的呢？为什么偏偏是她呢？她本来在那里做什么？我们俩其实从未真正见过面，我最后一次见到她时，她被一只黑海鸥包裹在羽毛里，飞离了白霜之海的水面。

“你一直在看着我吗？”我问道。

“我也喜欢来这儿滑冰，这边人少一些。”她答道，“我看你停不下来了，就滑过来帮你一把，结果抓住你的手时才发现你是谁。”

太神奇了！想想看，居然还有人不相信奇迹这回事。

当天余下的午后时光加上傍晚的大部分时间，维奥拉和我一直都在滑冰。她滑得非常熟练，我从她那里学到了各种各样的技巧。在回去的路上，她告诉我她已经卧床好几个星期了。

“幸运的是，我病得非常严重，”她咯咯地笑着说道，“不然，我父亲肯定会为我爬上铁靴崖顶这件事大发雷霆。但这样一来，光是没发生什么更糟的事情就让他很庆幸了，等我身体好些时，他也忘记要惩罚我了。”

“这么说，我们俩都逃过了一劫，”我微笑着答道。

“噢，可没那么简单，”她突然一脸严肃地说道，“从现在开始，他们会把我看得更严了。我都不知道等春天来时，我要怎样才能溜到筑巢地去。”

原来，维奥拉对黑海鸥很着迷。她经常趁着父亲去训练海鸥时，偷偷溜出家门，跑到高地上，躲在悬崖的裂缝里看着他训练它们。

“你知道最棒的是什么吗？”她仍然一脸严肃地问道。我目瞪口呆地看着她，完全想不出从铁靴崖顶掉下来有什么好的，更别说是最棒的了。

“那就是我终于能坐在海鸥背上飞翔了！”

“你就不能去找你爸爸，让他给你安排一只海鸥骑吗？”我问道。

“我父亲最不愿意听人提起这件事，”她皱着眉头不高兴地答道，“他甚至不让我的兄弟们骑海鸥，他们明明都已经是大人了。我哥哥埃夫隆在矿石岛的军队中服役，连他都不能骑海鸥。爸爸甚至从来不让我们碰他的海鸥哨。”

“那哨子真是太叫人兴奋了！”我说道，“我真想近距离看看。”

“总有一天，我会给你看看的。在海鸥节之前，我根本没机会碰它，因为爸爸总是把它挂在脖子上。可一旦节日结束，他便会把它放回他的秘密保险箱里，我可以很轻松地把它从那里偷出来。我经常把它拿出来玩！我只要忍住不吹它就行，因为只要一吹，我立马就会被抓住。但我爸爸绝大部分时间都不会使用它，他只在训练海鸥或战斗时才会需要它。我只要小心地把它放回去就行了。”

说着说着，我们已经走到了奈特家的公馆。维奥拉答应我明天还会去滑冰，然后转身跟我说了声再见，便消失在了大门后面。

从那之后，维奥拉和我一起滑了很多次冰。不过，我真希望她能忘掉那个胡闹的想法！

维奥拉是个很特别的女孩。她有时候会很开心，发出爽朗的笑声，但转眼间又会变得非常严厉，完全出人意料地开始谈论一些非常严肃的事情。而且，她从不关心规则，性格有些固执，但意志非常坚定。如果某件事情引起了她的兴趣，她才不会在乎这件事情危不危险或者有没有违反规定。我担心总有一天她会给自

己惹上个大麻烦。我觉得维奥拉和我有很多相似点。不管怎么说，我们很喜欢在一起打发时间。

菲利克斯一直在修补匠工作室给我布置新的任务。我的雕刻本领总算是派上用场了，此前我还从来没有想过我能靠做木雕为生！菲利克斯说，作为一名修补匠，我的工作做得非常好，理应得到一份可观的薪水。他从博物馆的保险柜里拿了二十枚金币付给我。我正缺钱呢！菲利克斯给我的钱来得正是时候。

维奥拉说，滑冰的季节即将结束，春天已经逐渐来临，很快就要到噼啪期了。矿石精灵们所说的噼啪期，指的就是早春时天气开始转暖，冰雪开始融化的那段时间。冰层逐渐开裂，巨大的浮冰在开始移动时会发出噼里啪啦的声音。

噼啪期也是矿石精灵们庆祝的时间，对他们来说，这标志着春天的到来。而每年春天来临的时间都会有所不同，在国王的宫廷里，天气预报员和天文学家们都想提前几个星期预测出春天到来的确切日期，谁先做出正确的预测，谁就能担任为期一年的御前首席天文学家。

矿石精灵们甚至会打赌第一声开裂的声音什么时候响起。你可以在出租冰鞋的摊位上买到标有日期和时间的投注单。如果有人在深秋刚开始结冰的时候就下了注并且赌对了日期和时间，那他便能赢走一大笔钱！

很多矿石精灵都想靠赌开裂期的时间来谋生。其中不少人甚至刚入冬便会下重注参与进来，他们会把赌注押在冬末的所有日子上，寄希望于自己押中后赢的钱能多过押在其他日子上输的钱。

奥莉笑着告诉我，她这辈子只下过一次赌注，却因此赢了一大笔钱！那一年，发生了一件前所未有的事情：海湾刚刚结冰两周后，人们就听到了冰层移动时所发出的第一声巨大的开裂声。

通常，海湾会冻结三四个月的时间，但那一年的冬天异常温暖。谁也没想到会发生那样的事情，就连奥莉也没想到。她只是想让卖投注单的矿石精灵大吃一惊，所以才打赌冰会在两周后开裂。可想而知，奥莉是那年唯一一个赢家，她也因此得到了一大笔奖金。

看来，今年的开裂期会到得比较晚。一连好几天，大家都在谈论这件事情，国王的首席天文学家则说暖锋要来了，所以，港口冰封的水面被划为禁区，以免大家在滑冰时，冰层由于承受不住重量而开裂。维奥拉听到后决定晚上偷偷溜出去，最后在海湾滑一次冰，她还想说服我跟她一起去。当然了，我也尽力劝她打消这个念头。

“你看，维奥拉，”我说道，“你知道我不是个胆小的人，但你提议的这件事很危险。如果我们脚下的冰层开裂了呢？他们封闭那里是有原因的！”

“好吧，”她叹了口气说道，“那你跟我来，我们去拜访一下海鸥们。如果它们已经开始筑巢了，那就是真的了，春天真的马上就要来临。如果海鸥们已经安坐在新巢里，那我就不去滑冰了。说好了？”

正如你所想的一样，我答应和她一起去了。首先，因为我不想让这个鲁莽、大胆的女孩独自一人去做一些疯狂的事情；其次，因为我自己也很好奇！自从海鸥节以来，我一直想多了解一下这种神奇的鸟儿。我仍然能回想起那天在冰冷的海水中，那无比绝望的瞬间。时至今日，那种

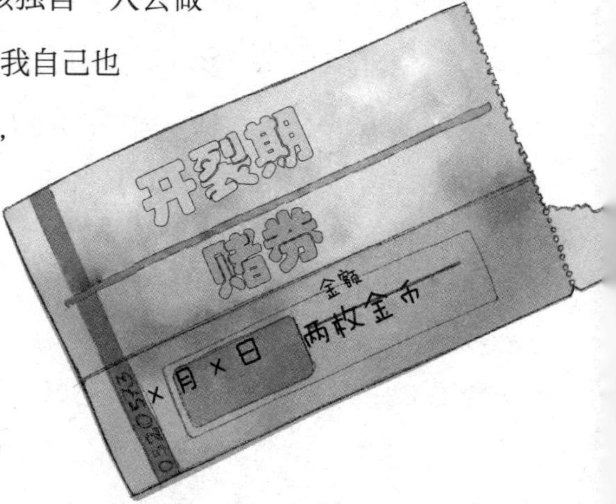

感觉都让我觉得很神奇。黑海鸥显然是一种拥有特殊天赋的奇特生物。

维奥拉知道一条秘密的地下通道，穿过悬崖底部一直通到高地，它的入口就在奈特公馆的后花园里。那里有一扇通向地窖的门（门上锁着三把邦格挂锁），地下通道的入口就在那扇门的后面，维奥拉能打开父亲所有的秘密抽屉和保险箱，原来她经常晚上溜去翻看父亲的地图，甚至是更为重要的军事演习计划。对她来说，世界上没有什么比黑海鸥更有趣的了，她想知道关于它们的一切。而在奈特将军的军事计划和战役中，这些强大的鸟儿经常扮演着十分重要的角色。

她是从一张旧秘密地图上发现的这条路。据她回忆，从她还是个蹒跚学步的孩子时起，她从来没有见过任何人进出那扇门。她花了三天的时间，找遍了房子里的每一个角落、每一个抽屉和每一个碗柜，最后终于在一个小盒

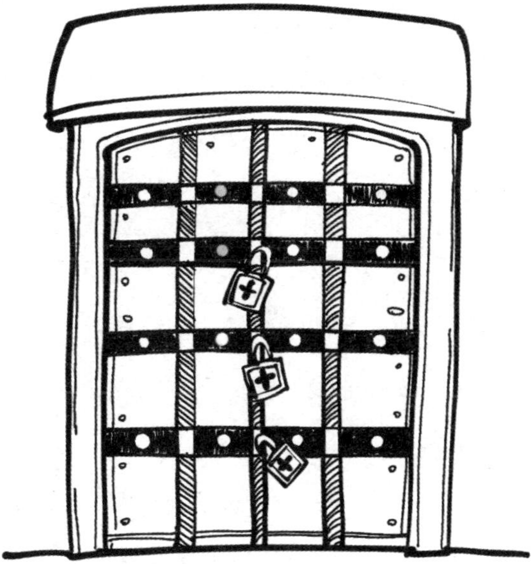

子里找到了邦格挂锁的钥匙。她觉得父亲可能未来很多年内都不会用到这些钥匙，所以索性把它们全都拿走了，并在原位放了三把看起来很像的钥匙。这样一来，就算她父亲碰巧看了一眼盒子里面，也不会发现钥匙不见了。

从那以后，她便时常到高地去看她心爱的鸟儿。

奈特公馆门口有警卫把守，每个警卫每隔十五分钟就会绕着高高的石墙巡逻一圈。维奥拉非常熟悉他们的巡逻路径，她闭着眼睛都能从他们身边溜过去。她让我在后花园墙边的一个地方等她，等巡逻的警卫经过后，她会给我发一个信号，然后我只要翻过墙去就可以了。

爬上墙头对我来说简直是小菜一碟。待维奥拉告诉我没有危险之后，我便跳进了花园。当值的警卫根本不会在花园里巡逻，所以我们也不必担心往地窖门口跑时会被他们抓住。维奥拉轻车熟路地打开挂锁，好像她之前已经这么干过上千次了一样。然后，她从外套里拿出两盏小灯，领着我消失在了黑暗之中。我们在大山深处艰难地走了足足半个小时。她在这座黑暗的迷宫里左拐右拐，简直就像走在自家的走廊上一样。过了一会儿，小路开始上升，我知道我们离地面越来越近了，离黑海鸥的筑巢地也越来越近了。

“我们来的正是海鸥筑巢的地方。”维奥拉解释道，“我们只要仔细看看四周，立马就能知道春天是不是真的来了。”

我们终于走到了高地。维奥拉踮着脚尖小心地走着，与此同时，她把一根手指竖在嘴前，示意我要保持安静，哪怕是最轻微的声音都可能把我们置于极大的危险之中。她后来解释说，如果海鸥觉得自己的蛋或幼鸟有危险，它们可能会变得非常有攻击性。

“看呐！我简直不敢相信！”当我们从标志着隧道尽头的岩石后面走出来时，她激动地小声说道，“它们已经下蛋了！”

她说的没错。目力所及之处，我看到的全是正在窝里孵蛋的巨型红喙黑海鸥。

“每个巢都满了！”维奥拉平静地说道，“也就是说，它们几天前就开始下蛋了。海鸥在判断春天什么时候到来时从没出过错。我敢打赌，我们今晚一定会听到海湾里的冰层开裂的声音！”

“所以不去滑冰了，对吧？”我这么问也是想确保这个大胆的女孩儿不会再冒险去滑冰了，这样我自己也能安心一点儿。

“当然不去了！今晚，我们去港口听冰层开裂的声音。”

“听起来不错，什么时候？”

“十一点半港口见，然后我们等着冰层开裂音乐会开始。非常精彩的，你到时候就知道了，那声音简直太美妙了。”

“好，”我点了点头答道，“我十一点半到。”

我们最后看了一眼海鸥，然后消失在了隧道里。我们回到地窖，关上身后的门，把锁重新锁好，然后我翻过花园的围墙，回到了大街上。如果我是国王，手底下又有一帮间谍，我肯定会让维奥拉当他们的头儿。

我们回来时已经到吃晚饭的时间了，维奥拉赶紧冲进屋，免得有人发现她不在。我则回到自己简陋的小屋，随便吃了点儿东西，然后便朝港口走去，准备在那儿听着冰层开裂和移动的声音度过今晚的时光。

真是太值得了！完全值得坐在码头上一直等到凌晨两点。格里姆堡的春天来了，开裂声已然响起。响亮的第一声在午夜时分传了出来，当时整座城市都还在沉睡。维奥拉和我耐心地等待着（我们用带毛皮衬里的厚毯子把自己裹得严严实实），一边聊天，一边凝视闪闪发光的冰面。然后，突然间，叮叮当当的声音开始在海湾的另一侧回荡。随着裂缝逐渐扩大，开裂声也越来越大、越来越深沉，最终冰面裂成了两大块。耸立在城市上空的大山捕捉到了这些声音，并把它们又抛了回来，因此整整十分钟的时间里，整个海湾都响起了一阵神秘的声音。我们就像是坐在一口巨大的钟里一样。

许多屋子里的灯亮了起来，好几扇窗户被一把推开，整座城市被这阵“钟声”惊醒。但由于还是深夜，所有人都待在了室内。如果是中午，街上肯定立马就会挤满人。当最后一声回音消失后，维奥拉和我站起来，动身回家。

“春日快乐！”走到她家门口时，她对我说道。“所有第一次听到春天冰层开裂声的人都可以许一个愿望，”她旋即又补了一句，“任何心中所要的都行！”

然后，她便转身翻进花园的围墙，消失不见了。

第二十四章　艾迪·托勒

过去几周，我好几次看到罗斯提、斯丁普和沃尔福在港口附近游荡。我不知道这几个流氓是怎么凑合着熬过冬天的。我敢肯定，他们的工资要么是花光了，要么就是赌光了，现在他们很可能正过着忍饥挨饿的日子。不过，想想他们之前干的坏事，现在这样也是罪有应得。

最近几周，修补匠工作室都没什么工作（我之前工作得太勤奋，以至于突然一下没什么东西需要修补了），但我萌生了一个菲利克斯也觉得很棒的想法。我告诉他，我可以为博物馆做一个神秘柜和一个矿石秤。

自从船只又开始在港口进出以

来，我几乎每天早晨都会漫步到码头去，坐在码头的一端，深深地呼吸着咸咸的海风。渔夫们开始从夜间的捕鱼之旅中归来，他们的渔网和水桶里装满了当天的收获。所有的东西很快就被抢购一空，到了上午十点，鱼市各个摊位基本上就空了。

大部分渔夫都留着乱糟糟的长胡子，还总散发着一股鱼腥味。他们中间有一个挺奇怪的小伙子，看起来和我年纪差不多大，总是愁眉苦脸的。他总是独来独往，从不和别人打成一片。他到得比较晚，总是没什么收获，偶尔会有几条青鱼在他的船上乱蹦乱跳，但其他渔夫都会带回一桶桶的鲑鱼、梭子鱼和鲈鱼。

这个孩子最特别的地方就是他没有胡子。但不是因为他经常刮胡子，因为我都没见过他有胡子茬儿，他好像就是不长胡子。艾迪·托勒，他们都这么叫他。

昨天下午我在城里散了会儿步。天气稍微有点凉，于是，我在青铜广场上买了一小盒烤栗子，坐在一条长凳上大口吃了起来。已经有其他人坐在长凳上了，他把冬季外套的衣领高高竖起，正

专注地看着一本厚厚的书。这让我觉得有些惊讶，因为在格里姆堡，即使在最好的时候，光线也不怎么充足，在户外读书并不是什么愉快的体验。事实上，这几乎是不可能的，即使所有的街灯都亮着，你也很难看清书上写的字，而且半个小时后你的眼睛肯定会难受得开始流眼泪。但这个孩子就正在看书。他弓背坐在那儿，低头看着书，一只手还提着一盏小提灯。我偷偷看了一眼那本书，上面全是些奇奇怪怪的形状和草图，看起来像是地图。

我继续大口吃我的栗子。不一会儿，我听到有人的肚子在咕噜咕噜地叫，我立马可怜起了这个可怜的家伙来，于是，我一言不发地把放在长凳上的那盒栗子往他那边推了推。他突然抬起头，看起来一脸的困惑，好像刚从沉睡或是一场奇怪的梦中醒来一样。我们的目光相遇时，我认出了他，是艾迪·托勒。

我花了一点儿时间好好地看了看他。我还从来没有见过哪个渔夫读书，很多渔夫甚至不知道要怎么读书，更不用说拿空闲的时间来翻翻书了。但艾迪·托勒似乎并不是普通的渔夫。

他胆怯地盯着烤栗子。

“抱歉吓到你了，朋友，”我说道，“我只是觉得你可能也想吃一两口。如果你愿意的话，这些烤栗子我们可以分着吃。”

“我在哪儿见过你。”他说道。

“我们在港口擦肩而过好几次了。”我答道，“我叫杰克·波拉斯。”

“我叫爱德华。”艾迪·托勒说着，与我握了握手。我肯定是用一种傻乎乎的眼神在盯着他，因为他立马向我解释了起来：

“你可能以为我叫艾迪·托勒，其他渔夫是那么叫我的，但我的真名叫爱德华·费舍尔。[①]”

我哈哈大笑起来。

“我好像还从来没听过这么特别的矿石精灵名字。如果我不知道你是个渔夫，肯定会以为你是一家高级餐馆或豪华酒店的老板。”

听我这么说，爱德华也微微一笑：“我祖父确实拥有一家餐馆，而且还是非常受欢迎的一家！那儿有全格里姆堡最好的鱼肉大餐。但他把家产输了个精光，我父亲就只能靠当渔夫为生了。”

“你的书呢？你应该不是在看关于打鱼的书，对吧？”

爱德华的脸色突然变得阴沉起来：“我讨厌鱼。如果不用照顾年迈的父母，我连碰都不会碰一下鱼竿。”

---

① 艾迪（Eddie）是爱德华（Edward）的昵称，托勒（Trawler）这个名字与费舍尔（Fischer）这个名字在英文中押韵，而前者又有“拖网渔船”之意。

“如果你去找，肯定能找到别的工作吧？”

“也许吧。但是我每天晚上都会划船出海，所以我还不如顺便撒下渔网，这样我的家人就有吃的了。”

这句话让我很是困惑，他究竟为什么每天晚上都要划船出海？原来，爱德华对星星非常着迷。当天气晴朗的时候，他可以盯着天空从日落一直看到日出。他熟知各个星座以及行星的运行轨迹。他跟我讲了各种各样有趣的事情，让我不禁想起自己还在柿子海岸时看到过的一些有趣的星座。我从口袋里掏出一支铅笔，草草地勾勒出我依稀记得的两个星座。我很想知道他对这两个星座有没有什么了解，一个看起来很像一串香蕉，另一个则像一艘三桅帆船。

爱德华看了看我的速写，长长地舒了一口气。

“我都认识，”他说道，“你瞧，都在这儿，就在我书里。”

那串香蕉一样的星座叫作“大棕榈树座”，给它起这个名字的人肯定觉得它看起来像一棵棕榈树的花冠。而那个看起来像三桅帆船的星座则叫作“警惕剑客座”，也有些人管它叫“牧羊人手杖座”。

“什么？”我激动地叫道。棕榈树我还能看得出来，可一艘三桅帆船怎么就变成剑客或是牧者手杖了？

“是的，”爱德华点了点头说道，“人们会在星座里找出对他们来说最重要的东西。看，这是剑尖，这是剑客的身体，你所说的三根桅杆正是他盾牌的边缘。对于来自南方的船只来说，这个星座是大海上的主要参照点。人们说，无论你什么时候仰望天空，他的剑锋总是指向南方。这也就是为什么它又被称为牧羊人手杖的原因，因为牧羊人会一直指引着你，只是他手里拿的不是剑，而是一根手杖。你知道我一直以来最渴望做的是什么吗？我一直想去南半球看看星星！”

你瞧，布满北方夜空的星座和南方夜空中的星座其实是完全不一样的。我还从来都没有想过这个问题，但现在我明白了。如果我在柿子海岸仰望天空，贝利克在鼠之国仰望天空，我们实际上看到的是两片完全不同的天空，即使我们是在同一时间看的。就像我刚刚说的，我以前从来没有想过这个问题。不过，我一直都很喜欢看着头顶上那些闪烁的小光点。

这些星座都画在爱德华的星图上。

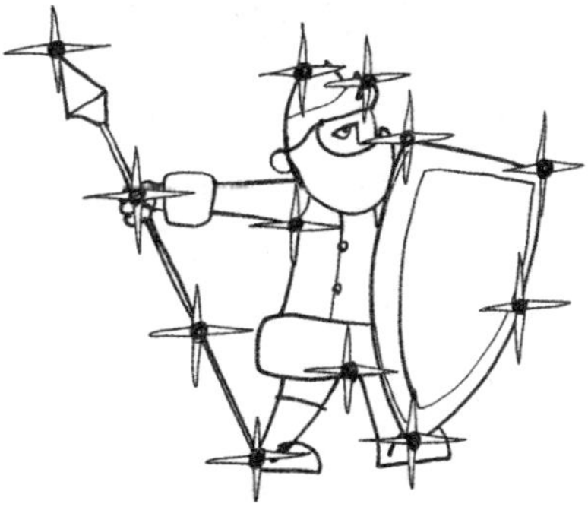

“如果你愿意的话，今晚跟我一起去。”当我们吃完最后一颗栗子后，爱德华说道，“今晚天空会很晴朗，我们甚至可以看到那个被称为冰柱的星座。”

太阳落山后，我们就动身去了港口。我们轮流划着小船。爱德华一路上嘴就没停过，他知道所有关于星星的事情，我猜平时他也没什么机会和人分享这些知识。一出港口，我们便转向了一些露出水面的岩石峭壁。

“那是格里姆堡大门，”他告诉我，“这里有一股很强的水流一直涌入港口。要进城的船只都得经过这些峭壁，所以我们把它叫作格里姆堡大门。”

首先，我们把渔网撒了出去，说不定能抓到几条迷路的小鱼。然后，爱德华拿出了一个细长的箱子。他小心地打开箱子，从里面拿出了望远镜。

“这是我们家最后一样值点儿钱的东西。我宁愿饿死也绝对不会把它卖掉。”

他小心翼翼地把望远镜固定在一个小三脚架上，以确保我们看星星时它不会晃动。从远处看，它可能真的挺像一根鱼竿，也许这就是渔民们总是取笑可怜的爱德华的原因。

我们度过了一个非常激动人心的夜晚。爱德华说起星星时，就好像在谈论传说中的英雄们在夜晚的漫游奇遇一样。听他说话真是一种乐趣。等到黎明时分，我们俩都累坏了，不过，我们约好了下次再来格里姆堡大门看星星。当我们准备划船回城时，惊奇地发现渔网里面全是鱼。

“看来我天生就不是当渔夫的料。”爱德华边说边哈哈大笑起来，“你瞧，杰克，我需要你给我带来点儿好运！”

好几周后，发生了一件非常奇妙的事情。爱德华再次邀请我跟他一起去夜游格里姆堡大门，他说我们这次会看到一些非常特别、非常惊人的东西。矿石岛的上空将会有一场流星雨，所以我们一整晚都能看到流星。他根本用不着问我第二遍，我一直想看一场壮观的流星雨，看流星像烟花一样照亮天空。夜幕降临后，我穿上最暖和的衣服，打包了一袋食物，然后前往港口与爱德华会合。我们再次向大海划了出去。这一次，爱德华把船头径直对准了格里姆堡大门的方向，他说他今晚也不想操心撒渔网的事情，因为他也非常兴奋马上就能看到一场流星雨了。

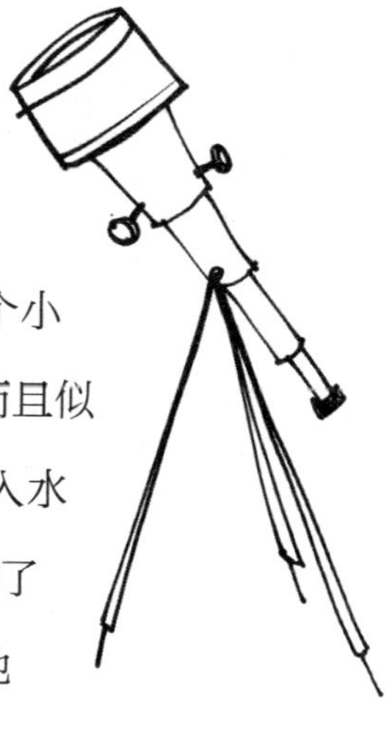

我们看了好几个小时的流星，确实是一幅神奇的景象。但是，大约在午夜后几个小时，我注意到远处有亮光在轻轻地晃动，而且似乎越来越近了，看起来就像是一些流星落入水里，被海浪托了起来。我用胳膊肘轻轻地推了推爱德华，但他只是挥了挥手，很明显，他以为那些亮光来自海上的渔船。可是，那些亮光给了我一种不好的感觉。如果它们只是渔船上的提灯，那它们之间的距离应该会时远时近才对，这主要取决于船只随着波浪运动的方式。但这些亮光彼此之间的距离始终是一样的，这只能说明一件事情：它们都在同一条船上。也就是说这是一艘非常巨大的船，因为小一点儿的帆船只需要一两盏提灯就够了。

“你看，爱德华，”我说着，指了指那些亮光，“有艘大船朝我们这边来了。它径直朝我们驶过来了！”

“矿石精灵没有那么大的船，”爱德华边说边盯着远方眨了眨眼睛，“那是一艘外国船只。”

“谁会这么鲁莽，想在半夜里驾船前往矿石岛？”我摇着头问道，“这么做太危险了，这座岛屿附近到处都是暗礁。”

突然，我记起了在飓风号上那个可怕的夜晚：我们的船在迷雾中裂成了两半。这正是朝我们驶来的这艘船将要面对的命运。如果它不向北急转弯，要不了多久，它就会撞上格里姆堡大门。

爱德华也很着急，他现在已经完全明白是怎么回事了，这艘船实际上是在径直驶向岩石峭壁。船员们似乎并不知道自己身在何处，也不知道等待着他们的是什么。

“格里姆堡大门怎么会没有灯塔？”我问道，“这样一片漆黑也太危险了。”

“有的，”爱德华答道，“但自从塞缪尔·奥尔拒绝了白霜国王的和平提议后，灯塔晚上就再也没有点亮过了。”

“爱德华，我们自己想办法把它点燃吧！”我说道，“如果我们没法给那艘船发出警告信号，它就要在我们眼前触礁沉没了。”

我们没有浪费任何时间，争分夺秒地划到了悬崖边。爱德华把船系好后，我们跳上岩石，手脚并用地开始往上爬。虽然在黑暗中跌倒了很多次，但我们并没有放弃，仍然继续向上攀登。灯塔的门敞开着，我们在楼上发现了一大堆煤，显然是准备用来生火的。那儿还有油和一根火钳，就差一名负责点火的守卫了。爱德华和我以电光石火般的速度忙活起来，我想我们俩一定打破了生火的世界纪录，不出两分钟，闪亮的火焰便在黑暗中舞动起来。现在，我们只能寄希望于那艘迫近的船只上的船员们能及时看到火光了。

谢天谢地，虽然不是很及时，但他们终究是看见了。等他们意识到自己所面临的险境时，船只已经离岩石太近了，而他们并不熟悉矿石岛周围的水域，周围又是一片黑暗，他们根本不知道该往哪边转向。最后，他们把船头转向南方（朝向海湾），收起船帆，尽其所能让船慢了下来。到头来，他们还算走运，只剐蹭到了格里姆堡大门附近浅水里的几块石头。你能清楚地听到海水推着船体撞上礁石时发出的嘎吱声，却没有听到恐怖的木板断裂声——那种声音在海上几乎就意味着死亡。

他们很可能逃过了一劫，而船身上也只留下了一个小洞。我们跑回小船上，开始向那艘船划了过去。大船完全停了下来，从甲板上传来的喊叫声判断，他们已经放下了船锚。

我们的小船上有一盏提灯，所以，他们很快就注意到了我们。当我们来到大船旁边时，大部分船员都从栏杆上探出了身子。就我在黑暗中看到的来判断，他们都是仓鼠。

“船只受损情况怎么样？”我问道，“你们需要帮助吗？”

“水漏进来了，但只要我们一直往外舀，情况还不至于太糟。”一名船员回答道，“不过我们需要一些船工，越快越好，现在这样我们无法再度起航了。”

“我们这到底是在哪儿？”其中一名船员问道。

我们立马告诉他们，他们现在离矿石岛的首都格里姆堡不远。由于旋风号（这是他们那艘船的名字）急需维修，我们答应他们先划船回城里去通知拖船。拖船晚上并不是随叫随到的，但一到早上，我们就可以将此事告知拖船船长，让他开船去帮助这艘受损的船只。

几小时后，就在清晨的第一缕阳光开始温暖天空时，爱德华和我站在岸边，等待拖船把旋风号拖进港口。直到那时，我们才意识到这艘船是多么巨大。考虑到这艘船这么大，身材矮小的船员们便显得颇有些奇怪。船长好像叫作赛斯，是个挺阴沉的人，回答我们问题的时候嘟嘟囔囔的，语气也不怎么友好。当他听说爱德华和我都对木工和修船略知一二，而且我们也很乐意帮他把船身上的破洞用木板封上时，他才对我们流露出了一丝好感。他指示手下的几个船员过来协助我们，然后便留下我们自行开展工作。我们说希望能在几小时内修好这艘船，让它可以重新出航。

还没到一个小时，赛斯船长就又走了过来，并且开始大声指责我们干得太慢。

“这就是你们完成的进度？我打赌你们肯定一直在发牢骚，而不是好好工作。算了，这我就不说了。为什么那块木板是斜着的？如果你们不想好好完成工作，那我就自己来做！”

我承认，我发脾气了。我砰的一声扔下锤子，站直身子，狠狠地骂了那个傲慢的傻瓜一顿。我告诉他，他应该感谢我们救了他的船，没有让他因为自己的粗心大意或无知，而把船撞到岩石上去。然后，我还告诉他，我们正在努力工作，而且我们也不图别的，就是想帮帮他和他的船员们。

“不管怎样，”我说道，“如果你不喜欢我们干的活儿，没问题，我们走！”

“我真是要疯了，”赛斯船长嘟囔道，“又一只爱吹牛的老鼠！”

说完，他转身气冲冲地走了。我完全不知道他在说什么。

一直在辛勤工作的一只年轻仓鼠——雷森——满怀歉意地说道：“船长说的话不要太往心里去。没有你们，我们根本修不好这艘船。请不要走，我们需要你们的帮助！”

我看了眼爱德华，他点了点头。

“好吧，”我答道，“但仅仅是因为你很有礼貌。”

我们又重新开始工作，雷森则试图向我们解释船上的整体情况。

“在过去的六个月里，我们经历了许多考验和磨难。首先，我们遭到了海盗的袭击，他们俘虏了我们整船的人，我们的船长也在战斗中牺牲了。然后，海盗把我们卖给了沙鼠城邦的一个奴隶贩子，我们奇迹般地逃了出来，沙鼠国王甚至给了我们一艘船——旋风号作为奖励。赛斯是船上职位最高的船员，所以他自然也就成了我们的新船长。但我们没有返回家乡——仓鼠半岛，而是载着满船的待售货物，不停地从一个港口航行到另一个港口。”

“跟他们说说，我们之所以能够从奴隶贩子手下逃出来，还得感谢几只勇敢的老鼠。”一只名叫蒂尼的仓鼠说道，“当然了，赛斯船长对他们也很不友好，尤其是鲁米尼，虽然他救了我的命。”

“好啦，用不着担心鲁米尼。”雷森笑着说道。然后，他给我讲了一个相当精彩的故事：一只名叫鲁米尼的老鼠夜里偷偷溜上了一艘海盗船，想从货舱里偷点儿东西吃。结果，他被锁在了食品储藏柜里，不得不跟着海盗踏上了他们的旅程。当这些海上土匪们企图把一艘追赶他们的船骗入陷阱时，鲁米尼及时向那艘船发出了警报。

“我没能见见这个鲁米尼真是太遗憾了，”我说道，“听起来很像是我喜欢的那一类孩子。”

“噢，谁也不可能认识大海上所有的船只，”听我这么说，蒂尼不以为然地冲我挥了挥手，“我们以前就从没听说过风之女王号。”

你可以想象，听到这句话时，我惊讶得几乎要晕过去了，可紧接着，我就痛苦地嚎叫了起来，因为我不小心用锤子砸到了手。

我让雷森和蒂尼把他们所知道的关于风之女王号及其船员的一切都告诉了我。原来，鲁米尼是船上的水手！雷森和蒂尼已经见过了所有人：威斯克斯船长、塞巴斯蒂安、鲍比，甚至还有汤姆。而在他们的逃跑过程中，贝利克扮演了非常重要的角色，他用一个叫作神谕盒的神奇装置找到了他们所在的位置。我就是不明白贝利克是怎么学会了使用魔法，他的神谕盒又是从哪里来的，但雷森知道！

等他们终于逃了出来，确认全员安然无恙之后，贝利克告诉他们，风之女王号之前也曾到过沙鼠城邦。鲍比曾查看过一位老巫师的神谕盒，希望能借此找到一位失散多年的朋友。

“他们有说过他在找谁吗？”我激动地问道。

“是叫杰科·哈里斯，”蒂尼说道，“还是叫斯内克·普莱斯之类的。”

“会不会是杰克·波拉斯？”我大胆地问道。

“对！就是这个名字。”雷森大声说道。

尽管我们在谈论的不是星星，但爱德华也瞠目结舌地看着我们好一会儿了。“哇哦！”他感慨了一句，然后才闭上嘴巴。

当然，我们还没有好好地向仓鼠介绍一下自己，他们只知道我们的名，还不知道我们的姓。现在，轮到他们感到惊讶了。

“所以，鲍比想用神谕盒来找我。”我沉思着说道。雷森接着讲完了故事。大约一年后，风之女王号再次回到沙鼠城邦，这时，新来的甲板水手鲁米尼也已经加入了他们。仓鼠们说他和贝利克成了最好的朋友，这点我倒并不觉得惊讶，两个同样坚强、勇敢的孩子自然能成为好朋友。贝利克用来寻找鲁米尼和仓鼠们（奴隶贩子把他们关在了地下）的神谕盒，正是鲍比一年前用来找我的那一个。多么错综复杂的一个故事啊！

我们继续干着手上的木工活儿，与此同时，仓鼠们开始讲他们同样充满艰难险阻的第二段旅程，但我已经没有在认真听了，我满脑子想的都是风之女王号。我试着想象鲍比拿着神谕盒的样子，想象贝利克和其他人。所以，他们的确去了沙鼠城邦，看来还去了两次。第二次也许正是我挫败铜天使号上罗斯提叛乱的时候！

我突然产生了一种想要尽快离开矿石岛的冲动，我想要尽可能远离格里姆堡这座黑暗之城，当然了，还想设法找到风之女王号。我非常想念那艘船和我的朋友们，除了在柿子海岸的最初几天之外，我还从来没有像现在这么想念过他们。

我问雷森："如果我去问赛斯船长能不能招募我当船员，你觉得他会让我加入旋风号吗？"

"你可以试试看，"他答道，"不过，我觉得可能性不大。"

我和赛斯的对话这里就不赘述了。我就这么说吧，等我们聊完，我费了好大力气才勉强忍住没狠狠地扇他一个耳光。他真是个虚荣、愚蠢、好斗的傻瓜！

昨天，旋风号从格里姆堡港起航了。没能加入他们让我觉得非常沮丧，不过我也得承认，有赛斯这样的船长在，我早晚有一天会控制不住自己的脾气，在船上也待不长的。爱德华一直陪在我的身边，当我很沮丧的时候，他说了一些相当有智慧的话。

"恒星和行星在天空中都有自己的轨道，"他说道，"它们不能偏离既定的道路。和它们一样，所有的生物也都有自己的道路。很明显，你在矿石岛还有事情要处理，你的道路把你带来了这里，而现在，它仍然在这里。不要把时间浪费在闷闷不乐上，不如随遇而安，毕竟这就是你人生道路此刻的所在。"

我一直都知道爱德华很有思想。我不再闷闷不乐了，他说的一点儿也没错，如果我现在必须留在这里，那又何必为此烦恼呢，为什么不随遇而安？总有一天我会明白，为什么我的人生道路会一度把我带到一个如此阴郁的地方。

第二十五章　艾伯特

天气已经变得相当暖和了，有时候，我甚至都不用在冬季大衣里穿厚毛衣。维奥拉说，如果走运的话，今年夏天我们甚至可以不用穿毛衣。这我可不太确定。

今天下午，维奥拉急匆匆地跑来敲我的房门：

“快来！一只海鸥妈妈死了，我们得去救救它的小海鸥！”

“怎么回事？”我问道，“从哪儿救？”

“没人喂它了！黑海鸥从来不会收养或照顾其他海鸥的幼鸟。如果我们不去喂那个可怜的小家伙，它就要在巢里饿死了。”

“那它爸爸呢？”

“它不见了。哪来的这么多问题？跟我走就行了！”

我完全不知道要怎么喂黑海鸥，但像往常一样，维奥拉已经有了主意。

“我们去市场上买一些生鱼，把鱼肉碾碎，然后用镊子送进幼鸟的嘴里。”

那好吧！除了把生鱼碾碎之外，别的事情我可一点儿也不想做！更别说还要用镊子把鱼泥放进幼鸟锋利的嘴里了。一只黑海鸥幼鸟几乎和一只成年老鼠或矿石精灵女孩儿一样大。而成年海鸥简直是庞然大物。不过，一想到要成为海鸥的养父了，我就激动不已。

当然，我对维奥拉的计划也疑虑重重。毕竟，就算我们今天喂了这只幼鸟，这个问题也还是没有彻底解决，因为还有明天、后天、大后天。之后的日子怎么办呢？在它长大到可以自己觅食之前，总得有人来喂它。维奥拉这么做实际上是在准备养育一只海鸥宝宝，这可得花上几个月的时间。而且，她要怎么教它飞翔呢，她有想过吗？

“你在担心什么，杰克？”她不耐烦的声音打断了我的沉思，“我们一刻也不能浪费。”

我连忙把我的想法告诉了她。她一脸冷漠、严肃地听着，然后轻蔑地转过身去背对着我。

“你知道你有什么问题吗，杰克？”她说道，“你没有冒险的欲望。”

什么？！我？没有冒险的欲望？我一句话也没说，只是动身去鱼市了。居然说我没有冒险的欲望！维奥拉一路小跑跟了过来，她的脸上现在堆满了明媚的微笑。

可是在下午晚些时候，要找到一个鱼贩都没那么容易。

幸运的是，爱德华在家，他正目不转睛地盯着一张星图。他也不可能凭空变出鱼来，但他还是设法找到了两条有点臭味的鲱鱼。维奥拉觉得有了这两条鱼，起码这只可怜的小鸟今天不会饿死了。

现在的筑巢地和几个月前大不相同了。鸟巢里满是灰色皮肤、羽毛柔软的海鸥幼鸟，它们一个个都抬着头，张着嘴巴，等待喂食。海鸥父母们轮流在巢边飞来飞去，把食物扔进一张张饥饿的小喙里。维奥拉在隧道里就提醒过我，如果鸟儿们觉得自己的幼鸟处于危险之中，它们很可能会变得非常危险。所以，她让我向她保证千万不要盯着幼鸟看，尽量远离鸟巢。可这几乎是不可能的，因为这里遍地都是鸟巢。这也是它们为什么都在同一个地方筑巢的原因：相较于在悬崖各处分散筑巢，和群体生活在一起，幼鸟会更加安全，也更容易受到保护。

幸运的是，那只孤儿鸟所在的鸟巢离隧道所在的峭壁还算比较近。海鸥们怀疑地打量着我们，其中有几只还

冲着我们怒吼起来，不过，至少它们当时还没有攻击我们。但当维奥拉从她的袋子里拿出鱼糜时，海鸥们全都疯了。好几只海鸥用尖喙直指着我们，朝这边飞了过来，还有几只海鸥展开翅膀，飞向天空，在我们头顶盘旋着发出“呜呜”的叫声，告诉整个海鸥群这附近有容易捕食的猎物。

说实话，我没有想到会发生这样的事情。但维奥拉知道自己在做什么，而且她立刻就意识到了自己应该做什么。她从口袋里掏出了一样什么东西，压在嘴唇上，吹了起来。我能看出她是想尽量轻点儿吹，但即便如此，她嘴里的那个东西还是发出了一声尖锐的声响，并在岩石间回荡起来。不难辨认出这是海鸥哨的声音。向我们飞来的海鸥立即停了下来，头顶上的海鸥也停止了鸣叫，纷纷降落。维奥拉喊了一声，它们就都回各自的鸟巢去了。

“你把你父亲的海鸥哨带来了？”我问道，语气中充满了难以掩饰的崇敬。

“当然带了！”维奥拉哈哈大笑道，“我知道我们来这里可能会激怒它们，而且，我也想开始训练艾伯特。没哨子可就没法训练了。”

“艾伯特？”我一脸困惑地看着她。没想到那只孤儿鸟都已经有名字了。

“我经常到高地上来，有很多个下午都是在这群鸟儿中间度过的。”她说道，“我给它们都起了名字，这样我就能把它们全部记下来了。否则，我怎么知道幼鸟长大了多少，怎么会注意到艾伯特的父母不见了呢？”

这女孩儿真是太棒了！

现在说回这个艾伯特，嗯，它饿得就像是一头野兽，不友好程度却是野兽的两倍。不过，到头来还是饥饿感占了上风，它迫不及待地抢着吃掉了维奥拉用镊子喂给它的鲱鱼肉糜，它很喜欢吃这个！吃完东西后，它的心情大为好转，甚至允许维奥拉轻轻地把一小块毛皮放进了它的窝里，这样它晚上也有东西可以保暖了。可怜的小家伙！其他雏鸟就幸运多了，它们可以蜷缩在妈妈双翅温暖的羽毛下取暖。

在回家的路上，我试图说服维奥拉去找她的父亲，让他帮助她抚养和训练小艾伯特。我很清楚，如果他们抓到我们在高地上

闲逛，肯定会把我关进监狱，维奥拉则很可能会被送去某个专门为不守规矩的孩子而设立的机构，到时候，就连奈特将军也帮不了我们。维奥拉坚称，我们不能把艾伯特和它的遭遇告诉任何人，她父亲不会让她或任何人去照料这只孤儿鸟的。因为在他看来，大自然的法则是不可违背的，一只孤苦伶仃的雏鸟如果不能自谋生路，那它就应该死去。她甚至不能告诉她父亲，有一只小海鸥的母亲已经死了。一个整天好好学习、埋头做作业的乖孩子怎么会知道禁区的高地上有只孤儿鸟呢？

不管怎么说，维奥拉下定决心要抚养艾伯特，并亲自训练它，这样一来，它长大后就会听从她的召唤了。她发誓每天晚上都会去高地喂它，但由于要上学，她没法在工作日的白天去喂它。我猜你能想象接下来会是怎么回事了。

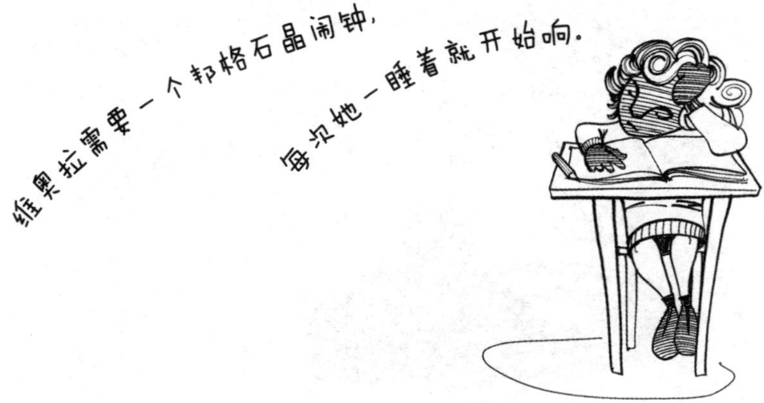

我别无选择，只得答应她。每天早晨，我会趁着奈特公馆的警卫换班，守卫没那么森严的时候，溜进这位受人尊敬的将军家，走秘密的地下通道，前往整座岛上封锁最严密的禁区，去喂一只光是靠近它都会被判处重罪的孤儿鸟。

与此同时，爱德华已经掌握了钓鱼的诀窍。每天晚上，他都能捕获大量的鱼，不仅足够自己和父母吃，多出来的鱼还能拿到市场上去卖，甚至能分一点儿给艾伯特。我自己也学到了一些新技能！例如，在想到要碾磨生鱼肉糜，我已经不会觉得恶心了。我每天把肉糜的稠度调整好，然后出发前往海鸥筑巢地。我只要确保别错过奈特公馆警卫换岗的时间就行，因为当警卫们在晨曦中巡逻时，想要溜去地窖门口就困难多了。

艾伯特已经变得相当友好了。每天早上我给它送早餐时，它都会兴奋地叫着迎接我。

自从我们开始照顾艾伯特以来，我几乎没有什么时间和维奥拉待在一起。我每天早上去高地，她每天晚上去。由于总是在晚上偷偷溜去给海鸥喂食，所以她经常没有时间完成作业，于是不得不熬夜写作业，但这样一来，她就总是在课堂上打哈欠。在一堂矿物学课上她甚至都睡着了。

校长联系了奈特将军，非常恭敬地告诉他，他女儿在学校的表现越来越差。奈特将军非常严肃地和女儿谈了一次话，直截了当地告诉她，如果她不能提高成绩，那就别想着去看夏季的海鸥军事演习了（她父亲本来一年前就答应她了）。现在，他们每天下午都把她锁在房间里学习。可怜的维奥拉！现在，她只能在书桌前埋头苦学了！还有可怜的杰克，因为他现在经常晚上也得去高地喂食了！

自从我抵达矿石岛以来，或者至少从春天降临以来，我每天都到港口去，希望能看到一艘像样的船，让我在船上找份船员的工作。哪怕不是一艘很像样的船也行，只要能把我带离这座阴郁之城。但什么也没有，一艘船也没有，什么也没有！

矿石精灵的船来来去去，越来越多，但他们很少走远，通常一周左右就回来了。铜天使号是唯一一艘会一下子消失数月的船。下次在港口再看到它时，我要去找戈登史密斯船长，请他再出航时带上我。

今天下午站在铁靴崖顶时，我注意到矿石岛上还有一个港口。那是个很小的港口，就我从悬崖顶上观察到的来看，只有军用巡逻艇在那里进出。它可能是矿石岛海军舰队的主基地。维奥拉要是没听过的话，那可就奇怪了。下次见到她时，我要问问她。

第二十六章　闯入博物馆

我遇到了一件非常奇怪的事情。那天早上，我正在修理一个博物馆里用来搬运重物的小装置，突然，我有点儿想去看一眼外面的参观者。修补匠工作室的门有一个窗口，通过它可以看到展厅里面的情况。我打开窗口看了一眼，你猜我看到了什么？

菲利克斯正领着三个人在参观博物馆，一边走还一边向他们介绍各种展品。你猜这三名参观者是谁？罗斯提、斯丁普和沃尔福！他们三个人都好好洗了个澡，换上了体面的衣服，非常恭敬地听着菲利克斯的介绍，时不时还会惊讶地张大嘴巴。我立马有了一种很不好的感觉。这三个坏蛋在博物馆里干什么？我决定好好地盯着他们。我很清楚，如果我离他们太近，菲利克斯肯定会注意到我，然后邀请我加入他们，我可不想和他们在博物馆安静的大厅里吵起来。于是，我悄悄地跟着他们从一个房间走到另一个房间。

然而并没有。三个乡巴佬礼貌地感谢了菲利克斯为他们带来的精彩解说，然后以同样礼貌的态度向他道别，离开了博物馆。

“那三个家伙想要什么？”等他们走后，我从一根柱子后面走了出来，向菲利克斯发问。

“他们和所有来博物馆的人想要的东西都是一样的，肯定不是冰激凌。”菲利克斯哈哈笑着答道。

我立马把我知道的所有关于那三个卑鄙小人的事情都告诉了他。

“他们肯定有所图谋，菲利克斯，相信我！他们有检查门窗吗？他们是不是很想知道邦格挂锁的秘密？”

“完全不是！他们对水晶和不同种类的矿石特别感兴趣。也许他们决定要好好接受一下教育了！有时候，一个无用的流浪汉也会改变他的生活方式，变成一个正直的矿石精灵。”

但事实并非如此，至少在我看来是这样。我敢肯定他们三个人没安好心，罗斯提和他的走狗们一定在计划着什么。菲利克斯认为是我在胡思乱想，我则让他保证一定要比平时更加小心，必须检查博物馆里所有的锁是否锁好，每扇窗户和每扇门都要检查。

几天后，我听到有人敲我的窗户，紧接着是一阵兴奋的低语。

“他们今晚要军事演习了！你可以跟我一起去看，艾伯特的窝那儿视野非常好。”

当然了，是维奥拉。最后，我们说好了当晚一起去高地上看士兵们演习。

还好我去了，可以说是又走运了一次。因为如果我没去，我很可能会再次被指控犯下重罪，并因此被判处多年监禁。

让我来告诉你发生了什么。

当我和维奥拉从高地上艾伯特窝边的秘密地点回来时，天色已经很晚了，可能已经是午夜。军事演习很有趣，非常有趣。当我们回到奈特公馆的花园时，我突然很想和其他人一起出去玩一会儿。我跟维奥拉说了声再见，便向绿波酒馆走去。经常打牌的那几个人已经坐在桌旁了，他们都是挺正派的人，我迫不及待地想要加入他们的下一把牌局。但一分钟后，从不去餐馆或酒馆的奥莉从门帘后面走了出来，径直向我冲了过来。她看上去好像随时要哭出来了一样。

“你在这儿啊！终于找到你了！”她如释重负地长舒了一口气，“你还没回过家，对吧？”

“还没有，”我答道，“怎么了？菲利克斯没事吧？”

“他们把他逮捕了！现在正在到处找你。”奥莉啜泣着说道，她再也忍不住眼泪了。

我把胳膊搭在她肩上，把她领到角落里的一张桌子旁。所有人都在盯着我们看，可我又不想冒险到街上去。在弄清楚谁在找我以及为什么要找我之前，我想我还是躲在人群之中比较好。

与此同时，奥莉控制住了自己的情绪。她擦干眼泪，快速地把事情的经过跟我讲了一遍：“今天早上，我和菲利克斯一起去了博物馆。我还从来没有和他一起去过，不过，我想去看看你做的神秘柜，正因如此，我才能知道发生了什么事情。我们发现大门被打开了一条缝。菲利克斯立马意识到事情不对劲，但他没有立即报警，他想先四处看看，确认一下到底有没有人闯进来过。结果，他发现小偷偷走了三袋艺术品和水晶。他们甚至都用不着砸开柜子，因为他们把所有的邦格挂锁都打开了。”

“可是，每把锁的钥匙都是不一样的啊！”我激动地说道。

“对啊！菲利克斯把警察叫来犯罪现场时，他们就是这么说的。菲利克斯是唯一一个有所有钥匙的人，他还总是把所有钥匙随身携带。除此之外，在修补匠工作室里还有一套备用钥匙。”

“那伙贼肯定是用那套钥匙开的锁。”

“对，可能是的，然后他们又小心翼翼地把钥匙放回了抽屉，没有触碰任何东西。现场没有留下任何翻找或是破坏的痕迹，所以警察推论说这件事一定是自己人干的。而在博物馆里工作的，就只有你和菲利克斯。”

“然后那些蠢货就把菲利克斯逮捕了？”

“他们也会逮捕你的，只是他们现在还没找到你。菲利克斯说你还请了一天假，这让你显得更加可疑了。有一队警察现在就在你租的房子那儿等着你回去呢！”

“这太荒谬了！他们觉得我会抢劫博物馆？更可笑的是他们居然觉得菲利克斯会抢劫博物馆，那毕竟是他的博物馆啊！”

“矿石博物馆属于国王，菲利克斯是博物馆主管和看守者。另一方面，国王简直气疯了。倒不是说他有多关心博物馆，只是他想向全体臣民证明，他对罪犯绝不留情。他已经判处菲利克斯终身监禁了。”

“一点儿证据都没有？也没有审判？”

“矿石岛的国王拥有绝对的权力。如果塞缪尔·奥尔说某人有罪，那么他就是有罪的，不管有没有证据。”

“那塞缪尔·奥尔现在已经判定菲利克斯和我有罪了？”

奥莉又哭了起来。无可否认，形势严峻，有一件事是肯定的：我必须避开警察。最糟糕的是，我甚至无法证明抢劫发生时我在哪里。我一个人住在自己的小屋里，所以没有人会看到我在哪儿。我也不能让维奥拉作证，那样就坐实了我们在高地上度过一夜（而那儿也是禁区，如果她来作证，只能证实我们俩都违法了）。只有一个办法可以救菲利克斯（和我自己）：找到失窃的财宝，在窃贼成功销赃之前找到他们。而我知道该去找谁，也知道该去哪里找。

“奥莉，你回家冷静一下。我会把菲利克斯救出来的，我保证！如果有人问你刚刚去哪儿了，就说你去散了会儿步。不要告诉任何人你见过我！”

奥莉点点头，伸出双臂搂住了我。她在我耳边轻声嘱咐我一定要非常小心，然后便转身走开了，你甚至看不出她哭过。我想我还从来没有见过这么坚强的老妇人！

几分钟后我也出发了。我敢说你肯定知道我要去哪里，没错，锤头鲨酒舍。在路上，我好好地盘算了一下。如果罗斯提和他的两个走狗真的盗窃了博物馆，那么他们很可能已经直奔他们最喜欢的地方庆祝去了，而在此期间，他们有可能把抢来的赃物藏在某处。由于我不知道他们住在哪里，所以我必须先找到他们。然后，我就跟着这几位先生，他们早晚会把我带到那批赃物面前。要往锤头鲨酒舍里面偷瞄一眼可不容易，现在门上有一个大招牌：

仅限矿石精灵！

但好运再次站在了我这一边，因为就在我到达那儿一两分钟后，酒舍的门开了，一个穿着夹克、戴着大兜帽的矿石精灵摇摇晃晃地走了出来。他喝得酩酊大醉，左摇右晃地差点撞到我。我只是轻轻地敲了他的头一下，他便栽倒在地，趴在了石头上。他

没事，只是昏过去了。我把他的夹克脱下来，披在自己肩上，戴上了兜帽（当然了，我必须得遮住我的耳朵），从开着的大门走了进去。一个门卫立刻挡住了我的去路。我跟他撞了个满怀，然后用含糊而且极不耐烦的声音咕哝了一句：

“我忘记拿钱包了，回去取一下！”

门卫点点头，迈步站到了一旁，于是，我摇摇摆摆地走进了酒舍。刚一进去，我便看到罗斯提、沃尔福和斯丁普坐在牌桌旁，他们三个兴致非常好。我花了半分钟时间到处翻了翻，装作在找什么东西的样子，以免门卫起疑心，然后又踉踉跄跄地回到了街上。那名醉醺醺的矿石精灵还躺在人行道上打着呼噜，他实在是喝得太多了，甚至都不知道自己身在何处，发生了什么事。我把夹克重新穿回他身上，并试着把他叫醒：

“嘿，你不能睡在这儿！你会感冒的！”

我扶着这个可怜的人站起来，轻轻地推了他一把，他就这样踉踉跄跄地回家去了。

太阳刚刚升起时，那三个笨蛋也终于摇摇晃晃地走出酒舍，来到了大街上。他们喝得酩酊大醉，一边唱着水手的歌谣，一边跌跌撞撞地走在路上。沃尔福时不时会打个嗝，接着哈哈大笑，斯丁普也会大声笑话他，罗斯提则会大声咒骂他们两个人。最后，他们三个又都放声高歌起来。幸运的是，他们没走多远。他们就住在一栋破败不堪的废弃建筑里，三个人在那儿合租了一个房间。

他们走了进去，几分钟后我便听到了他们的鼾声。门上的锁是你能想象到的最容易开的锁，罗斯提睡觉前用钥匙反锁了房门，却把钥匙留在了门上。我用尾巴尖戳进门上的钥匙孔，使劲推了推钥匙，直到它从锁眼中掉了出去。钥匙砰的一声掉在地板上，但里面那三个呆子鼾声如雷，估计就连大炮的声音也不会把他们从睡梦中惊醒。门和地板之间有一条缝隙，刚好够我把尾巴伸进去，勾住钥匙，然后轻轻地把它拉出来。接下来的一切便很顺利了！

我打开门，溜进房间，环顾了一下四周，小心翼翼地避免吵醒那三个可怜的瞌睡虫。我想从最简单的藏匿点开始找起，于是打开了衣柜的门，你猜怎么着？这些笨蛋把所有偷来的财宝都塞在了架子上！我关上门，从外面把门锁上，然后考虑下一步应该怎么办。起初，我打算直接去找警察，告诉他们我做了什么，然后，我会优雅地把房门的钥匙交给他们，告诉他们三个鼾声如雷的笨贼已经被我锁在了里面。可紧接着，我突然记起了古斯塔夫·A. 曼格斯以及他让我在地下之城经历的噩梦。谁知道呢？也许矿石岛的警察会把我直接投入大牢。如果我想说点儿什么，他们搞不好会打我，甚至永远也不会允许我进行任何抗议或辩解。我想了想，决定最好还是找一个能够保护我，而且他的话警长必须得听的人。

奈特将军！

我花了大约二十分钟的时间才抵达奈特公馆。我不得不小心地走街串巷，时刻确保周围没有警察。但是这一次，我没有翻墙进入花园，而是径直走到警卫面前，让他告诉将军有人要来见他。那时还是清晨，维奥拉告诉我，她父亲总是天一亮就从床上跳起来。

“将军一般不见客。”警卫说道。

“我不是客人，”我答道，“他女儿从铁靴崖坠海时，是我救了她的命。奈特将军说过，他家的大门始终为我敞开。”

这当然不是真的了，他没说过这样的话，但警卫并不知道这一点。我想，只要他报告说我在门口，将军至少会让我进去，问一下我为什么来这里。而如果他不去通报，我还是可以绕到后面，沿着那条熟悉的路进去，穿过维奥拉的房间找到她的父亲。但我没有必要那样做了，那个警卫不久就带着管家一起回来，他是奉命来带我去见将军的。

当然了，我知道维奥拉肯定会偷听我们的谈话，我也知道她不会费心去征得她父亲的同意。当将军和我走进他的书房时，我注意到窗帘轻轻地抖动了一下。我猜维奥拉听警卫报告说有来访者时，就已经溜进房间，躲在窗帘后

面了。

我没有浪费任何时间，迅速地向将军说明了我的来意。我请求他和我一起去警察局，确保警察会听我说的话，至少在把我关起来之前，他们能去验证一下我说的话到底是不是真的。奈特将军挠了挠脑袋，一时间好像陷入了沉思，然后，他说话了。“的确，有时候很难让警察听进去你在说什么。”他说道，“为了不让国王陛下失望，他们甚至会采取最严厉的措施。”

“但国王想要的肯定和我们想要的一样，那就是看到真正的罪犯落网。”我答道。

“没错，我会帮你的。”奈特说着站了起来，“我们必须马上走，说不定能在那帮小偷醒来之前抓住他们。”

“对，尽快逮捕他们。我从昨天晚上开始就一直在跟着他们了。”

我最后的那句话在将军听来可能有点奇怪，但那其实并不是对他说的，那句话是说给维奥拉听的，我知道她就藏在窗帘后面。我想让她知道，那天早上我没有时间去高地喂艾伯特。如果她不想让它挨饿，那就得去给他送早餐。

要是生活中的一切能都这么顺利就好了！奈特将军的话在矿石岛上很有分量，警方立即派了一个小队到罗斯提、沃尔福和斯丁普睡觉的大楼，在衣柜里发现了被盗的艺术珍品和水晶。三个小偷对自己的犯罪行为供认不讳，菲利克斯立即被释放了。

等我们回家时，奥莉正做好了美味的牛肉汤等着我们呢！

爱德华今天带来了一个绝妙的消息，这种事只有在童话里才会发生！皇家天文学家们举行了一场比赛，而他也报名参加了。凭借着自己对星星和夜空的了解，他轻松获胜，这也意味着他赢得了一座非常精美的奖杯和一大笔钱。最重要的是，国王塞缪尔·奥尔邀请他加入位于星之塔内的皇家科学家和学者团队，并授予了他勋爵头衔。很快，他就会有自己的天文学家外套以及全套工具，甚至还会有一份薪水。从今往后，他可以随时使用天文台，包括巨大的望远镜和图书馆。为此，他欣喜若狂，好像随时都能展翅高飞一般！

第二十七章　风之女王号

我简直不敢相信！这个塞缪尔·奥尔疯了！我知道，如果某个矿石精灵现在拿到了这本日记，他们会立刻把我关起来，因为我侮辱了国王陛下。但我不在乎，我还是会把它白纸黑字地写在纸上：他疯了！！！

在博物馆被闯入之后，他决定加强安全措施。先是派了两个矿石精灵去担任常驻警卫（这都还算正常），然后他又下令，外国人和陌生人不得进入修补匠工作室。说的就是我。从现在开始，只有矿石精灵才能在博物馆里工作。菲利克斯写了一份请愿信，他在信中告诉国王，作为一名同事，我是多么有能力，多么值得信赖。他还列出了许多被我完美地修复好的东西，并提醒国王，他应该感谢我找回了被盗的艺术珍品，并帮助警方抓获真正的窃贼。

你知道国王怎么回复的吗？什么也没有，一个字也没回，而警卫仍然不允许我进入博物馆。菲利克斯气得直扯自己的胡子。我也很生气，而且我又没钱了。菲利克斯总是提前支付我薪水，而我刚刚完成了一项浩大的修复工作。本来，我明天会开始下一项工作，也就是说，我本来明天是能领到薪水的。菲利克斯说他会自己出钱来给我付薪水，但谁知道呢，如果国王发现了，也许会因此而惩罚他！

我快步走到港口，立刻报名参加了拖船上的工作。

我觉得我不会再在这本日记里写太多东西了。现在是初夏，港口的交通非常拥挤。我们每天要拖几十艘船出海，这意味着我们要坐在桨手的长凳上，从日出一直划到日落。在拖船上干一天的活儿真的让我筋疲力尽。头几天，我的肌肉疼得厉害，硬木桨在我的手上留下了血淋淋的水泡。我甚至连休息一天都不行，因为我还在合同的试用期，而试用期结束（第一个月底）之前，我一天的假都没有。但我不会呻吟和抱怨，他们会给我发薪水，这才是最重要的。

试用期结束了，他们续签了我的合同。在奥莉家时，我看着镜子里的自己，突然哈哈大笑起来。在过去的一个月里，我长了不少肌肉，毕竟每天划了好几个小时的船啊！我的手掌上也长满了老茧，几乎都可以徒手拍碎核桃了，只可惜矿石岛上没有核桃树。

他们给我安排的是早班，这也意味着我没有时间去高地照看艾伯特了。幸运的是，它现在不像以前那么依赖我们了。例如，我们已经有一段时间不用把鱼肉碾碎了，这下给他准备食物就容易多了，他现在每次都是直接用嘴撕下一小片鱼肉吞下去。之后，我们还发现，虽然海鸥妈妈永远不会喂养其他海鸥的幼鸟，但她很愿意教所有幼鸟飞行。最重要的是，随着夏天的到来，学校终于结课了，这样一来，维奥拉终于有了属于她自己的时间，去筑巢地也容易多了。

我总觉得周遭的气氛有些奇怪，但又说不清楚到底是什么。维奥拉说，有一大群黑海鸥一直在白霜之海上空盘旋，有时候，它们会突然消失几天，然后再返回矿石岛。她说那些鸟儿在帮他父亲传信，我也不知道是怎么回事。不过，近来报纸上的确越来越频繁地提到白霜领地，而塞缪尔·奥尔再次拒绝了白霜国王的和平提议。也许这两个国家真的很快要开战了。

我只有一个念头，那就是离开这座黑暗的城市，永远不再回来。我被困在这里快一年了。自从我被笨蛋塞缪尔禁止进入博物馆以后，每天早晨醒来时，我都会想，这里根本就没有我想要的东西。我之所以觉得拖船上的工作还不错，只有一个原因：这份工作能让我了解港口里每艘船的所有情况（我还能有钱买食物，所以，我想还是有两个原因的）。不管是最小的破船，还是最大的

游轮，每一艘进出港口的船只我都非常了解。可我就是无论在哪艘船上都找不到工作，简直太难以置信了！

拖船船长注意到，与大多数坐在桨手长凳上的矿石精灵不同，我能读会写，甚至能数到二十以上，所以他时不时会让我去检查那些等候入港的船只所提交的乘客名单以及货物清单。这并不是说我就不需要划船了，但至少我可以偶尔做点别的事情。

又过了两个星期。整整一天，拖船反复进出港口，一刻也没停下来，我们甚至在平时强制休息的时间也没能休息！当我们都以为今天的任务终于完成时，却发现我们还得帮一艘名为“美杜莎号”的船驶离港口。人面兽心的家伙！别告诉我不能等到明天！我看了看乘客名单，他们甚至都不是矿石精灵，能够获准出航还挺令人惊讶的，因为根据他们的航线计划来看，他们要去白霜领地。等我们设法把美杜莎号拖到宽阔的海面上之后，我对这一切彻底感到了厌倦，并要求船长明天给我放一天假。我甚至都不想往港口的方向看！

我简直不敢相信这是真的！我找到风之女王号了！

或者说是风之女王号找到了我。或者说得再准确点儿，是贝利克和那个新来的孩子，就是仓鼠们提到的那个孩子，他们偶然地和我相遇了，完全是个意外。

他们在我放假的那天驶进了港口！几个月来，我什么也没做，只是在港口里划进划出，整天看着大海和各种船只。然后，碰巧我第一次不在港口，没有眺望海面时，风之女王号就驶进了格里姆堡。这简直太疯狂了。但现在唯一重要的事情就是他们来到了这里，无论他们要去哪里，我都要和他们一起去！

我来跟你说说是怎么回事。

放假那天，我躺在床上睡了一上午。这是我应得的。自从维奥拉和我开始照顾艾伯特以来，我每天都得在黎明时分起床，甚至连周末也不例外。而自从我开始在拖船上工作以来，两个月我一天也没有休息过。所以老实说，在床上一直躺到中午的感觉

真好。

午饭后，我甚至有时间看了会儿书，然后，我决定漫步到绿波酒馆去喝杯咖啡。我正倚着吧台等我的咖啡上来，突然有人跟我搭话，叫的还是我的名字。我转过身去，想看看他们找我做什么。有那么一会儿，我觉得肯定是自己产生幻觉了。是贝利克！他身后还有一只老鼠，正是鲁米尼！

原来，风之女王号也是意外来到格里姆堡的，他们本来是在去白霜领地的路上。不过，我开始觉得这世上没有什么事情是偶然发生的。爱德华是对的！这就是我的道路，因为正是这条道路把我带回了风之女王号。

贝利克和鲁米尼当即开始催促我去找船长，问他是否愿意让我重新回船上当他的船员。其实用不着他们怎么劝我，多年以来，我一直在为这一刻做准备，不过我还是非常紧张。

去港口的路程似乎漫长得令人难以忍受。我承认，看到风之女王号在港口随着轻柔的波浪上下摇摆时，我胃里一紧，几乎快要无法呼吸了。当我走进威斯克斯船长的船舱时，他惊讶得差点儿晕过去。但我立刻从他闪烁的眼神中看出，他也很高兴能再次见到我。他让贝利克和鲁米尼到外面甲板上去等，然后问我在格里姆堡干什么。我尽量长话短说，拣着最重要的事情跟他讲了。

“我走遍了半个世界，在许多海洋上航行过，还见到各种岛屿和城市。我在世界各地都有朋友，可我已经被困在矿石岛一年了。只要能让我再回风之女王号当水手，我愿意做任何事情。”

“你愿意做任何事情，是吗？”船长说着捋了捋胡子，“那你不会做什么呢？”

我当然知道他在说什么了。

“我已经学会珍惜生命中重要的东西了，先生。相信我，杰克·波拉斯在过去三年的旅程中学到了很多。”

船长笑了笑。

我耐心地等着，心中仍然充满希望，但我也下定决心绝不乞求，我已经尽力了，决定权在船长手里。威斯克斯船长摸了摸胡子，似乎陷入了沉思。然后，他伸出了手：

“我很高兴你找到了回到船上的路，我的孩子。我同意你回船上当水手，因为你一直是我们中的一员！不过你要注意，别给我惹麻烦！”

“别担心，先生，我不会让你失望的！”

当我们打开门时，贝利克和鲁米尼正在外面傻笑，船长一看就知道他们刚在偷听我们说话。不过，我自己也猜到了。他们肯定会和维奥拉相处得很好！船长让我第二天早上八点去报到，我还是不敢相信这是真的！

在回家的路上，我想了想自己还要做的事情。我必须去和菲利克斯、奥莉和维奥拉告别，能和尊敬的天文学家爱德华勋爵也说声再见就好了。拖船今天的工作已经结束了，我可以明天早上再去告诉他们，我将踏上另一艘船的甲板离开港口，而不是坐在桨手的长凳上一遍一遍加厚我手上的老茧。我还得把房间的钥匙还给房东，当然了，我还得收拾行李。当时正是下午六点。

现在已经过了午夜。我已经和所有人都道了别，行李也都收拾好了。休息一下其实挺好的，可我的脑袋还在飞速思考，实在是无法入睡。

我会想念菲利克斯和奥莉的。我宣布这一消息时，他们俩都惊呆了。奥莉抑制不住眼泪，哭了出来，但他们理解我的决定，并愿意分享我的好运所带来的喜悦。我和爱德华的道别非常匆忙，毕竟，晚上正是他工作的时候，他只能离开星之塔几分钟的时间。我们握了握手，相互拥抱了一下。我们的想法是一样的。我们在人生的道路上相遇并且并肩前行了一段时间，虽然不知道未来是否还会相遇，但无论道路相隔多么遥远，我们总会怀着喜悦的心情想到彼此。

只有一件事让我有些烦恼：我没能和维奥拉说声再见。我当然去奈特公馆找过她，想跟她告别，但她不在家，她可能和艾伯特在高地上。最近，她总是兴奋地说起艾伯特的训练进展情况。我也懒得告诉警卫们我来了，反正日落之后他们也不会让我进去。我像往常一样翻进了花园，但这一次我没有朝地窖门口走，而是找到了维奥拉房间的窗户。夏天的时候，她总是把窗户开着，好让新鲜空气能够进去。弄出点儿动静引起她的注意实在是有点傻，于是我顺着墙爬上了二楼。正如我所担心的一样，哪里也找不到维奥拉。由于没有更好的解决办法，我决定给她留个言。我从窗户爬进她的房间，借着闪光石的微光给她写了一封信，并且放在了她的枕头上，这样，她肯定能看到。然后，我又神不知鬼不觉地溜回花园，翻过围墙，回到了街上。

我几乎等不及要到早晨了，真想知道其他船员会怎样欢迎我。毫无疑问，贝利克肯定已经告诉了所有人我们是如何在城市里偶遇的，我相信他们大多数人见到我都会很高兴。鲍比、罗兰、弗利茨和斯纳夫肯定会很高兴，斯奎科维奇船医、塞巴斯蒂安和布鲁诺也可能会很高兴，老索提可能会期待再和我一起在船上做些木工。还有汤姆，我可不觉得他会很高兴再见到我。不过也不用担心，我很高兴再听到他“温柔”的声音！

我很想多了解一下新来的甲板水手——鲁米尼。今天下午初次见面，他看起来像是个挺不错的孩子，脸皮厚而且很淘气，跟蒂尼说的一模一样。我就喜欢这样的孩子！偷偷溜上海盗船只是为了吃点儿东西？这个故事我愿意再听两遍！天很快就要亮了，终于！我要动身去港口了，我想是时候结束我的日记了。托尼·多普勒说的没错，记日记对我来说确实很有用。当我远离家乡时，日记能帮我把大事小事都想清楚。但现在，我要回家了，我再也不需要在这个小本子的纸页上寻找陪伴了。现在，我有我的老朋友们了。

你呢？整本日记都读完了？从第一个字一直读到了最后一个字？要我说的话，那也算是个相当大的成就了！你真是个好奇心旺盛的人。不只是好奇，还有持之以恒的毅力！如果我们能在什么地方相遇，我请你吃冰激凌，你说呢？你只需要知道暗号就行，而且也不难记住：风之女王号！

第二十八章　笔记和谜语

好了，这是我日记本的最后几页。我打算用后面这几页来随便写点儿我想写的内容。

这个鲁迪真是只有趣的睡鼠，他知道一堆非常难的谜题。托尼和阿明·多普勒和我玩得很开心。我要记下其中几个谜题。如果好好想想，你也能解出来的，所以请注意了！

谜题一：你带着一条蛇、一只淘气的老鼠和一块上好的圆奶酪去往某地。你要小心不能让这两个旅伴单独相处，因为蛇会马上把老鼠吃掉。但如果你把奶酪和老鼠留在一起，它又会把奶酪吃掉。所以你不能让它们单独相处，哪怕一秒钟也不行。然后，你来到一条满是鳄鱼的河边。河上没有桥，你显然也游不过去，但你发现岸边有一条小船。它实在太小了，一次只能装下两个人：你和其中一名同伴或者你和那块圆奶酪。所以你只能要么带上蛇，要么带上老鼠，要么带上奶酪。那么，你要怎么过河呢？为了确保你留在岸边的那一个不会被吃掉，或者不会吃掉你珍贵的奶酪，你会依次带上谁呢?

谜题二：你有一堆火柴和两根绳子。点燃任意一根绳子，它都可以燃烧一个小时。但两根绳子的燃烧速度不同，分段速率也不一致。换句话说，其中一根绳子的一小段可能要燃烧二十五分钟，而剩下部分要燃烧三十五分钟，另一根绳子的前一半可能要燃烧十分钟，而另一半要燃烧五十分钟。但具体情况你不清楚，你只知道，每根绳子都要花一个小时才能完全烧完。你的工作是用火柴和两根绳子精确地计算十五分钟时间。换句话说，你知道该什么时候说“好，十五分钟计时现在开始”和“十五分钟到”吗？而且，你没有手表或任何其他工具来测量时间。（记住，绳子不会以固定的速度燃烧，所以你不能把它们均分成四段，然后点燃其中一段，或是把它们对折，从中间点燃，然后等着它们烧完。）

谜题三：三个朋友走进一家客栈。老板说他只有一个房间，房费需要三十枚金币。三个朋友每人支付了十枚金币，然后进入了他们的房间。与此同时，老板发现这个房间实际上只需要二十五枚金币，于是他叫来服务员，给了他五枚金币。“把这个还给我们的客人。”他说道。但是服务员不知道如何在三个客人之间平分这五枚金币，所以他自己留了两枚。如果算一下总共有多少钱，你会发现：旅馆里的每个客人都付了九枚金币，9 × 3=27。再加上服务员留给自己的两枚金币，一共是二十九枚金币。但一开始有三十枚金币，那么丢失的那枚金币去哪儿了呢？

以下就是答案！

谜题一的答案：你把老鼠带上船，将它放在河对岸后，就回来接那条蛇。等你把蛇带过去放在河岸上后，再把老鼠放到船上，因为不这样做的话，蛇就会吃掉它。接着，你划船回来拿奶酪，再次将老鼠留在岸上（就是你一开始出发的那一侧河岸），把奶酪带到对岸去和蛇放在一起（奶酪和蛇在一起很安全）。最后，你再回去接老鼠过河。就是这么简单！

谜题二的答案：你将第一根绳子的一端点燃，将第二根绳子的两端都点燃。两端同时点燃的第二根绳子全部烧完正好是三十分钟，也就是半个小时。这时，第一根绳子烧完也还需要三十分钟，十五分钟计时就从这个时候开始！然后你将第一根绳子所剩部分的另一端也点燃，让它也两头都开始燃烧。全部烧完这根绳子的时间正好是十五分钟。很聪明，不是吗？

谜题三的答案：当我告诉斯特克斯船长答案时，他几乎要气炸了！但他又重新想了一遍，摇了摇头，哈哈大笑起来。

这个谜题的解题关键在于提问的方式。当然，压根儿就没有少金币。每位客人支付了九枚金币，一共是二十七枚。老板收了二十五枚（房间的价格），服务员自己留了两枚，所以二十五加二等于二十七。就是这么简单。

好吧，我重新读了一遍了这本日记，一页页全是些乱涂乱画的东西，我意识到你可能根本就理不出个头尾来！并不是说这本日记真的有头或尾巴。不过里面确实有不少故事！所以，我想我应该回顾一下，把它分成几部分，指出每一部分中谁是最重要的人物，我们面临的主要危机是什么，以及我们最终是如何渡过难关的。这样一来，感觉日记就好像分成了不同的章节一样。《杰克 · 波拉斯的漫长流浪》，一共有二十八章，一个真正的冒险故事！